中國語言文字研究輯刊

二五編
許學仁 主編

第 **4** 冊
西周金文音韻研究

師玉梅 著

花木蘭文化事業有限公司

國家圖書館出版品預行編目資料

西周金文音韻研究／師玉梅 著 -- 初版 -- 新北市：花木蘭文化事業有限公司，2023〔民 112〕

序 2+ 目 4+242 面；21×29.7 公分

（中國語言文字研究輯刊 二五編；第 4 冊）

ISBN 978-626-344-425-6（精裝）

1.CST：金文 2.CST：聲韻學 3.CST：研究考訂 4.CST：西周

802.08 112010450

ISBN-978-626-344-425-6

9 786263 444256

中國語言文字研究輯刊

二五編　第四冊　　　　　　ISBN：978-626-344-425-6

西周金文音韻研究

作　　者　師玉梅

主　　編　許學仁

總 編 輯　杜潔祥

副總編輯　楊嘉樂

編輯主任　許郁翎

編　　輯　張雅淋、潘玟靜　美術編輯　陳逸婷

出　　版　花木蘭文化事業有限公司

發 行 人　高小娟

聯絡地址　235 新北市中和區中安街七二號十三樓

　　　　　電話：02-2923-1455 ／傳真：02-2923-1452

網　　址　http://www.huamulan.tw 信箱 service@huamulans.com

印　　刷　普羅文化出版廣告事業

初　　版　2023 年 9 月

定　　價　二五編 22 冊（精裝）新台幣 70,000 元　　　版權所有・請勿翻印

西周金文音韻研究

師玉梅　著

作者簡介

師玉梅，女，暨南大學華文學院副教授，碩士研究生導師。主要從事漢字、音韻及應用語言學方向的教學與研究工作。碩士和博士階段分別跟從陝西師範大學胡安順教授、中山大學張振林教授學習音韻學與古文字學。後又進入首都師範大學博士後工作站，跟從馮蒸、黃天樹兩位教授從事古文字及音韻的研究工作。研究成果主要集中在甲骨文、金文考釋及相關的音韻研究。

提　要

　　西周青銅器出土量大，其銘文為西周時段語音的研究提供了豐富而可靠的材料。同時西周時期的政治結構形式、教育形式、銅器及銘文的性質特點以及文字自身發展的階段特點等幾方面因素也決定了這一時期的形聲字和通假字較少受方言的影響，材料單純，適宜用於西周語音狀況的研究。本書即利用西周金文中的形聲字和通假字對西周時期的聲韻調系統進行考察，以豐富漢語語音史的研究，並為考釋西周時期的文字提供語音上的依據。

　　全書共分四章，主要採用概率統計與歷史比較、內部擬測相結合的方法對所收集的西周銅器銘文形聲字及通假字進行分析，從中得出西周金文的聲母、韻部和聲調系統：單聲母共計 25 個，還有 s- 頭等類型的複聲音。二等字和三等字或帶有 -r-、-rj-、-j- 等介音，這些介音推動了知、莊、章三組聲母的產生，其中的喉牙音聲母音節常可能因緩讀而分化。韻部系統則與《詩經》韻部基本一致，不同之處為侵部獨立，冬東兩部合併，即有 29 部。西周時期已存在四聲和四等，不過異調互諧以及異等互諧的比例較高。利用得出的音韻結論，書中對西周金文中的部分字進行了考釋或語音說明。另對古音演變分化的形式進行了嘗試性的探索，列於附錄，待以後進一步深入研究。

受國家社科基金項目「基於出土文獻的先秦形聲字義符聲符系統研究及相關數據庫建設」（19BYY154）資助

序

馮　蒸

　　近幾十年來，古漢語研究領域中，古文字研究取得了豐碩的成果，這為漢語古音研究提供了珍貴材料。殷墟甲骨文字，周代金文，戰國竹簡文等，目前發掘的許多古文字材料出土地和時代信息都比較明確，其中諧聲字和通假字蘊含著當時當地的語音信息，利用這些古文字材料研究先秦古音，無疑能夠彌補以往傳世文獻的不足。師玉梅所進行的西周金文音韻研究無疑是有意義的，目前其成果已形成專著出版，我十分欣慰。

　　師玉梅是胡安順、張振林兩位先生的高足，又跟從我做過一段博士後的研究工作，所以我對她非常瞭解。她在音韻學和古文字學兩個專業上具備扎實基礎，做事認真細緻，敏學善思。基於此，她在西周金文諧聲字和通假字中有不少新發現，比如其根據西周金文來母字的諧聲和通假情況，得出西周時期二等字帶有-r-介音，重紐 B 類、普通唇牙喉三等字，以及知、莊組三等字帶有-rj-介音，而章組字帶有-j-介音。介音的作用促使了聲母的分化，其中唇牙喉音與介音結合不夠緊密，後世多有分化。書中提出緩讀分化現象，結合古文字例證，構擬了音節分化的路徑，這種探索值得鼓勵。此外，論文還重點討論了明母、曉母、余母的諧聲問題、禪船二母的關係問題，以及各韻部的關係等，最終勾畫出了西周時期聲韻調的基本狀況，這為漢語上古音研究增添了一項重要成果。當然，受出土材料局限，個別音類歸字較少，對音類間關係考察還缺少有力的材料支撐。相信在這一方面，玉梅還會繼續其研究

工作，不斷有新成果面世。

　　該書的出版，定能嘉惠學林。期待玉梅能在古文字與古音的研究上有更多建樹！

　　是為序。

馮燕

2023.6.1

目次

緒　論

第一節　課題研究的可行性及意義

一、以西周金文研究西周古音的可行性

銅器銘文為瞭解商以及兩周時期的社會提供了珍貴的信息，更為研究上古漢語展示了可靠的材料，其重要性自不待言。利用銅器銘文研究相應時期的語音狀況，是這些材料發揮重要作用的一個方面。許多語言研究者已從這一角度入手做了不少工作。但有兩個問題值得引起注意：一是銅器的時代跨度大。青銅器主要存在於殷商、西周、春秋、戰國，歷時千年以上，如果不分時段地把所有銅器上的銘文材料匯聚一起研究一個金文音系，顯然是不科學的。不過這一問題還比較容易解決，目前為止，多數銅器能夠被確定大致的年代。有學者把兩周作為一個時段進行了兩周金文音系的研究，如余迺永先生的博士論文《兩周金文音系考》；〔註1〕也有學者只把西周作為一個時段，如郭錫良先生的《西周金文音系初探》。〔註2〕筆者認為後者專門研究西周音系的做法更為科學一些。兩周歷時近八百年，對於語音研究來說，時間跨度

〔註1〕余迺永《兩周金文音系考》，臺灣師範大學國文研究所博士論文，1980年。
〔註2〕郭錫良《西周金文音系初探》，《國學研究》第2卷，北京：北京大學出版社，1994年。

還是略大。而西周近三百年，這個時段長度比較合適，語音歷時演變的差異還不算大。第二個須注意的問題是，銅器出土的地域廣，分布大江南北，更有一些出土地不明，這就使得銅器銘文不能像甲骨文那樣，時代、地域相對集中，材料單純，適於甲骨文音系研究。丁邦新教授在被問到關於甲骨文語音研究時談到：「這裡有一點觀念很重要，就是我們對諧聲字大概總認為是不同的人做的，可能代表不同的方言，研究起來比較困難。諧聲字代表的信息資料並不一致。所以這兩年我就想也許我們可以做甲骨文。因為甲骨文的材料屬於同一方言的一群人，而且住在同一個區域（比如說在河南小屯），相當窄的一個區域。」〔註3〕丁先生擔心諧聲字中可能有方言成分是有道理的。把摻雜方言因素的材料放在一起來研究一個音系，結論是靠不住的。顯然，青銅器不同於甲骨文，地域不很集中，那麼銘文中的形聲字，還有與語音研究關係密切的通假字是否會受到方音的影響呢？

　　鑒於以下幾個方面的認識，筆者認為西周銅器銘文材料是比較單純的，也就是說摻雜的方言成分很少，且形聲字量和通假現象豐富，適宜用來進行西周聲韻的研究，而兩周的銘文材料適宜分開。

（一）西周的分封制

　　武王克商後開始大力分封諸侯。《昭公·二十八年》：「昔武王克商，光有天下，其兄弟之國者十有五人，姬姓之國者四十人，皆舉親也。」又《左傳·僖公二十四年》：「昔周公弔二叔之不咸，故封建親戚以蕃屏周。管、蔡、郕、霍、魯、衛、毛、聃、郜、雍、曹、滕、畢、原、酆、郇，文之昭也，邘、晉、應、韓，武之穆也；凡、蔣、邢、茅、胙、祭，周公之胤也。」《荀子·儒效》說周公「兼制天下，立七十一國，姬姓獨居五十三人。」又有《逸周書·世俘解》記載自武王後，周公滅九十九國，降服六百五十二國。以上記數未必可信，但是周初殲滅、降服小國，使之臣服，大量封建諸侯，以屏衛有周，該是事實。周王室建立了從西方伸向東、北、南三方的統治基地，深入到原來經濟文化比較落後的地區，加強了民族之間的融合和經濟文化的交流。〔註4〕周天子所分封的諸侯多出自王室親族，只有少數是異姓貴族。他們聽命於周天

〔註3〕石鋒《漢語研究在海外》，北京：北京語言學院出版社，1995年，174頁。
〔註4〕參看楊寬《西周史》，上海：上海人民出版社，1999年。

子，從而使西周統轄廣泛，政治相對穩定。這種政治環境下，諸侯國內的主流文化與周王宗室是一致的。

（二）西周文字的傳承及傳播

西周時期已有學校教育。「周禮八歲入小學，保氏教國子先以六書」（《說文解字‧敘》），《尚書‧大傳》：「古人之帝王者必立大學小學，使王太子、王子、群后之子以至卿大夫、元士之嫡子，十有三年始入小學。」關於西周學校教育的文獻記載有很多，雖然入學時間的記述略有出入，但是這一時期的教育特點是顯著的：辦的是官學，入學者多是周室貴族子弟，接受的是統一的貴族教育。據此可知，西周時期的文字實際上是處於被壟斷的狀態，掌握和使用文字的人多為王孫貴族。雖然西周諸侯國眾多，封地之間可能相去較遠，但是多數諸侯王出自周室。這些諸侯王及其重臣的子孫們，教育背景是相似的，所以他們所使用的文字在結構上也會基本相同。加上當時掌握文字的人數十分有限，出現文字異體的機會也相對會少得多。

此外，傳播文化的文字不同於語言，文字的學習和使用範圍要窄得多。語言作為普遍的交際工具，在勞動中產生，最為廣泛地為人類服務，口口相傳，平等地為人類共享。但其受地域所限，方言的存在是不可避免的。而文字作為語言的輔助交際工具，其傳承需要專門的教育，相對語言來說，具有較強的穩定性，在傳播過程中不易被改變。就漢字而言，因它不是記音字，字形不與語音直接聯繫，說不同方言的人可以閱讀和書寫相同的漢字，這更增強了漢字的穩定性和跨越方言障礙遠距離傳播的可能性。由於文字，特別是漢字的這一特點，加上前述的西周政權結構形式以及文化教育形式，不同地域的用字很少會根據自己的方言改造形聲字的聲符。甚至假借字，各地也不會選用自己方言中的同音字隨意改變周室正統文化中慣用的假借。

（三）西周銅器及其銘文特點

西周銅器的出土地主要集中於陝西和河南，尤以陝西為大宗，特別是一些鑄有長篇銘文的重器，如毛公鼎、大小盂鼎、克鼎、裘衛器、牆盤、散盤、多友鼎、逨鼎、逨盤等。陝西、河南一帶西周時為王畿的範圍。另有河北、山東、山西、江蘇、安徽、江西、湖南、湖北、遼寧等地，出土量當然少得多。可以說西周銅器的出土地是相對集中的。

　　郭沫若先生曾就兩周銅器銘文從內容上考察後得出以下結論:「武王以前的器物無所發現,武王以後的則逐代增多。但西周的多是王室及王臣之器,諸侯國別之器極其罕見,到了東周則王室王臣之器匿跡,而諸侯國別之器極其盛行。從這兒可以看出文化的發展,武王以前的周室沒有什麼高度的文化,平王以後的周室則式微得不堪了。」〔註5〕隨著新出土銅器的不斷增多,我們知道西周青銅器中也有諸侯方國之器,如衛、魯、晉、燕、密、蜀、吳等國的銅器,〔註6〕但是數量上相對少得多。諸侯之器的銘文用字在形體結構上與王室之器差異並不大,這不僅僅因為諸侯王多由周王室派出,是王室親族,受過周室的統一教育,也在於青銅器及其銘文在西周時期的重要地位。做器鑄銘,本質上是禮的體現。《禮記‧祭統》:「夫鼎有銘,銘者自名也。自名以稱揚其先祖之美,而明著之後世者也。」周克商後,禮制建設加強了,銅器的大量鑄造正是這方面的一個體現。當權者把自己的功勞或先輩對王室的貢獻,以及賞賜、冊命、戰功、糾紛處理等重大事件鑄於銅器,想藉此告於先祖,以祈福佑;昭示後世,以獲得一種宗族地位的證明,從而更好地維護宗族權威,所以說銅器及其銘文在西周時期是貴族統治權利的一種重要象徵。正由於銅器及其銘文舉足輕重的地位使他們具有了三方面的特點:(1)君王、貴族才能擁有。(2)主要作為禮器,用於在當時占重要地位的祭祀、宴饗活動中。(3)銘文體例上有嚴格的程序,用字比較規範,俗體很少能夠進入。

(四)西周時期文字自身發展的階段特點

　　文字其實可以分為造字時代和用字時代,這樣分並不是說用字時代沒有新字的產生,用字和造字本質上是不可能分開的。在文字數量還很少的時代,為滿足用字的需要,新字不斷產生,相對於傳承字來說,新字佔了很大的比例,我們稱之為造字時代。當字量達到一定數量,能夠滿足人們的基本需要時,基本用字就會處於相對穩定階段,我們暫稱之為用字時代。殷商、西周、東周時期均產生了大量的基本用字,都可以稱為造字的時代。這些時代所造字中,形聲字逐漸增多,形聲字的聲符與整個字的讀音基本一致,適合用來研究相應時期的語音特點。

〔註5〕郭沫若《古代研究的自我批判》,見《中國古代社會研究》(外二種)下,石家莊:河北教育出版社,2000年,606頁。

〔註6〕參看李學勤《新出青銅器研究》,北京:文物出版社,1990年。

　　據江學旺《西周金文研究》〔註7〕一文統計，甲骨文中形聲字所佔比例不到 30%，而到西周金文中形聲字幾乎占到了 60%。西周新增字共有 900 多個，其中形聲字 765 個，占 80%以上。屬於西周新增的形聲字多數比較明確，這些形聲字，如果加上假借字等，可以說能用於語音研究的材料已十分豐富。雖然西周新字的產生以形聲字為主，但相對於東周來說，形聲造字法還不夠完善。從形聲字的形旁位置不穩定，以及形符通用例可見一斑。這一時期人們的分類意識逐漸深化，但還沒有形成穩定的義符和音符系統，這決定了當時人們還不可能有意識地自覺使用義符加聲符這種極具能產性的造字方法。西周時期很大一部分形聲字是在已有用字的基礎上為使表義更加明確而增加義符構成的，如「裘」字，初文作「求」，為象形字，後增加了表義的衣旁，成為從衣求聲的形聲字。「匜」字，本寫作「也」，為器物匜之象形，西周金文中又或增「皿」「金」等義符，成為形聲字。再如「神」字，初文本像閃電回曲閃爍之形，即後世之「申」字。古人見電光閃爍於天，認為神所顯示，故以「申」為「神」。由於神常被祭祀，所以又為申增加了「示」旁，原有用字則相應地轉化為聲符。這類形聲字其實可以稱之為被動形聲字。主動利用形聲相益構成新字的思維還不成熟，決定了當時不可能有很多人掌握和運用這種能產性極強的造字法創造新字，尤其是普通士人和平民。這限制了西周時期形聲字所產生的數量，同時也決定了西周時期沒有更多人根據自己的方音自由地創造形聲字，這該是西周時期形聲字少受方言影響的主要原因。

　　綜合以上幾方面的情況，我們可以比較明確地得出，西周銅器銘文的構字（主要是形聲字）、用字（主要是通假字）中所含有的方言成分很少，並且這一時期的形聲字量豐富，適宜用於研究西周的音系。

　　春秋伊始，周室東遷，五霸逐興，王權漸衰。戰國以後，七雄爭戰，諸侯力政，不統於王。天子一統的政治局面改變了。隨著五霸、七雄的紛爭，文化思想上也活躍起來。特別到了戰國時期，百家爭鳴，諸說並興，對用字數量的需求大大增加了。同時，這一時期私學漸興，學習文字的人從貴族擴展到了士人和平民，從而使能夠識字、用字的人數增加了；而另一方面，周室在政治、文化上的約束力卻在減弱。這些成為促進文字異形的外部動力。春秋

〔註7〕江學旺《西周金文研究》，南京大學博士論文，2001 年。

至戰國，人們對事物的分類意識深化了，戰國時期形聲字的義符已經相當豐富（達到近 200 個），穩定的義符和音符系統已形成。形聲造字法發展到這一時期可以說已經較為成熟。這種方法容易被掌握，且能產性強，是文字大量異形現象的內部動因。所以文字發展至戰國時期異形現象十分多見。〔註 8〕通過瞭解戰國文字異形的原因，能幫助我們更好地理解西周文字構形統一的原因。文字異形不僅僅是文字形態的差異，也有文字構造的差別。戰國時期的社會狀況，以及這一時期人們的思維和造字、用字水平的發展決定了這一時期新造形聲字不可避免地會受到方言的影響，不同方言區的人可能會按自己的方音特點選擇聲符創造形聲字，或改變原有形聲字的聲符。用字假借也可能會受到方音的影響有所不同。這就為研究帶來了一些麻煩，必須先進行分域的研究。看來兩周的銘文材料不宜混雜。

以上討論了西周銅器銘文適宜用於西周金文聲韻的研究，以下兩個方面也為全面進行西周金文聲韻研究奠定了基礎。

首先，《殷周金文集成》以及《近出殷周金文集錄》兩套大型資料書彙集了一九九九年以前傳世和出土的青銅器銘文，並有了初步的斷代，為研究材料的收集提供了極大的方便。《金文編》彙集了兩千四百多字，不僅展示了字形發展變化的軌跡，編者還對許多字進行了簡單的說明，為判斷形聲以及假借等提供了很大的幫助。江學旺的《西周金文研究》對西周金文的字量、字形結構的演變進行了研究，〔註 9〕亦為考察西周金文中的字形變化提供了參考。此外，古文字的考釋成果越來越多，很多形聲字及假借用法有了定論，從而保證了研究材料的準確性。還有，專對金文形聲、假借字的研究與材料彙集也取得了許多成果。如祝敏申對《金文編》中的形聲字進行了彙集；〔註 10〕陳抗的《金文假借字研究》、錢玄的《金文通借釋例》、全廣鎮的《兩周金文通假字研究》對金文的通假字進行了輯錄和研究，〔註 11〕這些都為本文形聲字和

〔註 8〕張振林《戰國期間文字異形面面觀》，南開大學首屆中國文字學國際研討會論文，2001 年。收入《文字學論叢》（第 2 輯），武漢：崇文書局，2004 年。

〔註 9〕江學旺《西周金文研究》，南京大學博士生畢業論文，2001 年。

〔註 10〕祝敏申《說文解字與中國古文字學》，上海：復旦大學出版社，1998 年。

〔註 11〕陳抗《金文假借字研究》，中山大學研究生畢業論文。錢玄《金文通借釋例》，南京大學學報，1986 年第二期。全廣鎮《兩周金文通假字研究》，臺灣：學生書局，1989 年。

假借字的收集和認定提供了參照。關於金文的韻讀，王國維以來有許多學者進行過整理和研究，主要著述有王國維的《兩周金石文韻讀》（石文只有一種，即石鼓文）、郭沫若的《金文韻讀補遺》、陳世輝的《金文韻讀續輯》《兩周金文韻讀合編》、陳邦懷的《兩周金文韻讀輯遺》、羅江文的《金文韻讀續補》等，〔註12〕這些材料，也為西周金文韻部的研究提供了方便。

　　其次，目前直接利用古文字材料研究上古音系已取得了一些成果，為本課題的研究在材料的取捨和研究方法上都提供了有益的借鑒。利用西周金文或兩周金文材料研究上古音的成果詳見第二節「相關研究成果述略」。利用甲骨文和簡帛材料全面進行某一時期音系研究的主要有以下幾家：趙誠利用殷商甲骨文和少量金文中的諧聲和通假關係等對殷商時期音系進行了探索；〔註13〕陳振寰與管燮初研究殷商音系也主要利用了諧聲和通假關係，對材料的分析則使用了概率統計的方法；〔註14〕郭錫良則是把已識的殷商時期的甲骨文、金文拿來填進周秦音系的框架中，考察其分布，從而上推殷商音系。後來其對西周金文音系也進行了研究，亦採用了此法；〔註15〕陳代興研究殷商音系既使用了郭錫良的研究法，也利用了諧聲、通假關係進行參照和印證，在方法上應該是一個進步；〔註16〕董琨就周原甲骨文材料探討了周原甲骨文音系也是把已識字的音韻分布考察與諧聲、通假關係考察結合起來進行的。〔註17〕此外，李玉利用秦漢簡帛中的通假字作材料，以幾遇數統計為主要方法，對秦漢時期的語音系統作了比較深入的研究。〔註18〕以上論著都利用古文字材料對古音進行了

〔註12〕王國維《兩周金石文韻讀》，《學術叢編卷二十一》，倉聖明智大學出版，1917年。郭沫若《金文韻讀補遺》，見《金文叢考》，北京：人民出版社，1954年。陳世輝《金文韻讀續輯》（一），《古文字研究》第5輯，1981年。陳邦懷《兩周金文韻讀輯遺》，《古文字研究》第9輯，1984年。羅江文《金文韻文續補》，《玉溪師範高等專科學校學報》（社會科學版）1999年第1期。

〔註13〕趙誠《商代音系探索》，《音韻學研究》第1輯。北京：中華書局，1984年。

〔註14〕陳振寰《音韻學》，長沙：湖南人民出版社，1986年。管燮初《從甲骨文的諧聲字看殷商語言的聲類》，中國古文字研究會成立十週年學術研討會論文，1988年；《據甲骨文諧聲字探討殷商韻部》，紀念王力先生九十壽辰語言學研討會論文，1990年。

〔註15〕郭錫良《殷商時代音系初探》，《北京大學學報》1988年第6期。《西周金文音系初探》，《國學研究》第2卷，北京：北京大學出版社，1994年。兩文均收入郭錫良《漢語史論集》，北京：商務印書館，1997年。

〔註16〕陳代興《殷墟甲骨刻辭音系研究》，《甲骨語言研討會論文集》，武漢：華中師範大學出版社，1993年。

〔註17〕董琨《周原甲骨文音系特點初探》，甲骨文發現一百週年國際紀念會議論文，1999年。

〔註18〕李玉《秦漢簡牘帛書音系研究》，北京：當代中國出版社，1994年。

大膽探索，無論在材料的選擇和方法的採用上，都在由點滴的嘗試不斷向系統和完善邁進。

二、本課題研究的主要目的和意義

首先，西周音系的研究可以豐富漢語語音史的研究。

漢語語音史的研究是以中古音為重點的，這一部分的研究最為深入，而且結論比較明確。其中一個重要原因就是有流傳下來的韻書可作參考。上古音的研究，有清以來的研究者不在少數，成果也很豐碩，但是由於材料和方法所限，相對於中古音的研究來說，這一段的語音狀況研究得還不夠清楚，很多問題還存在較大分歧，也缺乏更細的斷代研究。隨著出土古文字材料的不斷增多，有望為上古音的研究帶來新的突破。這些出土文字材料的時代多數比較明確，從而使過去籠統的「上古音」有了做進一步分時段研究的可能和必要。西周銅器銘文數量大，形聲字、假借字豐富，材料單純，為西周時段的語音研究提供了基礎。如果能夠很好利用這些珍貴的資料把這段語音狀況研究清楚，就為上古西周段的語音填補了具體的內容。如果殷商、春秋、戰國各段都能有充分的材料和科學的方法研究清楚，那麼漢語上古音的面貌才能清晰揭示出來。

其次，西周音系研究的結論，能夠很好地服務於西周時期的文字考釋。

許多古文字考釋者都有這樣的經驗，利用古音確定假借用法或形聲字聲符的通用，常能於山重水複疑無路之際，轉入一個柳暗花明的新境界，即所謂「乞靈於聲韻」也。但是在利用古音時，研究者也常會遇到疑惑：從殷商到秦的統一，歷時愈千年，目前關於「上古音」的一般結論是否適合於其中每一時期的古文字考釋？古文字考釋結果與目前上古音結論也常有矛盾存在。這使得上古音的研究有必要進行具體的分段研究，使結論更適合於相應時段的古文字考釋。

第三，以往古文字的研究重在出土文字的字形，而上古音的研究忽視了出土文獻，把兩者結合起來進行研究的比較少。隨著出土文獻的增多，嘗試利用出土古文字材料研究古音者逐漸增多，但全面研究音系者還是相對缺乏，嘗試利用西周金文材料研究西周語音狀況的學者和成果就更少了，從而增強了這一課題的研究意義。

第二節　相關研究成果述略

郭錫良先生在 1988 年發表《殷商時代音系初探》後，又於 1994 年發表了《西周金文音系初探》，[註19] 可謂是專門利用西周金文對西周音系狀況進行全面考察的開山之作。郭氏的研究選擇以《詩經》音系為參照系，基本上採用的是王力先生上古音的成果。聲母為王力《漢語史稿》中的 32 聲母說，韻部為陰、陽、入三分的 29 部說，冬部沒有分列。材料來源為徐仲舒主編的《漢語古文字字形表》中西周時期的 672 字。主要方法是審定所摘錄的 672 字在《詩經》音系中的分布和地位，然後再把它們同殷商甲骨金文中的一千多個字一起擺進《詩經》音系的框架中，對比同殷商甲骨金文的分布情況，分析其音系的發展變化。得出的主要結論是：西周金文的聲母 27 個，見下。

唇音：幫滂並明　　　　　　舌音：端透定余泥

舌面音：章昌船書禪　　　　齒音：精清從心

牙音：見溪群疑　　　　　　喉音：影曉匣

半舌音：來　　　　　　　　半齒音：日

聲母比殷商音系多了 8 個：章、昌、船、書、禪、日、匣、余；比《詩經》音系少了 5 個：莊、初、床、山、邪。

韻部系統已形成《詩經》音系的格局，不再是殷商音系的開合各二等，而是《詩經》音系的開合各四等。聲調系統也與《詩經》音系基本相同。

除直接利用西周金文材料研究西周音系以外，相關的研究比較豐富。首先是余迺永的《兩周金文音系考》，[註20] 該文對已有上古音學說逐家評析，樹立新說。又根據陳世輝的《金文韻讀合編》收錄的 130 篇有韻銘文，[註21] 列出各篇韻腳字及韻腳字所屬調類，發現陰聲諸部押韻及例外通叶比例與《詩》韻相似，而陽聲諸部中差異較大，金文韻讀中以陽東、耕真通叶常見。余文解釋前者為南部方言現象，東部 u 元音於此地分裂為 ua，故通陽部。後者係 i-元音韻尾-ng、-n 易混所致。此外，該文又輯《金文編》及附錄中 1894 字製成

〔註19〕郭錫良《殷商時代音系初探》，《北京大學學報》1988 年第 6 期。《西周金文音系初探》，《國學研究》第 2 卷，北京：北京大學出版社，1994 年。二文均收入郭錫良《漢語史論集》，北京：商務印書館，1997 年。

〔註20〕余迺永《兩周金文音系考》，臺灣師範大學國文研究所博士論文，1980 年。

〔註21〕陳世輝《金文韻讀合編》，吉林大學歷史系油印本，1979 年。該書收錄王國維《兩周金石文韻讀》和郭沫若《金文韻讀補遺》兩種，七十二器；陳世輝《金文韻讀續輯》，五十八器。

兩周金文音韻表。余氏之外，還有劉志成以兩周金文音系的聲母為研究對象撰成《兩周金文音系的聲母》一文。〔註22〕該文從容庚《金文編》（第四版）、徐仲舒《漢語古文字字形表》，參證許慎《說文解字》、周法高《金文詁林》，得金文形聲字 1093 字，另酌取孳乳字（古今字）、通假字 127 字，加入諧聲關係，如此共計諧聲關係 1220 組。用來推導兩周金文音系聲母音值的中古《切韻》聲母音值基本依據陸志韋構擬的系統。同時也利用陸志韋首用的幾遇數計算法算出各聲母之間的幾遇數，得出兩周金文音系聲類 33 個，聲母 31 個，其中主要特點是端組與知組，精組與莊組，匣母與于母合併，章組獨立，曉母分別與明、泥、疑三母相諧的，獨立為三個聲類，擬音為 mh、nh、ŋh。來母與明、疑二母相諧的獨立為兩個聲類，看成是介音-r-的作用，不構擬成複輔音。在韻部的研究上早在王國維就已經對兩周金文韻文進行了考察，編成《兩周金石文韻讀》，錄有韻銘文 37 篇，「求其用韻與三百篇無乎不合」。〔註23〕其後，郭沫若、陳世輝、陳邦懷，以及羅江文等對銅器銘文韻文相繼進行了收集和整理，為進一步考察金文韻部奠定了材料基礎。〔註24〕羅江文在這些材料的基礎上把金文韻部與《詩經》韻部進行了對比研究。以往《詩經》韻部分合的分歧主要集中在幾組鄰近韻的分合上，如冬東、冬侵、幽宵、幽侵、侯魚、支脂、脂微等韻部的分合，羅氏的《〈詩經〉與兩周金文韻部比較》證明金文用韻與王力 29 部說大體相似。〔註25〕其中金文冬、侵都未發現獨用例，從冬部與東、陽、耕、侵諸部合韻的情況看，冬部應獨立。所以金文韻部應為 30 部。〔註26〕

　　系統研究西周金文或兩周金文音系的著述不是很多，但是涉及到金文材料研究個別語音問題的成果比較豐富。于省吾在《釋⊖、8兼論古韻部東、冬的分合》一文中認為，甲骨文之⊕、⊓，即金文之⊖，乃雝字初文。進而論證

〔註22〕劉志成《兩周金文音系的聲母》，《語言學問題集刊》第 1 輯，長春：吉林人民出版社，2001 年。

〔註23〕王國維《兩周金石文韻讀·序》，《觀堂集林·藝林八》，石家莊：河北教育出版社，2001 年。

〔註24〕郭沫若《金文韻讀補遺》，見《金文叢考》。陳世輝《金文韻讀續輯》（一），《古文字研究》第 5 輯，1981 年。陳邦懷《兩周金文韻讀輯遺》，《古文字研究》第 9 輯，1984 年。羅江文《金文韻文續補》，《玉溪師範高等專科學校學報》（社會科學版）1999 年第 1 期。

〔註25〕羅江文《〈詩經〉與兩周金文韻部比較》，《思想戰線》2003 年第 5 期。

〔註26〕關於利用金文韻文討論鄰近韻分立問題羅江文另撰有《從金文看上古鄰近韻的分立》一文。文載《古漢語研究》1996 年第 3 期。

《說文》的躬以及從躬得聲的宮和窮都是從呂（𦣞）得聲的字。這樣以來，原以為押冬部韻的宮、躬、窮三字均應屬於東部。古冬部字本來就很少，如果把宮、躬、窮與𦣞、癃、䲰等字歸屬東部，再來審視詩韻中東、冬二部，則合多分少，從而肯定了王念孫主張冬並於東的說法。〔註27〕曾憲通先生《從「蚰」符之音讀再論古韻部東冬的分合》一文發現，金文、簡帛等古文字材料中的「蚰」符，既標示冬部字的讀音，又標示東部字的讀音，反映的亦是東、冬合用而不是分立，從而更進一步支持了王念孫東、冬不分的主張和于老的論證。此外該文還以金文韻文材料說明，冬東合用自西周已然。〔註28〕黃綺的《論古韻分部及支、脂、之是否應分為三》利用包括金文在內的古文字的形體變化和銅器銘文中有韻銘文等材料得出：周秦以來一直到兩漢較長的一段時間裏，漢語方言以及逐漸在通語裏，已經有了一個共同固有的特點——支、脂、之不分。〔註29〕此外，又在《之、魚不分，魚讀入之》一文中提出自商周時代起就存在之、魚兩部不分的語音實際。〔註30〕另有從方言角度研究兩周金文用韻的論文，如喻遂生的《兩周金文韻文和先秦「楚音」》，以金文用韻的資料表明，過去曾認為東陽合韻、之幽合韻、真耕合韻、真文合韻等都是「楚音」的標誌，但這四組合韻在金文中出現的區域廣，延續的時間長，不能作為「楚音」的標誌。〔註31〕羅江文在《談兩周金文合韻的性質——兼及上古「楚音」》一文中也發現，代表楚音特點的幾種合韻方式，〔註32〕在東西周銘文中都有出現，而且西周多於東周；東周列國器中，不僅楚音地區出現，其他地區也

〔註27〕于省吾《釋𤳆、𢌼兼論古韻部東、冬的分合》，《吉林大學社會科學學報》1962 年第 1 期。

〔註28〕曾憲通《從「蚰」符之音讀再論古韻部東冬的分合》，第三屆國際中國古文字學研討會論文，1997 年。

〔註29〕黃綺《論古韻分部及支、脂、之是否應分為三》，《河北大學學報》1980 年第 2 期。

〔註30〕黃綺《之、魚不分，魚讀入之》，《河北學刊》1992 年第 2 期。

〔註31〕喻遂生《兩周金文韻文和先秦「楚音」》，《西南師範大學學報》1993 年第 2 期。

〔註32〕喻文和羅文都提到代表「楚音」的合韻方式，內容略有不同。喻文有：東陽合韻，之幽合韻，侯魚合韻，真耕合韻，真文合韻，支歌合韻。結論來源於董同龢《與高本漢先生商榷「自由押韻」說兼論上古楚方音特色》（《史語所集刊》，七本四分冊，1939 年；羅常培、周祖謨《漢魏晉南北朝韻部演變研究》（北京：科學出版社，1958 年）；周祖謨《漢代竹書與帛書中的通假字與古音的考訂》（《音韻學研究》第 1 輯，1984 年）；清‧張耕《古韻發明》（芸心堂清道光刊本，第一類，第 1 輯）。羅文比喻文多列東冬合韻、冬陽合韻兩種，此二種來源於劉寶俊《冬部歸向的時代和地域特點與上古楚方言》（《中南民族學院學報》1990 年第 5 期）。侯魚、支歌兩種合韻方式不見於兩周金文韻文，所以喻文論及金文韻文的四種合韻方式，而羅文論及六種。

有出現。它們並非為某一時、地所獨有。〔註33〕在聲母的研究上，陳初生撰有
《上古見系聲母發展中一些值得注意的線索》一文，〔註34〕運用了甲骨文、金
文材料以及現代漢語方言材料，論證了上古見系聲母在發展中與端系、照三
系聲母的歷史聯繫。此外，侯志義《金文古音考》一書，從具體的銘文識讀入
手，涉及到金文古音的許多具體問題，給讀者許多啟發。〔註35〕

　　從以上情況來看，利用金文研究古音還只是處於起步階段。已有的成果中
許多還只是利用到少許的金文字形和用韻材料，系統地利用西周金文對西周
音系進行全面的研究十分不足。這種不足不僅體現在目前從事這一方面研究
的學者和成果十分有限，還體現在隨著出土西周銅器的增多和被識字的增多，
以往的研究在材料上的不足。同時，在研究方法上也需要改進和完善。借用董
琨先生的一句話說就是：「迄今為止借助於殷甲和西周金文勾勒的商代和西周
音系，只是比較粗放和不甚嚴密、因而也遠未能獲有定論的。」〔註36〕本課題
對西周金文音韻的考察，不可能完全擺脫材料和方法上的侷限，亦遠不能得出
定論性的成果。不過能在這條路上做些有益的探索，為認識西周金文語音的大
致狀況提供一些幫助，為西周金文的考釋提供一些語音上的證據也是本課題
研究的意義所在了。

第三節　研究材料

一、研究西周音系的主要材料

　　本課題主要利用西周時期銅器銘文中的諧聲字、通假字以及孳乳分化字等
材料考察西周音系。關於諧聲字和通假字能否作為上古音研究材料，曾有過不
少討論，認識上仍然存在分歧，所以有必要對這一問題予以說明。

　　利用諧聲字研究上古音，清初顧炎武、江永已有嘗試。至段玉裁提出「同
諧聲者必同部」，諧聲關係對韻部研究上的價值有了明確的肯定。後世又把諧

〔註33〕羅江文《談兩周金文合韻的性質——兼及上古「楚音」》，《楚雄師專學報》1999 年
　　　　第 4 期。
〔註34〕陳初生《上古見系聲母發展中一些值得注意的線索》，《古漢語研究》1989 年第 1 期。
〔註35〕侯志義《金文古音考》，西安：西北大學出版社，2000 年。
〔註36〕董琨《周原甲骨文音系特點初探》，甲骨文發現一百週年國際紀念會議論文，1999
　　　　年。又載《語言》第一卷，北京：首都師範大學出版社，2000 年。

聲關係擴展到上古聲類的研究上，其中已含有一個默認：諧聲關係不僅同韻，而且同聲。王力先生認為：「段玉裁說『同聲必同部』這是指韻部說的。這只是一個原則，還容許有例外。如果我們說『凡同聲符者必同聲母。』那就荒謬了。……從諧聲偏旁推測上古聲母，各人能有不同的結論，而這些結論往往是靠不住的。」〔註37〕郭錫良贊同王力的意見，亦云：「應該看到，假借不一定完全同音，諧聲關係更是極為複雜，這迫使我們必須另闢蹊徑。」〔註38〕所以，他在研究殷商和西周音系時不採用諧聲以及通假材料。總之，反對意見主要可以歸結為：諧聲關係複雜。諧聲字非一時一地所造，不同時代、地域的諧聲字受歷時音變和方言的影響，蘊涵著時代和地域的特點，不適於一個統一音系的研究。這一認識是正確的。高本漢曾取《康熙字典》12000 個諧聲字研究上古音，〔註39〕遭到董同龢等多位學者的批評，問題就出在材料的時代性上。但是，由於可用於研究上古音的材料太少，對諧聲字，包括通假字的質疑沒能阻擋住利用諧聲以及通假關係研究上古音的實踐。如果時代和地域明確的諧聲字是能夠用於研究這一時代和地域的語音狀況的，對於這一點應無疑問。西周金文的時代性和地域方言問題我們已在「以西周金文研究西周古音的可行性」一節中作了討論，西周金文中的諧聲字能夠用於西周音系研究應該沒有問題。至於諧聲關係不一定同音，可能僅僅是音近關係這一點上，我們認為諧聲，包括通假關係確有許多不完全同音，即使今天新造諧聲字和通假用字也常常是音近關係。但是音近並不影響它們作為語音研究的價值。利用概率統計，把特例排除，把常常發生聯繫的一組音近的音歸為一類，這本身就已經達到了我們的研究目的。還需指出的是，西周金文中相當一部分形聲字是在原用字基礎上增加義符構成的，本字轉化為聲符，這種方式構成的形聲字與其聲符無疑是同音的，〔註40〕這更有利於我們的研究。

〔註37〕王力《漢語語音史》，北京：社會科學出版社，1985 年，17～18 頁。

〔註38〕郭錫良《殷商時代音系初探》，《北京大學學報》1988 年第 6 期。

〔註39〕Bernharlgen（高本漢）. *An Analytic Dictionary of Chnese and Sino-Japanese,* Parise, Paul Geuthner, 1923。

〔註40〕趙誠先生在《上古諧聲和音系》（《古漢語研究》1996 年 1 期）一文中專門討論了上古諧聲現象和音系的關係，指出在某音系基礎上產生的諧聲和假借同該音系有一種適應性。上古諧聲字的形成與後代諧聲字的形成在方式上並不一樣，商代甲骨文就是先假借而後形成諧聲關係的，從商代音系來看，商代甲骨文的假借和諧聲是同音的。西周金文中的許多諧聲字亦是此類構成方式，如折／誓，隹／唯等。

　　本研究使用的諧聲字，沒有把在殷商時期甲骨文或銅器銘文中已經出現過的諧聲字排除在外，主要出於幾方面原因：一是一部分形聲字雖然在甲骨文中已經出現，但是其聲符部分在西周金文中亦可單獨使用，如「福」字，西周士父鍾「畐」用為「福」，可見「畐」「福」仍是同音的。「唯」「徒」「獻」「盛」「從」等字皆是此類。二是增加形符構成的形聲字與增加聲符構成的形聲字不同，增加的聲符可能帶有一時一地的特色，而增加形符則不存在這樣的問題。西周時期的許多形聲字是屬增加形符的一類。三、殷商時期的形聲字與其聲符的讀音發展到西周時期多數可能發生同步變化，之間仍保持音同或音近的關係。

　　通假字之間為音同或音近關係，這是毫無疑問的。有學者以「假借不一定完全同音」而降低通假關係在研究上古音中的價值是不對的。正如前文所言，上古音的研究本質上是研究語音分類上大的趨勢，而非確切的聲母或韻母，音近關係是能夠用於音類研究的。

　　在韻部的研究上，本文仍以諧聲和通假關係為主，有韻銘文只是作為輔助材料。西周有韻銅器銘文已見專文著錄的有上百篇，出於兩方面原因，筆者認為這些材料不能作為韻部研究的主要材料。一是韻腳字的確認容易受主觀因素的影響和已有《詩經》韻部的影響。銘文本身的斷句也還存在不少可商之處。二是銅器銘文內容程式化，用韻單一，不足以歸納韻部系統，而只能輔助證明某些韻部的疏密關係。

二、材料來源

　　1. 中國社會科學院考古研究所編《殷周金文集成》（1～18 冊），北京：中華書局，1984～1994 年。

　　2. 中國社會科學院考古研究所編《殷周金文集成釋文》（1～6 冊），香港：香港中文大學出版社，2001 年。（該書銘拓編號與上書相同，使用時以銘拓文字為準，釋文僅作參考）

　　3.《保利藏金》編輯委員會編《保利藏金——保利藝術博物館精品選》，廣州：嶺南美術出版社，1999 年。

　　4.《保利藏金》編輯委員會編《保利藏金——保利藝術博物館精品選》（續），廣州：嶺南美術出版社，2001 年。

5. 劉雨、盧岩編著《近出殷周金文集錄》（全四冊），北京：中華書局，2002 年。

6. 陝西省文物局、中華世紀壇藝術館編《盛世吉金》，北京：北京出版社，2003 年。

7.《考古》，1985 年～今，各期。

8.《文物》，1985 年～今，各期。

9.《考古與文物》，1985 年～今，各期。

10.《考古學報》，1985 年～今，各期。

三、材料的選擇

本文盡可能全面地選取西周時期銅器銘文中出現的形聲字和通假字，以及與後世一些字發生聯繫的孳乳分化字。對於銅器時代的確定基本上以《殷周金文集成》一書標注的時代為準，不見於該書的銘文，則以相應的研究文章所確定的時代為準。為使材料更為單純，對「商代末期」「春秋早期」的銅器銘文不予收錄。

對於形聲、通假、孳乳等關係的確定，盡可能取學界一致的說法。對還有較多分歧意見的材料不取。

有一些從構形看雖然可以確定為形聲字，但是在《漢語大字典》《康熙字典》等工具書中沒有收錄，或是收錄了，但是都沒有該字讀音記載，如諓、鞁、瓮等，此類字不在少數，只能捨棄不用。如果一個字有多個異體，後世分化為不同的字和音，則可以作為本文考察語音的材料，否則，只收錄其中後世公認的一個正體。如錫和賜，在西周金文中只是所從義符不同的一對異體字，均表示賞賜義，但是後世分化為兩音，意義也有所分化，兩音當視為有同源關係，可以作為考察語音分化的材料。但如「盨」字，有從「木」「須」聲者，後世捨棄不用，不具考察語音的價值，所以只取「盨」字一體。

有些字雖然不見於後世字書，沒有讀音記載，如「厇」，從字形看應是從「厂」，「長」聲，其在金文中用為「揚」，則「長」「揚」構成的一對語音關係可以作為研究材料。「遟」用為「揚」，「曹」用為「昧爽」字，「鄦」用為「許國」字皆是此類，本文酌情收取。

本研究最終收錄形聲字 807 個，通假字 508 組。

第四節　研究步驟及方法

語言研究宜追求實證，實證則以材料為先。本研究首先對西周金文材料中的形聲字和通假字，以及部分孳乳字等進行了窮盡性的調查，去除有爭議的字，然後逐一記錄這些字的原始形體以及出處，標注其中古及上古讀音，並按中古《切韻》聲系和上古《詩經》韻系製成表格。對表中每兩個聲類和韻部之間發生關係的字進行統計，並計算出幾遇數。最後對統計的結果進行分析，從中概括出西周金文音系，並把結論用於西周金文未識字的考釋。

本文具體的研究方法可以歸納為三種：

（一）歷史比較法

歷史比較法是研究上古音最常用的方法。有清以來的古音研究多採用此法，即以《切韻》上推古音。本文對西周聲母的研究以中古《切韻》聲母系統作為參照系，上推西周金文聲系。韻部的研究則以《詩經》韻部系統為參照系，推求西周金文韻部的分合狀況。如此選擇參照系是因為上古《詩經》韻部的研究經過有清以來幾代學者的努力，已經有了一個比較一致公認的系統。而對於上古聲類的研究，由於研究材料的侷限，研究成果意見分歧較大，目前還沒有形成一個較為成熟的系統，所以只能借助於研究已經比較完善的中古《切韻》系統作為參照。

《切韻》聲母系統本文基本上採用王力《漢語史稿》中的三十五聲母，〔註41〕只略有改動，即將其中的匣母分為匣、云（喻三）兩母，娘母獨立。〔註42〕本文所使用的三十七聲母見下：

喉音：　影　余　曉　匣　云

牙音：　見　溪　群　疑

舌音：　端　透　定　泥　來

　　　　知　徹　澄　娘

〔註41〕王力《漢語史稿》，北京：中華書局，1980 年新 1 版。

〔註42〕李榮先生認為在《切韻》時代沒有娘母，王力先生在《漢語音韻》中認為《切韻》有娘母，而在其後的《漢語史稿》和《漢語語音史》中也取消了娘母。從反切的實際情況看，泥、娘二母在中古時期應是並存的，無論是王三還是《廣韻》，其反切上字的系聯結果都顯示泥、娘分作兩類。從音和與類隔的角度看，泥與娘固然有一些互為切上字的類隔數，但端與知、透與徹、定與澄同樣也都有一些類隔數，看不出兩者之間有多大差別。

齒音：　精　清　從　心　邪

　　　　莊　初　崇　山

　　　　章　昌　船　書　禪　日

唇音：　幫　滂　並　明

　　為考察西周金文中輕重唇音字之間的關係，本研究將兩系字單獨分類考察，在聲母幾遇數表中仍列為一類。

　　《詩經》韻部系統本研究採用王力《漢語史稿》中的二十九部。他在《漢語音韻》等書中分古韻為二十九部，〔註43〕後來在《音韻學初步》《漢語語音史》等著作中增加了一個冬部，〔註44〕但是認為冬部在戰國時期才出現。為考察西周時期冬部與侵部以及東部之間的關係，本文將冬部單列，所以參照的韻部系統為三十部，如下：

1. 之部	2. 職部	3. 蒸部
4. 幽部	5. 覺部	6. 冬部
7. 宵部	8. 藥部	
9. 侯部	10. 屋部	11. 東部
12. 魚部	13. 鐸部	14. 陽部
15. 支部	16. 錫部	17. 耕部
18. 脂部	19. 質部	20. 真部
21. 微部	22. 物部	23. 文部
24. 歌部	25. 月部	26. 元部
	27. 緝部	28. 侵部
	29. 葉部	30. 談部

　　本文對所錄字上古與中古音類的標注，主要依據郭錫良《漢字古音手冊》，〔註45〕該書採用的音類系統與本文是一致的，亦為王力《漢語史稿》系統。同時該書也對王力的這個系統做了一些調整，即中古聲類將匣母分為匣、云（喻）兩類，上古韻部將冬部獨立。本文收錄的不見於《漢字古音手冊》的

〔註43〕王力《漢語史稿》，北京：中華書局，1980 年新 1 版；《漢語音韻》，北京：中華書局，1980 年。

〔註44〕王力《音韻學初步》，北京：商務印書館，1980 年；《漢語語音史》，北京：中國社會科學出版社，1985 年。

〔註45〕郭錫良《漢字古音手冊》，北京：北京大學出版社，1986 年。

字，則依據《古韻通曉》和《漢語大字典》中的注音。〔註46〕

（二）概率統計

概率統計法在語言研究上是一種重要而有效的方法。陸志韋在《古音說略》中用實際相逢數與幾遇數的比值考察音類之間的關係，為後人研究在方法上開拓了思路。這種方法為我們判定上古音類分合提供了簡明的工具，可以避免被少數的語音關係干擾，而突出音類之間通轉的大勢，也為一些音類的分合確定了較為統一的標準。以大量的材料分析音類間的關係比較適於採用此法，所以後世的學者多有借鑒。管燮初的殷商甲骨文聲類研究，劉志成的兩周金文聲類研究，李玉的秦漢簡牘帛書音系研究等都使用了這種方法。本文對西周諧聲、通假等關係的考察和分析也採取了這種方法。計算幾遇數的公式為：

$$\frac{AB}{\frac{N(N-1)}{2}} \times \frac{N}{2} = \frac{AB}{N-1}$$

A、B 分別代表兩個聲母（或韻部、聲調）的相諧次數，N 代表所有的相諧字數（諧聲、通假等關係都包括關係的雙方。這個 N 也被稱為實際相逢數）。

例如西周金文中端、章兩母的相諧幾遇數為：

A（諧聲、通假等關係中涉及到的端母字數量）＝47

B（諧聲、通假等關係中涉及到的章母字數量）＝110

N（所有諧聲、通假等關係涉及的總字量）＝2630

端章二母的相諧幾遇數＝$\frac{AB}{N-1} = \frac{47 \times 110}{2630-1} = 1.97$

兩個音類的實際相諧數與幾遇數的比值以 1 為臨界點，實際相諧數與幾遇數的比值等於 1，說明兩音類之間的實際相逢數與理論相逢數持平，兩類音可以相通。如果大於 1，則可視為常常相諧的一類，即兩類音常可相通。相通並不等於合併，只要發音部位相同或發音方法相近，比值就有可能達到 1 甚至大於 1。是否合併或部分合併，還要考慮到整個音系的情況和分化條件。比值越大合為一類的可能性越大，應從音理上進行解釋。如果實際相諧數與幾遇數的比值小於 1，則表明兩個音類的相諧為偶然現象，不應歸為一類，且比值越小，存在音理關係的可能性越小。如端、章二母的實際相諧數為 10，幾

〔註46〕陳復華、何九盈《古韻通曉》，北京：中國社會科學出版社，1987 年。徐仲舒主編《漢語大字典》，四川辭書出版社、湖北辭書出版社，1993 年。

遇數為 1.97，實際相諧數是幾遇數的 5.08 倍，說明兩母之間存在密切的音理關係，適宜合為一類。幫、曉二母的實際相諧數為 2，幾遇數為 5.11，兩者的比值只有 0.39，說明幫、曉兩母之間可能不具音理上的聯繫。

　　以幾遇數考察音類關係雖然方便，但是不足之處也是明顯的，正如陸志韋所言：「我們得留意，這些比較倍數本身是有『差誤』（probable error）的，數目越小，『差誤』越可以大。這是方法上極難之點，並且不容易一般的說明。」〔註47〕由於西周金文諧聲、通假等現象數量上相對來說還是有限的，所以出現的差誤可能會比較大，對一些具體的材料還要作具體的分析，同時也必須借助於其他幾種研究方法。

　　本研究在處理數據的時候還注意了以下幾個方面：（1）有一些音類之間實際發生諧聲或通假關係的次數只有一兩次，但是與幾遇數的比值已經超過了 1，這種情況還要結合同系內部其他音的情況來作考慮。發音部位相同的一組聲類或主要元音相同或相近的一組韻部與另外一組聲類或韻部普遍地發生聯繫，即使其中個別聲韻間的實際相諧數只是一兩次，或者實際相諧數與幾遇數的比值小於 1，也應適當考慮兩組聲類或韻部之間是否有音理關係。比如本文考察泥母和知母之間只有 1 例相諧，兩母的幾遇數為 0.26，雖然實際相諧數超過了兩者之間的幾遇數，但是西周金文中泥母字與舌上音很少發生關係，泥、知相諧的這一例顯得十分孤立，本文即視為特例。昌母與透母雖然也是只有 1 例相諧，但是章系與端系字多有相諧，具有普遍的聯繫，加上昌組字本來就比較少，並且這一例也遠遠超過了幾遇數 0.12，那麼這 1 例也說明兩音有音理上的聯繫。（2）實際的相諧數較多，而與幾遇數的比值小於 1，這種情況也應作適當的考慮。如見、余兩母之間的關係。兩母字的實際相諧數為 15，而幾遇數為 21.76，僅從數據上看兩母之間不屬於常常相諧的一類，不具有音理上的聯繫。但是見母字除了與其他牙音聲母以及喉音中的匣母有較多的相諧數量外，與余母相諧的數量十分可觀。從余母來看，除余母本紐相諧外，與見母相諧的絕對數量是最多的。從而我們應該考慮見、余二母字之間應該具有某些音理上的聯繫。（3）對於數據的價值應該區別對待，要結合具體字例分析。有些音類之間雖然有一些相諧的字例，但是主要集中在一個諧聲系列上，如西周金

〔註47〕陸志韋《古音說略》，《陸志韋語言學著作集》（一），北京：中華書局，1985 年，231 頁。

文中耕元兩部字有 4 例相諧，在異部相諧中已是比較多的數量。但兩部相諧的字例集中在以「睘」為根本聲符的諧聲字上：睘（耕部）、環（元部）、還（元部），不具有普遍性。並且睘中古本身就有葵營切和旬宣切兩讀，後者歸在元部，耕部音很有可能是後世由元部變入的。所以此諧聲系列不能有效說明西周時期耕、元兩部的關係。（4）音類的分合當然不能僅憑數據，音類分合必須要考慮是否符合「音理」，即語音的一般發音以及變化規律。正如陸志韋先生所言：「喉頭發音，整個口腔是一架活動的共鳴器。口腔一移動，會教所有的輔音跟元音受到普遍的影響。凡是論到上古音跟中古音的沿革，假若所設想的條件根本跟口腔的自然活動不符合，那樣的學理就沒有討論的價值。」〔註48〕音理要求對待數據時既要考慮共時音變的可能，又要考慮歷時音變的條件和過程，違反這兩點而僅憑藉數據進行音類的分合是沒有意義的。李玉在運用統計法研究秦漢音系時論道：「使用統計法應當要有『音理』的眼光。只有這樣，才能準確地排除偶然因素，使得出的結論接近客觀事實。」〔註49〕他在研究中也正是用這種「眼光」來分析數據的，值得稱道。

總之，數理統計只能提供分析音類分合的參考數據，麥耘先生曾云：「數學只是給判斷的依據，但是不能判斷。」〔註50〕此言甚是。

（三）內部擬測

每一種語言都有一個相對完整的語音系統，系統內部的每個成分不是孤立存在的。每一時期的語言同樣具有系統性，這種系統性需要我們考慮語音關係以及變化時不應單獨地，而應從系統的角度來考慮。李方桂先生即是從系統性出發為上古音系統構擬了-r-、-j-介音，本文亦是如此。古音研究者作古音的擬測離不開系統，本研究由於材料所限，不作具體音值的構擬，只作音類考察，但同樣離不開系統。比如泥、娘、日三母字之間泥、娘兩母字與日母字都有著密切的相諧關係，但是泥、娘二母字卻很少有相諧字例，是否可以說娘不能歸泥，或者認為泥、娘二母都應歸入日母？其實泥、娘、日三母之間的關係與端、知、章三組聲母之間的關係是平行的。知、章兩組歸入端組，從音系的角度來看，西周時期娘、日二母應歸入泥，分化條件與端組分

〔註48〕陸志韋《古音說略》，《陸志韋語言學著作集》（一），64 頁。
〔註49〕李玉《秦漢簡牘帛書音韻研究》，北京：當代中國出版社，1994 年，7 頁。
〔註50〕麥耘先生給筆者講授音韻學課程談到相關問題時所言。

化出知、章兩組相同。再如西周金文中匣母字與見母字的相諧異常突出，是否予以合併呢？見組中群母只有三等字，匣母中唯缺三等字，兩者呈互補分布，所以本文將與見母相諧的匣母與群母合為一類。部分匣母字還與影曉云等喉音字有相諧關係，其中云母只有三等字，與匣母亦呈現互補關係，所以將與喉音相諧的這類匣母與云母合為一類。總之，內部擬測可以幫助我們由此及彼，發現音類之間的語音聯繫和變化規律，從而使得最終整理出的音類系統更具科學性和嚴密性。

第五節　術語和符號說明

為行文方便，本研究中使用了一些專門的術語和符號，在此有必要加以說明。

1. 通假　本研究使用的材料主要是形聲字，其次是通假字，此外還有部分孳乳、同源分化等能夠用於語音考察的字，為敘述方便，在列舉數據時，諧聲仍稱為「諧聲」，通假、孳乳等關係則一併稱「通假」。

2. 相諧　所有發生語音關係的一組字之間統稱為「相諧」。如幫母並母之間諧聲關係有 24 對，通假等關係有 11 對，本文則稱幫、並二母之間相諧 35 次。

3. 幾遇數　即兩類音理論上可能發生相諧關係的數量。

4. 在羅列西周金文的諧聲、通假等材料時，形聲關係的一組字之間用「：」連接，通假關係的一對字之間用「—」連接。其他孳乳分化字等不作具體分辨，均與通假同例。

5. 本文使用《殷周金文集成釋文》收集文字資料時以原拓結構為準，釋文僅作參考。該書為香港中文大學中國文化研究所出版的 6 卷本，在列舉諧聲字與通假字時，只標出該字所在篇名的序號，不標卷數，也不標出中華書局出版 18 冊《殷周金文集成》的冊數，如：

　　命：令　　　　　　　　　　梁其壺 9716（不標 15.9716）

如果材料取自《近出殷周金文集錄》，則直接標出所用篇目在該書中的序號，並在序號前標示「《近》」，如：

　　譖：朁　　　　　　　　　　戎生編鍾《近》30

6. 為使本文採用的形聲和通假字有確切材料的支持，文章在每節後附有對部分形聲和通假字的考訂。全文認定形聲和通假字參考了許多前輩的看法，由於篇幅所限，恕不能全部列出。

第一章　西周金文聲母考察（上）

第一節　脣　音

一、脣音內部的關係

（一）輕脣與重脣

關於上古時期脣音狀況的研究成果，應首推錢大昕提出的「古無輕脣音」。〔註1〕後世研究上古音的諸家基本上都繼承了錢氏的這一提法，可以說已成定論。為展示西周這一時段脣音的具體狀況，本文對西周金文中涉及脣音的形聲字和假借字進行了全面的考察。

西周金文中，重脣與輕脣聲母字屬於常常相諧的一類，如早期金文「福」字或作「畐」，後以增加示旁的「福」字為常體，成為從「示」「畐」聲的形聲字。「福」後世為輕脣音字，聲符「畐」則有輕脣奉母和重脣並母兩讀。周乎卣銘文中「福」字作「𪩘」，戜者鼎作「𥛱」，均從「北」聲，〔註2〕而「北」為重脣幫母字。「布」字從「父」得聲，如守宮盤作 𪱱。「布」，幫母，重脣音字；「父」，奉母，輕脣音字。「甫」字西周金文形作 𤰞（穌甫人匜），亦從「父」

〔註1〕錢大昕「古無輕脣音」之說見於《十駕齋養新錄》。
〔註2〕𪩘，據《金文編》定為福字，從示，畐聲，又北聲，為雙聲符字。𥛱字本列在 13 頁祉字條下，張振林師認為應改列入福字下，今從之。

聲,「甫」、「父」均為輕唇音聲母字,而西周金文中有從「甫」得聲的「鋪餔甫輔尃」等字,前三字皆為重唇聲母,後兩字為輕唇聲母。從輕唇之「尃」得聲的「搏博鎛」三字,又都是重唇聲母字。「不」通用為「丕」為西周金文習見,「不」字《廣韻》有甫鳩、分勿兩切,均為輕唇音,而「丕」為滂母,重唇音字。伯龢父敦銘中有「否」字,從「不」聲,用為「不」。「否」字中古則有重唇、輕唇兩讀。西周競卣銘中有「坏」字,形作𡎉,從「不」得聲,(《說文》作「坏」,亦從「不」聲),「坏」為重唇聲母字。

西周金文中輕唇與重唇音字交錯相諧以及一字在中古以後有輕重唇兩讀的例子不一而足,此不贅舉。本文考察的諧聲、通假等關係中涉及到的唇音字共有 410 個,其中 356 字為唇音字之間的相諧,包括諧聲 105 組,通假 73 組。輕重唇音字之間的相諧狀況見表 1-1。

表 1-1　輕重唇音字關係表

	諧　聲	通　假	比　例
重唇音——重唇音	96	52	41.6%
輕唇音——輕唇音	56	54	30.9%
重唇音——輕唇音	58	40	27.5%

從表中數據可以看出,輕唇、重唇相諧的比例占唇音總量的 27.5%,接近三分之一,與輕唇與輕唇相諧的比例接近,可以說明在西周時期輕、重唇音還沒有分化。重唇與重唇、輕唇與輕唇相諧比輕、重之間相諧的比例稍高一些,可能有幾個原因,一是,輕唇音只是上古一部分三等唇音字變來的,字量上本來就不如重唇音字多。二是,西周金文的許多諧聲字是在原字基礎上增加義符構成的,不是增加聲符,這種方式構成的形聲字與其聲符的等呼開合常常一致,如盤字,甲骨文寫作般,金文或寫作般,或繁增義符皿、金等。般、盤後世分化為表意不同的兩字,但聲母同為重唇音。往復之復本作复,西周金文中又或增義符彳、辵等,復复後世同變為輕唇音字。此外,還應存在這樣一種可能,雖然當時輕、重唇不作為區別音位的特徵,但是人們在選擇聲符或通假字時多數還是盡量選擇同等呼的字。

在討論輕、重唇音分化的條件時,學術界主要有過以下幾種意見:一是合口三等是輕唇音得以分化的條件,高本漢持此說。王力也同意這一觀點,並在《漢語語音史上的條件音變》一文中云:「輕唇是從重唇音分化出來的,分

化的條件是合口三等。……為什麼唇音合口三等字變為輕唇音呢？這是因為韻頭〔iu〕（＝〔y〕）是圓唇音，它往往使牙床骨向前伸，以致上齒接觸下唇，所以前面的雙唇音變為唇齒音（輕唇）。那麼，為什麼韻頭〔u〕不能使雙唇音變為唇齒音呢？這是因為〔y〕比〔u〕能使牙床更向前伸，所以合口一等的唇音字沒有變為唇齒音，而合口三等的唇音字變為唇齒音了〔註3〕。」〔註4〕《切韻》同一個唇音字既可以做開口字的反切下字，又可以做合口字的反切下字，趙元任、李榮等都論證唇音字不分開合，〔註5〕上古蓋亦如此，這樣也就推翻了以合口為條件的說法。關於輕重唇音分化的條件，趙元任有 i 介音與央元音或後元音說：「如果唇音字有一個高i，後接一個央元音或後元音，它總是伴隨著牙床位置的後移，於是就有下唇接觸上齒的趨向，這就產生了唇齒音」；〔註6〕李方桂則有-j-介音的「軟化」說：輕唇音的分化跟-j-介音的軟化作用有關，重唇+j-變輕唇。這個-j-介音不同於發音部位很近的-i-，-i-是個發音較緊的元音，也是個硬元音。如果「軟化」作用的-j-後加一個緊的-i-元音，那麼就把-j-的「軟化」作用取消了，因此就有了三等韻裏不變輕唇的現象。〔註7〕李新魁在其上古音系構擬中也列出了一組帶-j-介音的唇音，與李方桂的做法相似，但變輕唇的具體條件又有不同。李新魁認為其中韻母帶有 u 或其他圓唇元音的，變為輕唇音。〔註8〕潘悟雲和楊劍橋都比較贊同趙元任的說法，二位分別從不同角度論證了這一說法的合理性，並解釋了侵、蒸、庚三韻後世沒有變輕唇音的原因。其中楊氏據南北朝至隋的詩文用韻情況認為侵等三韻的主要元音應該是前元音，故沒有變輕唇，此說可從。〔註9〕從本文對西周金文的考察來看，認為上古三等字普遍具有一個-j-介音，輕唇音的分出應與這個

〔註3〕此為作者原注：參看 E.G.Pulleyblank: Dentilabiallzation in Middle Chinese.

〔註4〕王力《漢語語音史上的條件音變》，《語言研究》1983 年第 1 期，2～3 頁。

〔註5〕趙元任《中古漢語的語音區別》（Distinctons Within Ancient Chinese），*Harvard Journal of Asiatic Studies, 5.* 李榮《切韻音系》，北京：科學出版社，1956 年。

〔註6〕趙元任《中古漢語的語音區別》（Distinctons Within Ancient Chinese），*Harvard Journal of Asiatic Studies, 5.*

〔註7〕李方桂《上古音研究》，北京：商務印書館，1980 年，22～23 頁。類似論述亦見《上古音研究中聲韻結合的方法》，《語言研究》1983 年第 2 期。

〔註8〕李新魁《漢語音韻學》，北京：北京出版社，1986 年，378 頁。

〔註9〕楊劍橋《漢語現代音韻學》，上海：復旦大學出版社，1996 年，139～142 頁。潘悟雲《漢越語和〈切韻〉唇音字》，《著名中年語言學家自選集·潘悟雲卷》，合肥：安徽教育出版社，2002 年，36～37 頁。原載《中國文史論叢·語言文字研究專輯（上）》，上海：上海古籍出版社，1982 年。

介音有關。後世輕唇音只是三等字的一部分，這部分字的元音與後世仍為重唇三等的元音應有不同，宜如趙元任所言為央元音或後元音。

西周金文中的部分唇音字，如畐、番、否等，後世有輕、重唇兩讀。還有同源分化字如捧奉，前字後世分入重唇，後字入輕唇，它們分化的條件值得進一步探討。這些字數量不算太多，或可看作是語音發展中的地域差異或使用上的不平衡性造成的。

（二）唇音內部各聲母之間的關係

因西周金文中重唇與輕唇音還沒有分化，以下文所提的唇音只指重唇（幫滂並明）一類。內部各聲母之間的相諧情況見表 1-2。西周金文中雙唇塞音與唇鼻音相諧的機會較少，滂、並與明母均無相諧字例，只有幫母與明母有 4 例相諧，賦：武（毛公鼎 2841）、邊：鼻（大盂鼎 2837）、賓：宄（小盂鼎 2839）、宄—賓（虘鍾 88）。可以說唇塞音與唇鼻音有明顯的分組趨勢，少數的相通可視作方言變異或特殊變異。曾有學者就兩類的相諧關係擬出 mp，mph，mb 等帶有鼻冠音的複合聲母，〔註10〕就西周金文的諧聲和通假情況來看沒有必要。

表 1-2　唇音聲母字關係表

	幫（非）	滂（敷）	並（奉）	明（微）
幫（非）	38〔註11〕	20	35	4
	8.67	2.47	4.94	7.47
滂（敷）		7	9	
		0.7	1.41	
並（奉）			20	
			2.81	
明（微）				45
				6.43

表中數據顯示出雙唇塞音之間的相諧是很常見的，幫、滂、並三母之間的相諧數均遠遠超過了幾遇數。從數量看，幫／滂、幫／並之間的相諧，都分別

〔註10〕如陳獨秀、嚴學宭之說，分別見《中國古代語音有複輔音說》，《東方雜誌》第三十四卷：20、21 號，1937 年。《原始漢語複輔音聲母類型》，第十四屆國際漢藏語言學論文，1981 年。李新魁也將上古明母擬作 mb。見李新魁《漢語音韻學》，北京：北京出版社，1986 年，380 頁。明母與唇塞音的關係比較疏遠，筆者認為這種構擬尚缺乏材料的支持。

〔註11〕此行數據為實際相諧數，下行數據為幾遇數。全書別處體例同此。

超過了滂／滂、並／並的自諧數量，由此可見唇音在方法上的清／濁、送氣／
不送氣不構成明顯的對立。

二、唇音與非唇音關係

（一）唇音與曉母

饙（幫）：莽（曉）〔註12.〕	散伯父段3866	
海（曉）：每（明）	小臣謎段4238	
誨（曉）：每（明）	牆盤 10175	
盤（曉）：無（明）	盤仲卣 5369	
巟（曉）：亡（明）	巟伯段3530	
曶（曉）：勿（明）	曶鼎 2838	
莽（曉）—饙（幫）	伯幾父段3766	
莽（曉）—幩（並）	九年衛鼎 2831	
無（明）—許（曉）	無㚔段4226	
妄（明）—荒（曉）	毛公鼎 2841	
聞（明）—婚（曉）	壴卣 5041	
晦（明）—賄（曉）	兮甲盤 10174	
聞（明）—昏（曉）	毛公鼎 2841	
每（明）—誨（曉）	曶鼎 2838	
誨（曉）—謀（明）	牆盤 10175	
誨（曉）—敏（明）	不娶段4328	

（二）唇音與曉母以外的喉牙音

闇（疑）：門（明）	師穎段4312	
訧（匣）：夫（幫）	訧叔訧姬段4062	

〔註12.〕　　西周金文拜字所從與「莽」形似，隸定為「捧」。《說文》：「莽，疾也。從本，卉聲。拜從此。」又《說文》及王筠《說文句讀》均謂「捧」「從手莽聲。」但是「捧」是否從「手」「莽」聲還有可商。郭沫若謂「拜實拔之初字，用為拜手頶首字者乃其引申之義也。」金文拜字之形「解為拔之初字正適。拜首至地有類拔草卉然，故引申為拜。引申之義行而本義廢。」（《金文叢考》二二一頁「釋拜」）馬薇廎則謂「拜」字所從為「華」字（《金文詁林》6620.12.126～1515）。關於該字的確切構形有待進一步探討，本文暫不予收錄。

（三）唇音與來母

稟（明）：向（來）	六年召伯虎段 4293
鑪（來）：膚（幫）	弭仲簠 4627
鑠（來）：稟（明）	兮仲鍾 70
膚（幫）：盧（來）	弘尊 5950
穎（來）：米（明）	天亡段 4261
柳（來）：卯（明）	散氏盤 10176
命（明）：令（來）	梁其壺 9716
麥（明）：來（來）	麥方尊 6015
鈴（來）：命（明）	毛公鼎 2841
厲（來）：萬（明）	五祀衛鼎 2832
閭（來）：門（明）	閭段 3476
留（來）：卯（明）	趠鼎 2815
膚（幫）—盧（來）	史密段《近》489
令（來）—命（明）	小臣謎段 4238
厲（來）—萬（明）	散伯段 3779
來（來）—麥（明）	蟎鼎 2765
嗇（稟）（明）—林（來）	師㝨鍾 141
緣（來）—蠻（明）	虢季子白盤 10173

（四）唇音與余母

鼉（余）：黽（明）	鼉方尊 6005
賣〔註13〕（余）：睦（明）	智鼎 2838

（五）唇音與舌音

匋〔註14〕（定）：缶（幫）	能匋尊 5984
鮑（幫）：匋（定）	弭仲簠 4627

〔註13〕該字智鼎作「🦫」，《說文・貝部》：「衒也，從貝䍐聲。䍐古文睦。讀若育。」「買賣」之「賣」從「出」從「買」，與此非一字。《說文》小篆字形應隸作「賣」，段注：「賣隸變作賣，易與賣相混。」

〔註14〕《說文・缶部》謂「匋」「從缶，包省聲。」趙誠以為「缶」聲。詳見本節諧聲、通假字考訂。

詢（定）：包（幫）　　　　　　　　　　　　　　　　　　　　　　　　　　　　　曶鼎 2838
匋（定）—寶（幫）　　　　　　　　　　　　　　　　　　　　　　　　　　　　　𠤳父盉 9416
亳（並）：乇（知）　　　　　　　　　　　　　　　　　　　　　　　　　　　　　亳鼎 2634
朝（知）—廟（明）　　　　　　　　　　　　　　　　　　　　　　　　　　　　　趞鼎 4266
廟（明）：朝（知）　　　　　　　　　　　　　　　　　　　　　　　　　　　　　遂攸諆鼎 2375
黹（知）—黼（幫）　　　　　　　　　　　　　　　　　　　　　　　　　　　　　頌鼎 2829

（六）唇音與日母

弭（明）：耳（日）　　　　　　　　　　　　　　　　　　　　　　　　　　　　　師湯父鼎 2780
彌（明）—爾（日）　　　　　　　　　　　　　　　　　　　　　　　　　　　　　長囟盉 9455

（七）唇音與心母

异（心）：畀（幫）　　　　　　　　　　　　　　　　　　　　　　　　　　　　　异大父辛爵 9083
喪（心）：亡（明）　　　　　　　　　　　　　　　　　　　　　　　　　　　　　毛公鼎 2841

以上相諧情況可總結如表 1-3。

表 1-3　唇音與非唇音聲母字關係表

	定	來	泥	日	心	知	疑	曉	匣	余
幫	4	6			1	1		2	1	
	4.31	10.22			4.88	1.67		5.11	8.67	
滂										
並						1		1		
						0.95		2.91		
明		12	1	2	1	2	1	13		2
		8.8	1.19	1.63	4.2	1.43	4.2	4.4		9.89

在唇音與非唇音的相諧中，明、曉二母的關係尤為突出，之間的相諧字數幾遇數的三倍多，可以肯定兩母在西周時期具有密切的關係。在上古音的研究中，明、曉兩母的關係很早就引起了學者們的注意。高本漢在研究諧聲字的基礎上為明母和曉母的關係構擬了複聲母 xm。〔註 15〕王力基本是反對古有複輔音的，但是《同源字典》列舉「xək 黑：mək 墨」一組同源字時也承認「『黑』的古音可能是 mxək，故與『墨』mək 同源。」〔註 16〕陸志韋反對高氏

〔註 15〕Bernharlgen（高本漢）. Compendium of Phonetics in Ancient and Archaic Chinese, *Bulletin of the Far Ear Eastern Antiquities,* 1954.

〔註 16〕王力《同源字典》，北京：商務印書館，1982 年，253 頁。

的構擬，認為「這顯然是枝枝節節，不顧全局的擬音。我們不能援例再擬上 kp、gm 等等怪音。」「上古音好像應當有一個雙唇的磨擦音，相當於 s 跟 x。現代方言裏，x〉f 是極尋常之事。f〉x 也不少見。上古通 x 的唇音何嘗不可以是那雙唇的ɸ（簡稱 f）呢？諧聲系統裏，m 跟 p 不容易通轉，不像 n 跟 t，ŋ 跟 k，也許 m 本是通 p、p'的，可是 p、p'〉f，f〉x。m 本又可以直接通 f，正像 ŋ 的通 x，可是後來 f〉x。」〔註17〕董同龢不贊成「悔」「昏」等字的聲母原來是ɸ或 f，因為諧聲中極少擦音與鼻音接觸的例子。董氏擬定悔、昏等原為m̥（m 的清音），每、民等原為 m-。「因同為鼻音，所以能常諧聲。悔、昏等字多屬合口。m̥先變同部的擦音，再在-u-影響下變 x-（如非敷奉母在現代若干方言變 x-或 h-）是很自然的。」〔註18〕董氏的這一說法得到了多數學者的支持。李方桂早年也曾經提到明曉相諧的一類上古聲母可假定為 mx 或 m̥。〔註19〕後來董氏又進一步論證自己的觀點，李先生認為「董的清鼻音聲母證據十分充足。」〔註20〕但他把這個清鼻音改擬為 hm，一方面是為印刷上的方便，一方面也認為所謂的清鼻音可能原來有個詞頭，把鼻音清化了。就西周金文的諧聲和通假來看，明、曉兩母之間的關係不可以看成偶然或方言現象。明母字很少與唇塞音相諧，也很少與擦音相諧，這一現象不支持陸氏的假設。出現於明曉相諧的字，很少見於其他聲母字的諧聲或通假中，可見這類字有著獨立的來源，董同龢構擬的清鼻音適於解釋西周金文中明曉兩母字的相諧。這一類型的清鼻音在雲南、貴州的許多少數民族語言中仍有較為普遍的存在。

　　唇音中幫母與明母均與來母有相諧關係，其中幫母與來母相諧有 6 例，沒有達到幾遇數（10.2），明母與來母相諧有 12 例，是幾遇數（8.8）的 1.4 倍。關於來母與非來母字的關係，本文一併放在「來母與 r 介音」一節論述。

　　唇音字與余母字相諧有 2 例。鼉，余母字，從黑單聲，單，明母字。賣，余母字〔註21〕，從貝函聲，函（古文睦），明母字。雖然唇音與余母相諧的次

〔註17〕陸志韋《古音說略》《陸志韋語言學著作集》（一），北京：中華書局，1985 年，272 頁。

〔註18〕董同龢《漢語音韻學》，北京：中華書局，2001 年，287～288 頁。

〔註19〕李方桂 Archaic Chinese *-ĭwəng, *-ĭwək, and *-ĭwəg.《歷史語言研究所集刊》第 5 本第 1 分冊，1935 年，71 頁。

〔註20〕李方桂《上古音研究》，北京：商務印書館，1980 年，19 頁。

〔註21〕「賣」字郭錫良《漢字古音手冊》未收，陳復華、何九盈《古韻通曉》定「賣」為余

數十分有限，但是結合余母與其他各母的相諧情況，我們認為西周金文中唇音三等字帶有-j-介音，後世脫落了介音前的聲母而成為余母字。（參「余母與-j-介音」一節）。

　　唇音與舌頭音定母相諧有 4 例，接近幾遇數（4.31）。這 4 例都涉及「匋」字，[註22]可能也與-j-介音有關。匋字有徒刀切（《廣韻》）和余朝切（《字彙》）兩音，前為定母，後為余母，我們推測西周時期匋是個帶有-j-介音的唇音字（pj-），後世脫落了介音前的聲母，成為余母或定母字（部分字後世可能保留一音，有的則保留兩讀。潘悟雲曾提出過與余母相諧的定母字與余母都來自上古的 l-，在短元音前面變作中古的余母，在長元音前面變作中古定母的假設。[註23]但是這一假設不能解釋一字兩讀的問題。余母上古與透、定母一系，亦為舌頭音，所以與透、定母直接交替是有可能的。匋字的兩讀可如此解釋。）此外唇音字還有與舌音知組字（上古亦屬舌頭音）相諧的 4 例，可借用唇音變舌頭音的解釋。陸志韋懷疑舌齒音可以跟唇音直接通轉，[註24]沒有作具體解釋。漢越語中唇音除分化出輕唇、重唇兩類外，還有舌尖塞音或擦音一類。曾有學者假設 bj-在 b 的影響下，輔音性的-j-介音擦化成ʑ-，z-〉z-，而 b-同時逐漸弱化以致失落。z-又進一步塞化為 t-。[註25]西周金文中出現的唇音與部分舌音相諧的情況亦可以借鑒。

附：本節諧聲和通假字考訂 [註26]

　　1. 宀賓　甲骨文作𡧛，下像屋有人，會意，為賓客之賓的初文。或下從止，示屋中有來人。西周金文中或承襲從宀從人形，或下增「貝」，成為從

母屋部合口一等字，誤。該字《說文》讀若「育」，《玉篇》余六切，當為余母屋部三等字。

〔註22〕「匏」字亦有從「匋」者，《說文》：「匏，匍從包。」《集韻·豪韻》：「匍或作匏」。

〔註23〕潘悟雲《流音考》，《著名中年語言學家自選集·潘悟雲卷》，安徽：安徽教育出版社，2002 年。原載《東方語言與文化》，上海：東方出版中心，2001 年。

〔註24〕陸志韋《古音說略》，《陸志韋語言學著作集》（一），北京：中華書局，1985 年，273 頁。此出為作者原注：西安話 tʂw- tɕiw〉pf，從合口齶音的捲舌化演變。tu-、tiw-、tsu-、tsiw-並不變唇音。

〔註25〕潘悟雲《漢越語和〈切韻〉唇音字》，《中華文史論叢》，語言文字研究專輯（上），上海：上海古籍出版社，1982 年。

〔註26〕關於唇音與來母和余母字的相諧，見「來母與-r-介音」和「余母與-j-介音」兩節的考訂。

「貝」「𠕋」聲的諧聲字。「𠕋」字宀下本為人形，《說文》小篆訛作「丏」。

2. 無鄦 《說文》：「鄦，炎帝太嶽之胤甫侯所封，在潁川。從邑，無聲。讀若許。」西周金文中從皿無聲之「盨」字用同鄦，見盨仲卣、盨姬鬲諸器。又或假「無」為鄦，見無叀殷，容庚《金文編》注云：「不從邑，國名。春秋作許，姜姓，男爵。武王封四嶽苗裔文叔於許。」〔註27〕無本像人有所執而舞之形，乃舞之初文。

3. 聞婚昏轐 西周金文作 𤘐（盂鼎）或 𢽳（利簋）等形，容庚《金文編》列於聞字下。〔註28〕郭沫若謂此字乃古文聞。〔註29〕甲骨文有此字，李孝定曰：「契文象人跽而以手附耳諦聽之形。」聞之初文說與字形切合，今從之。又 𤔲（諫殷）、𤔲（毛公鼎）等形，孫詒讓隸作婚。高鴻縉曰：「𤔲，古婚字，從女𤔲聲，𤔲古聞字，從人掩口屏息張耳以靜聽也。」龍宇純以為從女從攵等形皆聞字，下從女者乃由下從攵者譌。〔註30〕此說可從，邾王鍾：「𤔲於四方」仍用本義。西周銘文中「聞」字常假用為「婚」，克盨：「隹（唯）用劇於師尹，倗友、聞遘（媾）。」叀季良夫壺：「用盛旨酉（酒），用享孝於兄弟、聞顜（媾）、者（諸）老。」「聞遘」「聞顜」者皆指「婚媾」。《說文》「婚「字籀文作「𤔲」，為聞字之譌變。西周金文中「聞」又或假用為「昏」字，毛公鼎：「余非𩫡（庸）又聞（昏），女（汝）母（毋）敢妄（荒）窓（寧）。」諸家皆以為聞用為昏。聞又或用為「轐」字，錄伯殷「畫聞」，郭沫若云：「乃聞字，叚為轐。〔註31〕轐者，伏兔下之革帶，後縛於軸，前縛於衡。」〔註32〕毛公鼎有轐之本字，從車聞聲。

4. 묘 清人釋為묘，後被改為舀。曾侯乙墓出土有自名為「匜」的漆盒，應即《說文·匚部》訓為「古器」的「匜」字。裘錫圭云：「由此可知清代人釋묘鼎的『舀』字為묘，雖然受到後人的懷疑，實際上確實可信的。（編按：

〔註27〕 容庚編著，張振林、馬國權摹補《金文編》，北京：中華書局，1985 年，445 頁。

〔註28〕 容庚編著，張振林、馬國權摹補《金文編》，445 頁。

〔註29〕 郭沫若《兩周金文辭大系考釋·克盨》，《郭沫若全集》第 8 卷，北京：科學出版社，2002 年，263 頁。

〔註30〕 孫詒讓、高鴻縉、龍宇純說見《金文詁林》，香港：香港中文大學出版社，1975 年，6710（12.216～1534）。

〔註31〕 依《說文》當作「轐」。

〔註32〕 郭沫若《兩周金文辭大系考釋·錄伯或殷》，《郭沫若全集》第 8 卷，北京：科學出版社，2002 年，141 頁。

有人認為「𠤱」應釋為從『舀』聲的『𠤱』。今按《碧落碑》『惟恍惟惚』之『惚』以為之，《古文四聲韻》沒韻『忽』字引《古老子》亦作，『𠤱』無疑應釋為『匫』)」〔註 33〕李學勤亦云：「這個字清代學者均釋曶，後來不少學者懷疑，或隸定為舀，或改釋為昌，最近，我們在新出土的戰國文字中看到匫字，所從與此字同，而匫字明見《說文》，足以證這個字仍應釋為曶。」〔註 34〕劉心源曰：「此從，反勿字也。」曶字當從「勿」聲。《說文》「從曰，象氣出形。」乃是據譌變之形作解。

5. 每誨敏　曶鼎：「曶乃每（誨）於䜌曰……」，郭沫若以為每當讀為「曉誨」字。〔註 35〕容庚《金文編》從之。〔註 36〕今以每、誨為通假例收入。西周金文本有「誨」字，可通用為「謀」、為「敏」。牆盤：「井（型）帥宇誨。」唐蘭，徐仲舒均讀如字，義為教誨。〔註 37〕唐氏譯之曰：「用型範表率來教誨。」李學勤、裘錫圭、張政烺等均以為當通「謀」字。〔註 38〕《詩經．大雅．抑》：「訏謨定命」，毛傳：「訏，大。謨，謀。」牆盤「宇誨」當讀為「訏謀」，與「訏謨」同義。㝬𣪘作「宇慕」，慕亦同謀。「井（型）帥宇誨」意即「遵循先王的偉大謀略。」（見裘文）今從李、裘、張之說。「誨」又通為「敏」。不嬰𣪘：「女（汝）肇誨（敏）於戎工。」「誨」王國維以為「敏」之假借字。郭沫若以為「武」之假借字。〔註 39〕後人多從王說。《詩經．大雅．江漢》四章：「肇敏戎公，用錫爾祉」，文例正同。此外，「誨」或又說通「侮」或「悔」。𤔲公盨銘末句有「𤔲公曰：『民唯克用茲德，亡（無）誨。』」李學勤以為「誨」當讀如「侮」，意即「輕慢」。裘錫圭、朱鳳翰等以為通「悔」，在此銘中有「凶

〔註 33〕裘錫圭《談談隨縣曾侯乙墓的文字資料》，《文物》1979 年第 7 期。亦見裘錫圭《古文字論集》，北京：中華書局，1992 年，405～415 頁。

〔註 34〕轉引陳初生編纂，曾憲通審校《金文常用字典》，西安：陝西人民出版社，1987 年，496 頁。

〔註 35〕郭沫若《兩周金文辭大系考釋．曶鼎》，《郭沫若全集》第 8 卷，北京：科學出版社，2002 年，210 頁。

〔註 36〕容庚編著，張振林、馬國權摹補《金文編》，北京：中華書局，1985 年，140 頁。

〔註 37〕唐蘭《陝西扶風新出牆盤銘文解釋》，《文物》1978 年第 3 期。徐仲舒《西周牆盤銘文箋釋》，《考古學報》1978 年第 2 期。

〔註 38〕李學勤《論史牆盤及其意義》，《考古學報》，1978 年第 2 期。裘錫圭《史牆盤銘解釋》，《文物》1978 年第 3 期。張政烺《周厲王胡簋釋文》，《古文字研究》第 3 輯，北京：中華書局，1980 年，113 頁。

〔註 39〕郭沫若《兩周金文辭大系考釋．不嬰𣪘》，《郭沫若全集》第 8 卷，北京：科學出版社，2002 年，231 頁。

咎」「過失」之義。〔註40〕誨通何字還無定論，暫不取。

6. 晦賄　兮甲盤：「淮夷舊我員（帛）晦人。」郭沫若以為「晦」當通「賄」字，作財物解。《一切經音義》：「賄，古文晦同。」正從每聲。《儀禮・聘禮》：「賄在聘於賄。」鄭注：「古文賄皆作悔。」從而推知「晦」亦可通「賄」。「員（帛）晦人」，猶言賦貢之臣。〔註41〕郭說可從。

7. 匚茲匡　簠的形制長期以來存在爭議，《周禮・地官・舍人》：「凡祭祀，共簠簋。」鄭玄注：「方曰簠，圓曰簋。」而《說文》：「簠，黍稷圓器也。」一般認為鄭說是而許說非。然而考之器形，被認為是簠的方器，往往自名為匚或匚、𠥓、𠥔、𠥦等，有論者以為匚等與簠音近可通。金文另有甫或從甫聲的匍、𥷚等字，其形制為圓盤形的高圈足器，與許說相合。唐蘭、高明、曾憲通等諸位先生均討論過此問題，〔註42〕持圓簠方匚之說，使過去的錯誤認識得以糾正。叔邦父簠有匚字，器形無可考。陳逆簠有「𥮊」字，歷來視為方器，原器已毀，高明推測應是圓簠而不是方匚。匚字與《說文》簠之古文同，匚、𥮊均看作簠比較合適。故本文將匚之讀音定與簠同。此外還有一個匡字，金文從「黃」或「坒」聲，多以為匚之異體。黃、坒陽部，古、𣪊（胡）魚部，魚陽對轉。《近出殷周金文集錄》527 號器蔡侯簠銘曰：「蔡侯朕孟姬寶匡匚。」〔註43〕匡、匚連用，二字似不應作同音看待。慎重起見，本文把匚、簠、匡等字分列。

8. 匋寶飽　《說文・缶部》謂匋包省聲。趙誠以為應為「缶」聲。「從古文字發展的現實來看，陶從匋聲，匋從缶聲，所以甲骨文的缶用作地名，即後代所說的陶城。」從西周金文的情況看，匋常可假用為寶，見筍伯大夫盨、友𣪕、䢼父盉諸器；缶亦可假用為寶，見京姜鬲、岡劫卣、䵼劫尊諸器。匋、缶同音應無疑問，故本文采趙誠說法，改匋從缶聲。「飽」字僅弭仲簠銘一見。從字形看宜分析為從食匋聲。從詞句分析，「弭中（仲）受無疆福。□友飤□

〔註40〕李學勤《論霥公盨及其重要意義》，裘錫圭《霥公盨銘文考釋》，朱鳳瀚《霥公盨銘文初釋》，並見《中國歷史文物》2002 年第 6 期。

〔註41〕郭沫若《兩周金文辭大系考釋・兮甲盤》，《郭沫若全集》第 8 卷，北京：科學出版社，2002 年，305～306 頁。

〔註42〕唐蘭《略論西周微史家族窖藏銅器群的重要意義》，《文物》，1978 年第 3 期。高明《中國古文字學通論》，北京：北京大學出版社，1996 年，337～338 頁。曾憲通《古文字資料的釋讀與訓詁問題》，第一屆國際訓詁學研討會論文集，1997 年。

〔註43〕《中國文字》新二十二期（抽印本）151～164 著錄。

具鋚，弭中（仲）具壽。」鋚亦以釋鉋為宜。《金文引得》（殷商西周卷）釋為鉋，〔註44〕可從。

9. 喪　于省吾謂甲骨文喪亡之喪皆假採桑之桑的本字為之。〔註45〕西周金文喪字多作 ☒（毛公鼎），下增「亡」聲。《說文》：「從哭從亡，會意，亡亦聲。」以從桑為從哭則誤，以亡表義亦表聲則是正確的。

第二節　舌　音

一、端知章三組內部各母之間的關係

西周金文的諧聲和通假關係顯示出端知章三組聲母字之間關係十分密切，所以在此把三組聲母並為一節討論。

端母自諧 4 例，幾遇數為 0.84。定母自諧 12 例，幾遇數為 2.14。透母沒有自諧字例。相比三者間的互諧，自諧並不佔優勢。端定互諧 3 例，幾遇數 1.34；透定互諧 11 例，幾遇數為 0.83；而端透之間無互諧字例。送氣的次清塞音與全濁塞音關係如此密切，這種情況在塞音和塞擦音系列中比較少見。

表 1-4　端組內部各母字關係表

	端	透	定
端	4		3
	0.84		1.34
	透		11
			0.83
		定	12
			2.14

知母自諧者有 2 例，幾遇數是 0.32；徹母無有自諧字例；澄母自諧有 1 例，幾遇數為 1.11。這種情況很難說知組是獨立的，反不如與端、章兩組的關係密切（詳見下文）。知徹互諧 3 例，幾遇數是 0.12；知澄互諧 4 例，幾遇數是 0.6；徹澄沒有互諧例，這一點與透定之間的關係不同。

〔註44〕引句釋文據《金文引得》（上周西周卷）寫定。華東師範大學中國文字研究與應用中心編，南寧：廣西教育出版社，2001 年。
〔註45〕于省吾《甲骨文字釋林・釋桑》，北京：中華書局，1979 年，75～77 頁。

表 1-5　知組內部各母字關係表

	知	徹	澄
知	2	3	4
	0.32	0.12	0.6
	徹		
		澄	1
			1.11

　　章組內部各母的自諧數多超過了幾遇數，但各母都較為普遍地與端組和知組聲母字發生相諧關係。從實際相諧數與幾遇數的比值來看，章組內部各母之間的關係並不佔優勢。這一組裏也存在一個十分有趣的現象：章與全濁位置的船母之間沒有互諧字例，這一點與前面端與定、知與澄之間的關係不同。章母與擦音禪母關係密切，有 14 例相諧，幾遇數為 3.43。本文認為禪母在西周時期應為全濁塞擦音（詳見後文對禪、船二母的討論）。如果把禪母看作是與章母對應的全濁音，昌母和禪母與徹、澄二母之間的關係是平行的，之間都沒有相諧字例。如此，透定二母的密切關係顯得十分突出。如何解釋西周金文音系中的這一現象，還沒有很好的答案。

表 1-6　章組內部各母字關係表

	章	昌	船	書	禪
章	22			6	14
	4.6			2.76	3.43
	昌	2	1		
		0.05	0.08		
		船	1	2	1
			0.14	0.48	0.60
			書	9	4
				1.66	2.06
				禪	17
					2.56

二、端知章三組之間的關係

　　西周金文中端知章三組字之間的相諧數顯示了三組之間具有密切關係。

其中端知兩組互諧有 19 例，是兩組幾遇數（5.33）的 3.6 倍。端、章兩組互諧 37 例，是幾遇數（16.4）的 2.3 倍。知、章兩組相諧 27 例，是幾遇數（10.37）的 2.6 倍。三組之間的相諧數與幾遇數的比值都在 2 倍以上，應考慮合併。則錢大昕提出的「古無舌頭舌上之分，知徹澄三母今讀之，與照穿床無別也，求之古音，則與端透定無異」，以及「古人多舌音」的論斷符合西周時期的語音實際。〔註46〕

表 1-7　端知章三組字關係表

	知	徹	澄		章	昌	船	書	禪
端	4	1	4		10			2	10
	0.52	0.2	0.97		1.97			1.18	1.47
透			1			1		2	1
			0.6			0.12		0.73	0.9
定		1	7		4			4	3
		0.31	1.54		3.14			1.88	2.34
				知	8	1			1
					1.21	0.16			0.9
				徹	1				
					0.46				
				澄	6		3	2	5
					2.26		0.39	1.36	1.68

以下是西周金文中端知章三組相諧的具體例證。

（一）端組─知組

追（知）：自（端）　　　　兮仲鍾 65

黟（徹）：多（端）　　　　周黟壺 9690

孍（澄）：疊（定）　　　　齊孍姬段 3816

緟（澄）：東（端）　　　　蔡段 4340

鼎（知）：鼑（端）　　　　散盤 10176

重（澄）：東（端）　　　　虎重父辛鼎 1885

貯（端）：宁（澄）　　　　裘衛盉 9456

德（端）：直（澄）　　　　師訇鼎 2830

〔註46〕二說均見錢大昕《十駕齋養新錄》卷五。

滕（定）：朕（澄）	滕侯𣪕3670
或（定）：呈（澄）	班𣪕4341
朕（澄）—滕（定）	滕侯方鼎 2154
顀（澄）—推（透）	毛公鼎 2841
奠（定）—鄭（澄）	大𣪕4165
鼑（知）—鼎（端）	庚贏鼎 2748
陟（知）—德（端）	沈子它𣪕蓋 4330
延（徹）—誕（定）	渣司徒迭𣪕4059

（二）端組—章組

琱（端）：周（章）	師奎父鼎 2813
周（章）—琱（端）	麥方尊 6015
旜（章）：亶（端）	番生𣪕蓋 4326
琱（端）—周（章）	圅皇父𣪕4143
執（端）：執（章）	子執圖卣 5005
登（端）—烝（章）	姬鼎 2681
鍾（章）：東（端）	𣪕鍾 88
冬（端）—終（章）	史顯鼎 2762
盄（章）：弔（端）	史盄父鼎 2196
弔（端）—叔（禪）	禹鼎 2833
都（端）：者（章）	㝬鍾 260
臺（禪）—敦（端）	禹鼎 2833
蟺（禪）：亶（端）	蟺姜鼎 2028
尚（禪）—當（端）	曶鼎 2838
媅（端）：甚（禪）	周棘生𣪕3915
湛（端）—甚（禪）	𠤳匜 10285
禪（禪）：單（端）	虢姜𣪕蓋 4182
弔（端）—淑（書）	寡子卣 5392
遄（禪）：耑（端）	楚𣪕4246
啻（書）—帝（端）	口叔買𣪕4129

桱（透）：厈（昌）	庚嬴卣 5426
賜（書）—惕（透）	禹鼎 2834
湛（端）：甚（禪）	毛公鼎 2841
童（定）—踵（章）	番生段蓋 4326
甚（禪）—湛（端）	晉侯對盨《近》503
屯（定）—純（禪）	通祿鍾 64
團（定）：專（章）	召卣 5416
啻（書）—禘（定）	剌鼎 2776
踵（章）：童（定）	毛公鼎 2841
啻（書）—敵（定）	致段4322
宕（定）：石（禪）	致段4322
電（定）：申（書）	番生段蓋 4326
憻（透）：亶（禪）	憻季遽父卣 5357
啻（書）：帝（端）	剌鼎 2776
定（定）：正（章）	伯定盉 9400
始（書）：臺（透）	大矢始鼎 2792
鍾（章）：童（定）	中義鍾 27
道（定）：首（書）	貉子卣 5409
糰（書）：東（端）	蔡鍾 4340
糰（書）：田（透）	蔡鍾 4340

（三）知組—章組

轉（知）：專（章）	師轉鎣 9401
侄（章）—致（知）	𢼸鼎 2832
竃（知）：朱（章）	杞伯段3898
至（章）—致（知）	五年召伯虎段4292
郑（知）：朱（章）	多友鼎 2835
召（澄）—詔（章）	大師虘段4251
俯（知）：舟（章）	鳥壬俯鼎 2176
召（澄）—昭（章）	師害段4117

殺（知）：朱（章）	妊爵 9027
述（船）—墜（澄）	大盂鼎 2837
惄（知）：折（章）	師望鼎 2812
胄（澄）—壽（禪）	不壽段 4060
辰（知）：辰（禪）	大鼎 2807
楮（徹）：者（章）	散氏盤 10176
巍（澄）—矢（書）	裘衛盉 9456
逐（澄）：豕（書）	逐段 2972
綽（昌）：卓（知）	史伯碩夫鼎 2777
照（章）：召（澄）	牆盤 10175
頵（澄）：隹（章）	率隹鼎 2774
幬（澄）：壽（禪）	伯晨鼎 2816
鍾（章）：重（澄）	益公鍾 16
卲（禪）：召（澄）	卲作寶彝段 3382
傳（澄）：專（章）	小臣傳段 4206
佋（禪）：召（澄）	多友鼎 2835
膡（船）：朕（澄）	伯侯父盤 10129
壽（禪）：㠯（澄）	禹鼎 2833
賸（船）：朕（澄）	盤匊生壺 9705

　　端知章三組之間相諧非常普遍，雖然三組內部個別聲母間相諧的數量不是很高，但是超過了幾遇數，我們依然認為其間有音理上的聯繫。

　　清人錢大昕提出「古無舌上音」和「古人多舌音」；近人黃侃定古音十九紐，亦將知、章組歸於端組。〔註47〕之後，端知章三組關係的討論主要沿著兩條道路發展。一路是以高本漢為代表，認為知組只有二、三等字，端組只有一、四等字，二者有互補關係，可予以合併。而章組與知組都可在三等出現，有對立，所以章組獨立為一系。王力基本上也採用這種說法，認為「古無舌上音」沒有疑問，並通過對《經典釋文》的反切考察後指出，直到隋代，知系還沒有從端系中分化出來。〔註48〕在《漢語史稿》中他將端知組的上古音擬作

────────────

〔註47〕黃侃《黃侃論學雜著・音略》，北京：中華書局，1964 年。
〔註48〕王力《〈經典釋文〉反切考》，《王力文集》第 18 卷，濟南：山東教育出版社。

同音，而將章、端兩系的關係只看作是音近。〔註49〕另一路是以李方桂為代表，認為知章二組上古都應歸端組，知、章組的不同在於帶有不同的介音。〔註50〕李新魁先生對待知組與李方桂有所不同，他以為知組和章組上古相同，只是從〔tj〕變〔ȶ〕變〔tɕ〕的速度不很一致，章組字較早讀為〔tɕ〕而已。從本文對西周時期三組字的關係考察來看，首先，知、章組與端組的關係十分密切。這三系聲母所以有頻繁的相諧關係，原來的發音部位一定是相同的，所以把知、章組歸入端組沒有問題。其次，李方桂的觀點是具有普遍的解釋力的，不僅僅對端、知、章三組的分化有所說明，也利於說明整個音系發展演變。所以筆者贊同他的說法，即知章兩組上古帶有不同的介音。

其實各家對端、知、章三系關係之密切是沒有異義的，只不過是找不到合理的分化條件，如果對分化的條件有合理的解釋，對三系是否合併的分歧意見也就消除了。西周時期端知章三組字應歸為一類，其分化條件如李方桂說，知章可以看作是端組的二等和三等字，其中知組居於二等和三等，章組只居於三等。三等的知組和章組的差別在於，三等的知組帶有-rj-介音，三等的章組帶有-j-介音，這樣就解決了知章同居三等的問題。

三、章組與喉牙音

章組字與喉牙音字之間也多有相諧現象。雖然絕對數量上不是很多，也多沒有超過幾遇數，但是比較普遍。以下為章組與喉牙音組字的相諧情況：

頡（溪）：旨（章）	㽙方鼎 2789
媾（群）：冓（章）	杜伯鬲 698
祁（船）：示（群）	牆盤 10175
軝（群）：氏（禪）	叔趯父卣 5428
㜅（疑）：旨（章）	不㜅方鼎 2736
㰩（書）：樂（疑）	仲㰩盨 4399
淮（匣）：隹（章）	㽙段 5420
惠（匣）：叀（章）	善夫梁其段 4147

〔註49〕王力《漢語史稿》，北京：中華書局，1980 年新 1 版。在《漢語音韻》和《詩經韻讀》中，他又把章組音值擬為tɕ等。

〔註50〕李方桂《上古音研究》，北京：商務印書館，1980 年。

酤（匣）：舌（船）	旟鼎 2704
處（昌）：虎（曉）	臣諫殷4237
尚（禪）：向（曉）	曶鼎 2838
喜（曉）—饎（昌）	天亡殷4261
埶（疑）—設（書）	毛公鼎 2841
禪（禪）—祈（群）	虢姜殷蓋 4182
害（匣）—舒（書）	牆盤 10175
更（章）—惠（匣）	大克鼎 2836
順（船）—訓（曉）	𣄘尊 6014
益（影）—諡（船）	班殷4341

　　一些學者注意到了章組與喉牙音字的關係，如董同龢先生專門為這類相諧的字擬了一套舌面後塞音 c-、c'-、ɟ'、ɲ-、ç-、j-。〔註51〕李方桂不贊同董氏對章組與喉牙音相諧字的擬音，「仍以這類字都是從舌根塞音來的比較合適。」他曾擬了 s-頭類複聲母來解釋喉牙音字向章組字的演變。〔註52〕後來又作了修正，認為「從 s-詞頭來的字只有《切韻》的齒音，s-，tsh-（少數），dz-（少數），z-等母的字。」同舌根音相諧的章組字是由 krj-，khrj-等母變來的，有如下演變軌跡：〔註53〕

$$krj- \quad \rangle \quad tś-$$
$$khrj- \quad \rangle \quad tśh-$$
$$grj- \quad \rangle \quad dź-，ź-或 ji-$$
$$hrj- \quad \rangle \quad ś$$

李新魁也曾在其《漢語音韻學》一書中列舉了文獻典籍以及方言中的例證，認為中古《廣韻》中的章組聲母字有一部分來自上古的牙音組聲母字，並且證明這類字是由見組中的軟音 kj-等變來的，〔註54〕與李方桂所不同的是少了一個-r-介音。這個介音李方桂認為在音變過程中起著重要的作用。「我們認為 r 介音有央化的作用（centralization），可以把舌面後音（即舌根音）向前移動，

〔註51〕董同龢《漢語音韻學》，北京：中華書局，2001 年，290 頁。
〔註52〕李方桂《上古研究》，北京：商務印書館，1980 年，26 頁。
〔註53〕李方桂《幾個上古聲母問題》，見《上古音研究》，北京：商務印書館，1980 年，88 頁。
〔註54〕李新魁《漢語音韻學》，北京：北京出版社，1986 年，402～403 頁。

更受 j 介音的影響，就變舌面前音 tś-，tśh-，dź-等音了。這是央化作用的一個例子，跟把舌尖前音 t-，th-，d-等向後移動成為舌尖後音 ṭ-、ṭh-、ḍ-一樣。」〔註55〕麥耘則以為介音-j-已足能使舌根音發音部位前移，與 tj-系合流，一同變成中古的章組音，這樣也正能解釋中古重紐四等字少的原因。〔註56〕以上兩種牙音變章組的說法在音理上都能解釋通，不過麥耘的解釋更能照顧系統後世的變化。總之，中古的部分章組字源於喉牙音是肯定的，陳獨秀一九三七年就曾提出舌面顎音有兩個來源：一由見系向前顎化，一由端系向後顎化，可謂英雄所見略同。〔註57〕

　　精組字除主要與莊組的相諧外，也有少數與章組和牙喉音聲母字相諧，可與章組與喉牙音相諧的情況一併考慮。以下是精組聲母與章組和喉牙音相諧的字例。

（一）精組與章組

浸（精）：帚（章）	成伯孫父鬲 680
宴（清）：帚（章）	王盂《近》1024
趡（清）：隹（章）	趡父戊鬲 9817
戚（清）：尗（書）	戚作彝觶 6366
諫（清）：束（書）	大盂鼎 2837
黍（書）：將（精）	歷方鼎 2614

（二）精組與喉牙音

鎰（見）：僉（清）	師同段2779
荊（見）：井（精）	五祀衛鼎 2832
刑（匣）：井（精）	散氏盤 10176
造（從）：告（見）	史造作父癸鼎 2326
衣（影）—卒（精）	致段4322
井（精）—型（匣）	歷方鼎 2614
糸（影）—茲（精）	商尊 5997

〔註55〕見李方桂《上古音研究》，北京：商務印書館，1980 年，88 頁。
〔註56〕麥耘《論重紐及〈切韻〉的介音系統》，《語言研究》1992 年第 2 期。
〔註57〕陳獨秀給魏建功的信。見《陳獨秀音韻學論文集》（陰陽入互用例表·附錄），北京：中華書局，2001 年，101 頁。

獸（曉）—酉（從）　　　　小盂鼎 2839

井（精）—荊（匣）　　　　毛公鼎 2841

井（精）—邢（匣）　　　　散氏盤 10176

　　以上的相諧關係雖然總數量不是很多，但是不能不引人思考一個問題：發音部位相去甚遠的三類音為什麼會發生不能算作偶然的聯繫？

　　精組與章組和喉牙音之間的相諧目前還無見合理的音理解釋。董同龢對精章、精見組的相諧有所提及，但只作為不合群的特例指出。〔註58〕一些學者試圖用 st-，sk-類複聲母解釋此類，如李方桂、包擬古、鄭張尚芳等。〔註59〕筆者以為，這類現象可以用-j-介音的影響來解釋。上古的 tj 組變為中古的 tśj 組（章組），上古的 kj 組（包括少數喉音字）也有一部分變為中古的章組，這個過程中，-j-介音起了重要的作用。這一介音常使聲母產生顎化，並進一步導致擦化。〔註60〕與章組以及喉牙音相諧的精組字多是三等字，〔註61〕帶有-j-介音，在這一介音的影響下，tsj-組音的發音也產生顎化趨勢，這個過程與 tj-、kj-係顎化的過程類似。精、章、見三系字在-j-介音的作用下發音部位都趨於舌面和上顎，從而使發音相近，那麼古人在諧聲字聲符的選用上以及通假字的選擇上就有可能出現混用的現象。

四、禪船二母

　　關於上古禪、船兩個聲母的分合，曾經引起過很多爭議。如果分立，誰是擦音，誰是塞擦音的問題也引起過不少討論。高本漢曾為船禪擬音為 dʐ、ʐ。陸志韋在 1947 年提出上古船禪的音值應該顛倒為 ʐ、dʐ，〔註62〕但是這一意見並未得到一致認同。周法高認為陸氏的建議沒有積極的證據。但是不斷有新的研究成果支持陸氏的觀點，邵榮芬利用梵漢對音的成果證明禪母是塞擦音而不是

〔註58〕董同龢《漢語音韻學》，北京：中華書局，2001 年，290 頁。

〔註59〕李方桂《上古音研究》，北京：商務印書館，1980 年。包擬古（Bodman，N.C.）*Tibetan sdud 'Folds of a Garment', the Character 卒, and the *st- Hypothesis*（漢藏語中帶 s- 的複聲母在漢語中的某些反映形式），第五節國際漢藏語言學會議論文，1972 年。馮蒸譯，潘悟雲校，《音韻學研究通訊》第 11 期，1987 年。鄭張尚芳《上古漢語的 s-頭》，《溫州師範學院學報》（社會科學版），1990 年第 4 期。

〔註60〕麥耘《漢語聲介系統的歷史演變》，中國語言學會第十一屆年會論文，2001 年。

〔註61〕也有個別四等字，筆者認為上古的四等字帶有-i-介音，亦可使其前面的聲母顎化。

〔註62〕陸志韋《古音說略》，《燕京學報》專號之二十，1947 年。又見《陸志韋語言學論集》，北京：中華書局，1985 年。

擦音，支持了陸志韋的說法。他在《試論上古音中的常船兩聲母》一文中又根據諧聲、通假、異文、讀若、直音等材料得出：上古禪、船二母是兩個獨立的聲母，禪母是塞音，船母是擦音。〔註63〕西周金文材料為上古禪全濁音說提供了早期的證據。

西周金文的通假和諧聲中禪章之間的相諧 14 例，是幾遇數（3.43）的 4.1 倍，而船章之間卻無有相諧字例，這一現象值得引起注意。在其他各組聲母中，幫端精見等全清聲母與並定從群等全濁聲母的關係都比較密切，禪章之間正與之類似。同時，禪母與端、定以及澄母多有相諧，這些現象顯示出禪母應是一個全濁聲母，其地位應與定澄為一系。船母自諧只有 1 例，雖然超過了幾遇數（0.14），但是我們很難肯定西周時期有獨立的船母存在。船母與邪母相諧 4 例，是幾遇數（0.33）的 12 倍，表現出擦音的特點，但是又與澄母有 3 例相諧，是幾遇數（0.39）的 7 倍多，澄母西周時期是一個全濁的塞音。我們推測船母字可能有塞音和擦音不同的來源。李方桂和李新魁兩位先生都認為禪船二母關係密切，有同一來源。〔註64〕但是西周金文中二母只有一例相諧，所以禪、船二母宜分開看待。

五、書　母

西周金文中書母情況比較複雜，除與唇音沒有發生關係外，與舌齒音和牙喉音都有相諧的字例。具體字例列舉如下：

（一）書母與舌音

啻（書）：帝（端）	師酉𣪕4288
電（定）：申（書）	番生𣪕蓋 4326
𪔳（書）：東（端）	蔡鍾 4340
道（定）：首（書）	貉子卣 5409
𪔳（書）：田（定）	蔡鍾 4340
始（書）：台（透）	大夫始鼎 2792

〔註63〕邵榮芬《試論上古音中的常船兩聲母》，《羅常培紀念論文集》，北京：商務印書館，1984 年。

〔註64〕李方桂《上古音研究》，北京：商務印書館，1980 年，16 頁。李新魁《論〈切韻〉系統中床禪和分合》，《中山大學學報》，1979 年第 1 期。

逐（澄）：豕（書）	逐毁2972
室（書）：至（章）	子黃尊 6000
書（書）：者（章）	趞鼎 2815
奢（書）：者（章）	奢毁4088
賓（書）：商（書）	束作父辛卣 5333
惷（書）：春（書）	禹鼎 2833
倣（書）：伸（書）	仲倣毁3544
鈇（禪）：矢（書）	師愈鼎 2733
賞（書）：尚（禪）	生史毁4100
神（船）：申（書）	寧毁蓋 4021
睗（書）：易（余）	禹鼎 2833
沈（書）：尤（余）	沈子它毁蓋 4330
條（書）：攸（余）	條作觶 6193
觴（書）：易（余）	觴姬毁蓋 3945
悆（書）：余（余）	季悆作旅鼎 2378
赦（書）：亦（余）	儥匜 10285
鉈（書）：也（余）	中友父匜 10224
錫（鐊）（書）：易（余）	令鼎 2803
枻（余）：世（書）	獻毁4205
舍（書）：余（余）	裘衛盉 9456
弔（端）—叔（書）	逌叔鼎 2616
啻（書）—帝（端）	買毁4129
啻（書）—禘（端）	刺鼎 2776
啻（書）—敵（定）	致毁4322
睗（書）—惕（透）	禹鼎 2833
彘（澄）—矢（書）	裘衛盉 9456
升（書）—烝（章）	友毁4194
戠（章）—識（書）	㤅尊 6014
者（章）—書（書）	免毁4240

獸（書）—狩（書）		啟卣 5410
手（書）—首（書）		不嬰段4328
首（書）—手（書）		遹段4207
商（書）—賞（書）		鼒侗方鼎 2433
賣（書）—賞（書）		復鼎 2507
啻（書）—適（書）		師㝊段4288
叔（書）—淑（禪）		師㝅段4325
賞（書）—償（禪）		智鼎 2838
申（書）—神（船）		作冊益卣 5427
睗（書）—易（余）		毛公鼎 2841
尸（書）—夷（余）		虢仲盨蓋 4435
弋（余）—式（書）		儳匜 10285

（二）書母與齒音

鼒（書）：將（精）		獻侯段蓋 4139
諫（清）：束（書）		大盂鼎 2837
戚（清）：朩（書）		戚作彝觶 6366
邿（書）：寺（邪）		仙人臺邿國墓銅簠
速（心）：束（書）		弔家父匡 4615
沙（山）：少（書）		走馬休盤 10170
睗（書）—賜（心）		召卣 5416
死（心）—尸（書）		毛公鼎 2841
始（書）—姒（邪）		匽侯旨鼎 2628
餳（邪）—籨（書）		令鼎 2803
寺（邪）—邿（書）		邿季故公段3818

（三）書母與喉牙音

鑠（書）：樂（疑）		仲鑠盨 4399
埶（疑）—設（書）		毛公鼎 2841
害（匣）—舒（書）		牆盤 10175

以上的相諧情況可以總結如下表：

表 1-8　書母字相諧關係表

	端	透	定	精	清	心	邪	澄	山
書	4	2	4	1	2	3	4	2	1
	1.18	0.73	1.88	1.78	1.28	2.13	1.15	1.36	0.6
	章	船	書	禪	疑	余	曉	匣	
	6	2	9	4	2	13	1	1	
	2.76	0.48	1.66	2.06	2.13	5.02	2.23	3.79	

　　從以上相諧數據來看，書母大致可以分為三類。書母的自諧數是幾遇數的 5.4 倍，而且與擦音心母關係也較密切，西周時期應該有獨立的作為擦音的書母存在。在以往的上古音研究中，多數學者也是認為上古有獨立書母存在的，如高本漢認為書母本即為章組的擦音，擬為 ɕ。〔註 65〕王力先生的看法與高氏基本一致，認為書母直到中古沒有發生改變。〔註 66〕董同龢亦是此論。〔註 67〕郭錫良考察西周金文音系，〔註 68〕劉志成考察兩周金文聲系，〔註 69〕與高本漢、王力的看法是一致的。但是上古的書母字肯定不是中古書母的唯一來源。西周金文中書母與舌頭音各母的相諧數多超過了幾遇數，其中一定有音理上的聯繫。今天河南鄲城方言中把深、伸讀成 tʂʻənˋ，式（式樣）讀成 tʂ ʅˋ，〔註 70〕都讀成了吐氣的翹舌音，也反映出書母字可能有舌頭音的來源。此類是否與 s-頭複聲母有關，尚不能肯定。不過部分書母字確實和藏語的 st-類複輔音聲母字存在著比較整齊的對應關係，詳見金理新《上古漢語音系》和俞敏、施向東的漢藏同源字譜，此不多論。〔註 71〕書母與余母相諧的絕對數量是最多的，是幾遇數的（5.02）2.1 倍，應屬於常常相諧的一類。在西周金文中尸字用為夷狄之夷，尸為書母，夷為余母；從易的諧聲系列中既有余母字，又多有書母字；忥字有書母和余母兩讀，等等諸現象，足見書母和余母西周

〔註 65〕高本漢（B.Karlgren），Analytic Dictoinary of Chinese and Sino-Japanese（《漢語分析字典》），Paris.1923.

〔註 66〕王力《漢語史稿》，北京：中華書局，1980 年新 1 版，75 頁。

〔註 67〕詳見董同龢《漢語音韻學》，北京：中華書局，2001 年，289～290 頁。

〔註 68〕郭錫良《西周金文音系初探》，見《漢語史論集》，北京：商務印書館，1997 年。

〔註 69〕劉志成《兩周金文音系的聲母》，《語言學問題集刊》第一集，長春：吉林人民出版社，2001 年。

〔註 70〕來自筆者對河南鄲城方言的調查。採訪者辛天榮，六十三歲，世居河南鄲城。

〔註 71〕金理新《上古漢語音系》，合肥：黃山書社，2002 年，140～141 頁。俞敏《漢藏同源字譜》，《民族語文》，1989 年第 2 期、第 3 期。施向東：《漢語和藏語同源體系的比較研究》，北京：華語教學出版社，2000 年。

時期關係之密切。鑒於書母和余母的密切關係，可以把書母看作是余母同部位的清音。〔註72〕此外，書、邪二母也多有相諧現象，邪母與定母和余母都有密切關係，〔註73〕所以與邪母相諧的這類書母字一時不好歸類，也可以看作書、邪二母都是擦音，可以相諧。受材料數量的侷限，以上對書母關係的分析不一定十分準確，但大致可反映出西周時期書母的狀況。

錢大昕根據《顏氏家訓・音辭篇》引《字林》「音伸為心」，論定「古無心審之別」；〔註74〕黃侃在其所定的古音十九紐中，將書母與徹、穿二母同附於透母；周祖謨運用大量經籍異文、書傳音訓以及諧聲材料，詳加疏證，得出書母不僅古音歸透，且「古代均曾與舌音塞音一類字相通」，定其音值為 t‘。至於與他類聲母字的諧聲存而未論。〔註75〕就西周金文材料來看，以上幾說都失之偏頗。李方桂認為書母大部分與舌尖塞音相諧，這類字是從上古的 sth+j- 來的；還有少數是清鼻音和舌根塞音的來源。〔註76〕李新魁認為書母與塞音關係十分密切，認為是上古的 dj‘送氣成分增強，變為擦音，而塞音成分逐漸減弱，以至完全消失，結果變為中古的書母。〔註77〕尉遲治平曾就《廣韻》廣韻中的 321 個書母字的諧聲關係進行了考察，得出與舌尖塞音通者占 87%，心母通者 4%，其他 8%，據此將書母的上古音值構擬為 sti-。〔註78〕以上看法中有一點是共同的，就是書母與舌尖塞音的相諧。西周金文的情況大致一致。但是以上諸家中，有些對書母和余母的關係沒有特別提及，有的是把余母歸入舌尖塞音。尉遲治平在所考察的與舌尖塞音字互通的 87%（281 字）的字中，書母與余母字諧聲的就有 79 字，遠遠超過諧聲數排在第二位的章母（28 字）和第三位的定母（16 字），這一結果與從西周金文中得出的結果是一致的。余母在上

〔註72〕參筆者《喻四、書母古音考——由金文舍從余母說開》，《語言研究》第 23 卷，2003年。

〔註73〕邦：寺（仙人臺邦國墓銅簠）、寺—邦（邦季故公殷3818）兩例中「寺」為邪母，從「寺」之「特」為定母。錫—鐱（令鼎），「錫」字有邪母和定母兩讀。始—姒（匽侯旨鼎 2628），始、姒本為一字，從「台」聲，「台」有透母和余母兩讀。

〔註74〕錢大昕《十駕齋養新錄》卷五，「翻切古今不同」條。上海：上海書店，1983 年。

〔註75〕周祖謨《審母古音考》，《問學集》，北京：中華書局，1966 年。

〔註76〕清鼻音在三等介音 j 前邊變來的；另有與見母相諧的，認為是從舌根塞音變來。即 skh+j-〉ś，後改變看法，認為此類從 hrj- 變來的比較妥當，即 hrj-〉sj-。

〔註77〕李新魁《漢語音韻學》，北京：北京出版社，1986 年，393 頁。

〔註78〕尉遲治平《中古三等審母來源初析》，華中師院研究生學報，1981 年第 2 期。

古的情況比較複雜,從西周金文的情況看不能全部歸入定母和透母,上古應有獨立的余母存在,也還有別的來源。所以書、余二母之間的密切關係我們寧願解釋為書母是余母同部位的清音,不主張把書、余一併歸於透定。

附:本節諧聲和通假字考訂

1. 琱周　琱字從王周聲,西周金文中與周使用常無別。函皇父𣪘:「函皇父乍(作)琱妘盤盉尊器。」函皇父匜:「函皇父乍(作)周妘匜。」「琱妘」即「周妘」。王國維云:「琱妘猶言周姜,即函皇父之女歸于周,而皇父為作媵器者。」周字亦可用為雕刻義之琱,麥方尊:「侯易(賜)玄周戈。」「周戈」即「琱戈」。

2. 鼑鼎　甲骨文中以鼎字為貞,後來增卜,從卜鼎聲。因鼎、貝二字古形相近,聲符鼎訛變為貝,鼑字即成了後世通用的貞形。西周金文中鼑鼎二字使用無別,𣪘鼎:「𣪘乍(作)𢀑尊鼑。」𣪘方鼎:「用乍(作)寶尊鼎。」

3. 貯寧　《說文》:「貯,積也,從貝,宁聲。」徐鍇繫傳:「當言宁亦聲。少亦字也。」商承祚謂甲骨文貯字「象內貝於宁中形,或貝在宁下,與許書作貯,貝在宁旁意同。又宁、貯古為一字。」〔註79〕其說可信。西周金文「貯」字貝多在宁下,會意,宁亦聲。

4. 啻,從口帝聲。西周金文中啻、帝可通用。仲師父鼎:「其用享用考(孝)於皇且(祖)帝考。」口叔買𣪘:「其用追孝於皇且(祖)啻考。」文例同,後者用啻字。啻字又常用為禘,如刺鼎:「辰才(在)丁卯,王啻(禘),用牡於大室,啻(禘)卲(昭)王。」禘為禘祭。敵人之敵也假用啻字,𣪘𣪘:「卑(俾)克厥啻(敵)。」唐蘭釋為:「使我勝了敵人。」〔註80〕𧻚鼎:「𧻚肇從遣征,攻𩁣(玁)無啻(敵)。」郭沫若讀如敵。〔註81〕敵,《說文》:「從攴,啻聲」,吳大澂《說文古籀補》:「古敵字省攴。」〔註82〕容庚《金文編》啻字下云:「孳乳為敵。」〔註83〕啻亦可用為嫡。師酉𣪘:「嗣乃祖啻官邑人虎臣西

〔註79〕商承祚《殷契文字類編》第六,1923年自刻本。

〔註80〕唐蘭《用青銅器銘文來研究西周史——綜論寶雞市近年發現的一批青銅器的重要歷史價值》附錄:伯𫄧三器的譯文和考釋,《文物》1976年第6期。

〔註81〕郭沫若《兩周金文辭大系考釋·𧻚鼎》,《郭沫若全集》第8卷,57頁。北京:科學出版社,2002年。

〔註82〕清·吳大澂《說文古籀補》,北京:中華書局,1988年,13頁下。

〔註83〕容庚《金文編》卷二,北京:中華書局,1985年,67頁。

門夷。」師虎設：「啻官嗣左右戲緐荊。」郭沫若曰：「『啻官嗣』，啻讀如嫡，官嗣猶言管理，言繼承管理。」可從。〔註84〕

5. 陟德　沈子它設蓋：「乃鵙沈子乍級於周公宗，陟二公。」郭沫若曰：「陟字，《周官》大卜『咸陟』，鄭玄云：『陟之言得也，讀如王德翟人之德』，本銘即讀為德，猶言謝恩也。」此說於音、於義皆通。〔註85〕

6. 延誕　延西周金文中可通誕，作句首虛詞。潘司徒送設：「王束伐商邑，延令康侯啚衛。」《金文編》：「與延為一字，孳乳為誕。」〔註86〕《尚書‧盤庚》：「惟涉河以民遷，乃話民之弗率，誕告用亶。」《詩經‧大雅‧生民》：「誕彌厥月，先生如達。誕寘之隘巷，牛羊腓字之。誕寘之平林，會伐平林。誕寘之寒冰，鳥覆翼之。誕實匍匐，克岐克嶷。誕后稷之穡，有相之道。誕降嘉種，維秬維秠。誕我祀如何？」張玉金認為詩書中這種用法的誕字與金文中同樣用法的延（延）字是同一個詞的兩種不同書寫形式，〔註87〕可從。

7. 睗易　睗，《說文》：「目疾視也。從目易聲。」西周金文中可用為賞賜字。召卣：「甲午，白（伯）懋父睗（賜）召白馬。」睗即賞賜義。睗又可用為易。毛公鼎：「夙（夙）夕敬念王畏（威）不睗（易）。」王國維讀為賜，訓為盡。「不賜猶言不盡矣。」〔註88〕吳大澂、劉心源則讀為易。〔註89〕後說為長。東周蔡侯鍾：「有虔不易」，《詩經‧大雅‧韓奕》：「虔共爾位，朕命不易。」《尚書‧盤庚》：「今余告汝不易。」用法皆相類，易為改變。

8. 逐　《說文》：「追也，從辵從豚省。」徐鍇繫傳：「豚走而豕追之，會意。」丁福保曰：「惠琳《音義》十三引作從辵豕聲，蓋古本如是。二徐本豕聲誤作豚省。《韻會》一屋引小徐本作豕省，省亦聲之誤。」張振林師以為逐亦為形聲字，他在分析甲骨文從辵之字的用法後認為：「甲骨文以獸之名字下加止造字，是讀該獸之名而以止為動符，用表該動物常有的有代表性的跑動

〔註84〕郭沫若《兩周金文辭大系考釋‧師虎設》，《郭沫若全集》第8卷，北京：科學出版社，2002年，165頁。

〔註85〕郭沫若《兩周金文辭大系考釋‧沈子設》，《郭沫若全集》第8卷，北京：科學出版社，2002年，113頁。

〔註86〕容庚編著，張振林、馬國權摹補《金文編》卷二0289號延字注，北京：中華書局，1985年，119頁。

〔註87〕張玉金《〈詩經〉〈尚書〉中「誕」字的研究》，《古漢語研究》1994年第3期。

〔註88〕王國維《觀堂集林‧毛公鼎銘考釋》，《觀堂集林》（外二種），石家莊：河北教育出版社，2001年。

〔註89〕吳大澂《愙齋集古錄》4.7，1896年。劉心源：《奇觚室吉金文述》5.25，1902年。

態。從商代末期以後，動符止逐漸增繁為辵。」〔註90〕此說可信。

9. 道　《說文》：「從辵，從首。」以為會意字。朱駿聲《說文通訓定聲》、
俞樾《古書疑義舉例》皆以道為從辵首聲。《逸周書‧芮良夫》：「予小臣良夫
稽道謀告。」《群書治要》引道作首。《史記‧秦始皇本紀》：「追首高明。」《索
引》：「今檢會稽刻石文首字作道。」可證道首可通。張振林師云：「道首二字
聲音極其相近，又有古書通假例證，因此道字應是從辵首聲之形聲字。山西
有些地方方言，稱『首』為『得老』，首的緩言可以拼出『道』，也許就是古音
的遺存。」〔註91〕此說甚是。

10. 丝絲茲　丝西周金文中可假用為茲。丝字作𢆶（何尊）、𢆶（大保簋）
等形。何尊：「王受丝（茲）大令」，又「余其宅丝（茲）中或（國）。」錄伯
簋：「子子孫孫其帥井（型）受丝（茲）休。」「丝」皆用為「茲」。「絲」字西
周金文形作𢆶（辛伯鼎），亦可假用為「茲」。曶鼎「用匹馬束絲」，又「卑（俾）
復厥絲束。」「絲」用如本字。而「曶用絲（茲）金乍（作）朕文孝（考）弃
白（伯）鬲牛鼎。」「絲」則用為「茲」。林義光謂「絲、丝皆借為茲」至確。
〔註92〕其實丝、絲二字亦可通。商尊：「迶𢆶乎。」𢆶（丝）即應用為「絲」。
《金文常用字典》以「丝乃古絲字」〔註93〕是可信的。丝、絲、茲三字間的關
係蓋為：丝、絲古本一字，後世分化。兩字形均可被假用為代詞「茲」。

11. 井邢刑型荊　井字西周金文形作井（井侯簋）。葉玉森曰：「井象構韓
四木交加形，中一小方象井口。」散盤、永盂等銘中「井」字或中間繁增「‧」，
李孝定云：「‧乃後加，無義。」井字西周金文中很少用其本義，常是被假用
為邢、刑、型等。井侯簋：「隹（唯）三月，王令（命）焚（榮）及內史曰：
『𩈬（更）井（邢）侯服。』」「井」用為邢國之邢。《左傳‧僖公二十四年》：
「凡、蔣、邢、茅、胙、祭、周公之胤也。」兮甲盤：「敢不用令（命），則即
井（刑）。」「井」用為「刑」，處罰也。散盤有荊字，乃是附增義符。《說文》：
「荊，伐皋也。從井從刀。《易》曰：『井，法也。』井亦聲。」另「帥井」為

〔註90〕張振林《〈說文〉從辵之字皆為形聲字說》，廣東省語言學 2002～2003 年會論文，
　　　　2003 年。
〔註91〕張振林《〈說文〉從辵之字皆為形聲字說》，廣東省語言學 2002～2003 年會論文，
　　　　2003 年。
〔註92〕見周法高主編，張日升、徐芷儀、林潔明編纂《金文詁林》13.109～1675。香港：
　　　　香港中文大學出版社，1975 年。
〔註93〕見陳初生編，曾憲通審校《金文常用字典》，西安：陝西人民出版社，1987 年。

金文之習語，如錄伯毀：「子子孫孫其帥井受丝（茲）休。」師望毀：「望肇帥井皇考。」「帥井」即「帥刑」或「帥型」，為遵守效法之義。陳夢家云：「凡此所帥井者是儀型其先祖考之德或威儀。與《詩》之儀刑文王之德相同。」〔註94〕荊楚之荊西周金文中形作 𢎏（貞毀）或 𦫳（過伯𧩙），後形乃增井為聲符。《說文》：「𣆶，古文荊」，劉釗謂「《說文》引古文作𣆶，乃『𢎏』字割裂筆劃所致。」〔註95〕說可從。

12. 頁　西周金文形作 𩑶（令毀），《說文》：「頁，下首也。從首，旨聲。」字形與金文之形一致。卯毀：「卯拜手頁手。」頁字當為「頁」，字不從旨，可知頁當為後起形聲字。「頁」經典通作「稽」，《穆天子傳》：「天子美之，乃賜奔戎佩玉一隻，奔戎再拜頁首。」郭璞注：「頁，古稽字。」

13. 媿　《說文》所無。郭沫若云：「杜乃陶唐氏之後，其姓為祁，媿即祁本字。從女𤔲聲，𤔲即召伯虎毀與鄘侯奪毀之𤔲字。其讀如祗，正與祁近。《石鼓·作原》石有『𤔲𤔲鳴口』語，亦即詩所屢見之『祁祁』字也。」〔註96〕可從。

14. 害鈇舒　牆盤：「害屖文考乙公。」王孫遺者鍾：「余弘韹鈇屖。」「鈇屖」與「害屖」均宜讀為「舒遲」，《禮記·玉藻》：「君子之容舒遲。」孔穎達疏：「舒遲，閒雅也。」

15. 埶設　裘錫圭先生認為「埶」「設」二字古音相近，可通用。「古音『埶』屬祭部，『設』屬月部。二字之間存在古音陰入對轉的關係。『埶』可讀作『勢』，『勢』『設』聲母相同。」又「今本《儀禮》『設』字，武威簡本多做『埶』。」〔註97〕

16. 矗矢　裘衛盉：「裘衛迺矗告於白邑父。」龐懷清讀為矢，〔註98〕其說可從。《爾雅·釋詁》：「矢，陳也。」《詩經·大雅·卷阿》：「豈弟君子，來游來歌，以矢其音。」《毛傳》：「矢，陳也。」「矗告」同義連用，即陳述義。

17. 獸酋　小盂鼎有「執獸一人」。「獸」字前人釋者大致有二說：一謂此

〔註94〕陳夢家《西周銅器斷代》（六），《考古學報》1956 年第 4 期，93 頁。

〔註95〕劉釗《古文字構形研究》，吉林大學博士論文，1992 年，120 頁。

〔註96〕郭沫若《兩周金文辭大系·杜伯鬲》，《郭沫若全集》第 8 卷，北京：科學出版社，2002 年，324 頁。

〔註97〕裘錫圭《釋殷墟甲骨文裏的『遠』『𢓊』（邇）及有關諸字》，《古文字研究》第 12 輯，北京：中華書局，1985 年。

〔註98〕龐懷清《陝西省岐山縣董家村西周銅器窖穴發掘報告》，《文物》1976 年第 5 期。

字假借為酋長之酋。郭沫若曰：「蓋獸讀為酋，言生禽其酋首也。」〔註99〕陳夢家曰：「獸讀為酋，西方周人名鬼方之首為酋為獸，名淮夷之首亦曰邦獸。」〔註100〕一謂此字通首，楊樹達主此說。〔註101〕此以前說為長。

18. 赦　《說文》：「赦，置也。從攴赤聲。𣓀，赦或從亦。」西周金文赦字形作村（儠匜），與《說文》或體同，疑「赤」乃「亦」形之訛變。

19. 手首　「拜頓首」「拜手頓首」語習見於賞賜銘文，亦多見於文獻，如《詩經·大雅·江漢》：「虎拜稽首，天子萬年。」拜與手對應，頓與首對乃為金文、文獻之常例。《說文》云：「頓，頓首也。」不嬰段：「不嬰拜頓手。」卯段蓋：「卯拜手頁（頓）手。」則知「頓手」之手乃首之假借。遹段：「遹拜首頓首。」拜後之首乃手之假借。

第三節　泥娘日三母

西周金文的諧聲和通假關係中涉及泥、娘、日三母字的總量較少，共 59 字，三組內部相諧的有 50 字，占 85%。可見三母很少與其他聲母相諧，有其相對的獨立性。以下為泥、娘、日三母字的形聲、通假字例：

（一）日—日（11 組）

貳：弍	五年召伯虎段4292
貳—二	五年召伯虎段4292
爾：日	樊君鬲 626
蝻：芮	蝻鼎 2765
柟：冉	仲柟父段4154
擾—柔	大克鼎 2836
郡：若	郡公緘 4600
妊：壬	吹作楷妊鼎 2179
秖：任	秖作父丁尊 5876
任：壬	作任氏段3455
鬻：辱	師趛鼎 2713

〔註99〕郭沫若《兩周金文辭大系》，35 頁。
〔註100〕陳夢家《西周銅器斷代》（四），《考古學報》1956 年第 2 期，86 頁。
〔註101〕楊樹達《積微居金文說》（增訂本），北京：中華書局，1997 年，133 頁。

（二）娘—日（4組）

女—汝	中方鼎 2785
女—如	師艅尊 5995
嬭：爾	曾侯簠 4598
匿：若	大盂鼎 2837

（三）泥—日（7組）

夔—擾	儺匜 10285
入—納	頌鼎 2827
內—芮	內伯壺 9585
內—入	伯矩鼎 2456
若—諾	智鼎 2838
芀：乃	師旂鼎 2809
入—內	虎段蓋《考古於文物》1997 年 3 期。

（四）泥—泥（2組）

| 內—納 | 師旂鼎 2809 |
| 寧：寍 | 麥方尊 6015 |

（五）娘—泥（1組）

| 嬣：寧 | 伯疑父段蓋 3887 |

（六）其他（9）

淖（娘）：卓（知）	㝬伯戲段4169
女（娘）—母（明）	巽母鼎 2146
弭（明）：耳（日）	弭伯師耤段4257
念（泥）：今（見）	段段4208
彌（明）：爾（日）	禹鼎 3834
難（泥）：堇（見）	殳季良父壺
襄（心）：孃（娘）	蘇甫人盤 10080
匿（娘）—愿（透）	大盂鼎 2837
需（心）—糯（泥）	伯公父段4628

　　為使三紐間的關係展示得更鮮明一些，我們把三紐間發生關係的相關數據列出（見下表）。

表 1-9　泥娘日三母字關係表

	泥	娘	日
泥	2	1	7
	0.09	0.05	0.21
	娘		4
			0.12
		日	11
			0.49

　　西周金文中泥母和日母本紐相諧的數量均超出幾遇數。泥／泥相諧數是幾遇數的 22 倍，日／日相諧數是幾遇數的 20 倍，娘／娘沒有相諧字例。泥母與日母，娘母與日母之間的關係都十分密切。娘／日之間的相諧數是幾遇數的 33 倍，泥／日之間的相諧數也是幾遇數的 33 倍。從數據看，泥與日、娘與日有音理上的聯繫。泥、娘之間只有一例相諧，比起泥日之間的關係要疏遠一些。泥、娘、日三者之間的關係正與端、知、章三組之間的關係是平行的。我們認為知、章兩組出於端組，知組帶有介音 -r-（二等）或 -rj-（三等），章組帶有介音 -j-。泥娘日三者之間的關係亦應如是。娘日二母出於泥母，二等的娘母帶有一個 -r- 介音，三等的娘母則帶有介音 -rj-，日帶有介音 -j-。章太炎提出的「娘日二紐歸泥」說符合西周金文的實際。〔註 102〕學界中對「娘紐歸泥」一向沒有太多爭議，認為二者在《切韻》時代尚為一類，在上古時期自然也是一類。但對「日紐歸泥」，雖然有許多異文和諧聲材料予以支持，但是並沒有得到學術界的一致公認，多數學者認為二者在上古是分立的。隨著端知章三組之間關係的明確，泥娘日三者之間的關係也就清晰了。

　　從現代方言來看，在一些保留古音較多的方言中可以沒有日母，日母字讀如泥母。以閩南方言為例〔註 103〕：

〔註 102〕章太炎《國故論衡》上卷木刻線裝，上海：文瑞樓印，31 頁。
〔註 103〕所舉字例採自黃典誠《閩南方音中的上古音殘留》，《語言研究》1982 年第 2 期。又見《黃典誠語言學論文集》，廈門：廈門大學出版社，2003 年，213 頁。

例　字	中古音	閩南白讀
蕊	日母，開三上紙韻	ˊlui
染	日母，開三上琰韻	ˊli
荏	日母，開三上寑韻	ˊlam
忍	日母，開三上獮軫	ˊlun
閏	日母，合三上准韻	lunˋ
讓	日母，開三上漾韻	liũ

　　閩南方言一般「泥／來」不分，均作 l，以上所舉日母字在閩南白讀中讀為泥母。以上例證可證日母應是由泥母中分化出，而不是相反。

　　關於鼻音聲母，我們在第一節考察了西周金文中唇鼻音與曉母相諧字例，證明在西周時期應有清鼻音 hm- 的存在。林燾和李方桂等曾對董同龢所擬定的清鼻音發表過中肯的意見，以為從系統的角度來看，有了 hm，也應該有 hn、hl、hŋ 等存在。〔註104〕張永言也曾云：「上古漢語的清化流音（含鼻音及清流音）聲母不僅有 hm，而且還有 hn、hn̥、hŋ、hl 跟他相配，形成一個完整的系統。」〔註105〕但是從對西周金文的考察來看，泥（娘、日）母字沒有與曉母字相諧的情況，與吐氣的塞音相諧的也只有泥透的 1 例，而與不吐氣塞音相諧的有泥知 1 例，泥見 2 例，這種情況不能為 hn 的存在提供證據。

附：本節諧聲和通假字考訂

　　1. 貳二　《說文》：「貳，副益也。從貝，弍聲。弍，古文二。」五年召伯虎𣪝：「公宕其參（三），女（汝）則宕其貳（二），公宕其貳（二），女（汝）則宕其一。」其中貳字用為數名之二。

　　2. 爾日　樊君𣪘有「爾」上加一「日」的字形，《金文編》（第四版）置之於附錄下。注云：「疑為嬭」。《金文編校補》以為楚季哶盤（10125）與曾孟嬭諫盆（10332）中嬭字所從相類，所以從日之爾應即『爾』字異體。『爾』字亦有從兩日者，見鄧伯氏鼎。古文字同一偏旁從單從雙每無別。〔註106〕此說可從。

〔註104〕林燾《上古音韻表稿書評》，《燕京學報》第 36 期，1949 年。李方桂《上古音研究》，北京：商務印書館，1980 年。

〔註105〕張永言《上古漢語有送氣流音聲母說》，《語文學論集》，北京：語文出版社，1992年，91 頁。

〔註106〕參董蓮池《金文編校補》（東北師範大學文庫），長春：東北師範大學出版社，1995年，514 頁。

3. 女汝如　西周金文中女字可用作第二人稱汝，〔註107〕典籍亦習見，已為共識。西周金文中女字亦可用為如，作動詞。師餘尊：「王女上侯，師餘從。」于省吾曰：「孫（詒讓）云此女當讀為如。《禮·大戴記》本命篇：『女者如也。』《爾雅·釋詁》：『如，往也。』上侯，地名。」〔註108〕

4. 嬰擾　儫匜：「自今余敢嬰乃小大史（事）。」嬰字唐蘭讀為擾。〔註109〕李學勤亦以為嬰字應讀為擾亂之擾。〔註110〕對此說無異議。

5. 入納內芮　頌鼎：「頌拜頴首，受令（命）冊佩呂（以）出，反（返）入菫（瑾）章（璋）。」郭沫若云：「『反入菫章』當讀為『返納瑾璋』，蓋周世王臣受王冊命之後，於天子之有司有納瑾報璧之禮。」〔註111〕可從。《書·禹貢》：「九江納錫大龜。」《史記·夏本紀》作「九江入賜大龜。」又《左傳·僖公四年》：「貢之不入，寡君之罪也。」入亦即納，此皆文獻中入、納相通之例。效卣：「公東宮內卿（饗）於王。」內，郭沫若讀為納。〔註112〕「出內」金文習見，典籍多作「出納」。《書·益稷》：「以出納五言。」《漢書·地理志》《尚書大傳·洪範五行傳》鄭注並引納作內。內字西周金文中又用為諸侯國名，讀為芮。內伯壺：「內（芮）白（伯）戍（肇）乍（作）釐公尊彝。」典籍作芮，《詩·大雅·綿》：「虞芮質厥成，文王蹶厥生。」又《史記·周本紀》：「大夫芮良夫諫厲王曰……」正義曰：「芮伯也。」

6. 若諾　《說文》：「諾，應也，從言，若聲。」曶鼎：「氒則俾覆命曰：『若！』」諾字不從言。若字之形西周金文作 ⬥（散盤），《金文編》：「從艸從又。唐蘭謂《說文》訓擇菜，殆即《詩·芣苡》：『薄言有之』之有。後世誤為 ⬥，而若之音義俱晦。」〔註113〕從口之若應即是諾之初文，後世復增「言」作義符。

〔註107〕容庚《周金文中所見代名詞釋例》，《燕京學報》1929 年第 6 期。

〔註108〕于省吾《雙劍誃吉金文選》下二·四，北京：中華書局，1998 年。

〔註109〕唐蘭《陝西省岐山縣董家村新出西周重要青銅器銘辭的譯文和注釋》，《文物》1976 年 5 期。

〔註110〕李學勤《西山董家村儫匜考釋》，《古文字研究》第 1 輯，北京：中華書局，1979 年。

〔註111〕郭沫若《兩周金文辭大系考釋·頌鼎》，《郭沫若全集》第 8 卷，北京：科學出版社，2002 年，163 頁。

〔註112〕郭沫若《兩周金文辭大系考釋·效卣》，《郭沫若全集》第 8 卷，北京：科學出版社，2002 年，220 頁。

〔註113〕容庚《金文編》卷一 0083，北京：中華書局，1985 年，38 頁。

7. 匿慝　大盂鼎：「辟氒匿」，匿讀為慝，王念孫：「匿與慝同。《逸周書·大戒篇》：『克禁淫謀，眾匿乃雍。』《管子·七法篇》：『百匿傷上威。』並以匿為慝。又《管子·明法篇》：『比周以相為匿。』《明法解》匿作慝。」〔註114〕

第四節　齒　音

一、精莊二組內部各聲母間的關係

表 1-10　精組各聲母字關係表

	精	清	從	心	邪
精	9	9	14	4	1
	1.92	1.38	1.3	2.3	1.24
	清	9	4	3	
		0.99	0.93	1.65	
		從	8	1	
			0.88	1.55	
			心	16	5
				2.75	1.49
				邪	6
					0.8

　　從對西周金文的諧聲和通假的考察來看，莊精二組字之間具有密切的關係，故把二組聲母並在一節討論。

　　西周金文諧聲和通假字涉及的精組字共 301 字，其中屬於精組內部各聲母之間相諧的共 178 字。具體情況見表 1-10。精與清、從二母的相諧數都在幾遇數的 6 倍以上。說明精組內部清／濁，送氣／不送氣在當時不作為明顯的區別性特徵而存在。從數據上看，精清從三母字之間幾乎是可以自由相諧，其中全清精母字與全濁從母字的關係更為密切一些。心邪二母作為擦音相對獨立，而二母之間的相諧數在幾遇數的 3 倍以上，說明他們發音相近。

　　西周金文中莊組字較少，諧聲和通假涉及 62 字，其中莊組內部各聲母字之間相諧只有 16 字，包括崇／崇 1 對，崇／山 2 對，山／山 5 對。因為整個

〔註114〕王念孫《讀書雜志》，中國訓詁學研究會編高郵王氏四種之二，南京：江蘇古籍出版社，2000 年，707 頁。

莊組內部的相諧字量太少，很難說明各母之間的關係。莊組字中有 40 字是與精組字相諧，占莊組字總量的 65%，是莊組內部相諧字量的 2.6 倍；莊精兩組的相諧數是兩組幾遇數（7.1）的 5.6 倍，可見莊組聲母與精組聲母有著密不可分的聯繫。

二、精組與莊組

精組與莊組字在西周金文中相諧十分頻繁，列舉如下：

側（莊）：則（精）	無叀段2814
儕（崇）：齊（從）	殷穀盤 10128
孁（爽）（山）：喪（心）	免段4240
鎗（初）：倉（清）	汈其鍾 0191
差（初）：左（精）	同段蓋 4270
叔（莊）：盧（從）	師旂鼎 2809
㥶（心）：雙（山）	㥶作父乙爵 8877
柴（崇）：此（清）	大盂鼎 2837
糍（莊）：焦（精）	弭仲簠 4627
齟（初）：且（清）	師𩰬鼎 2830
龖（初）：盧（從）	龖作母甲尊 5929
仦（初）：小（心）	禹鼎 2833
責（莊）：朿（清）	旅鼎 2555
青（清）：生（山）	牆盤 10175
牆（從）：牀（崇）	牆父乙爵 9067
嗟（精）：差（初）	鄧公段蓋 4055
趚（清）：芻（初）	趚子作父庚器 10575
柞（從）：乍（崇）	𤼈段3994
靜（從）：爭（莊）	靜叔鼎 2537
秭（精）：弗（莊）	智鼎 2838
姊（精）：弗（莊）	季宮父匜4572
牧（精）：乍（崇）	師㢮段4324
䅩（山）：辛（心）	䅩父甲段3571

譖（莊）：晉（清）	戎生編鍾《近》30
責（莊）一積（精）	旂鼎 2555
柞（從）一乍（崇）	量侯段3908
乍（崇）一作（精）	中義鍾 24
司（心）一事（崇）	揚段4294
生（山）一姓（心）	宜侯矢段4320
㐰（初）一肖（心）	禹鼎 2833
倉（清）一鎗（初）	𫤇鍾 260
親（清）一襯（初）	王臣段4268
抯（莊）一沮（從）	牆盤 10175
儕（崇）一齎（精）	師旋段4216
叙（莊）一祖（精）	生史段《文物》1986 年 8 期
差（初）一左（精）	同段4271
喪（心）一爽（山）	小盂鼎 2839
參（山）一三（心）	盝方尊 6013
譖（莊）一潛（從）	戎生編鍾《近》30

表 1-11　莊組、精組字相諧表

	莊	初	崇	山
精	6	3	3	
	0.35	0.32	0.38	
清	3	5	1	1
	0.25	0.23	0.27	0.47
從	4	1	4	
	0.24	0.22	0.26	
心		2	1	6
		0.39	0.45	0.78
邪				

二組之間的相諧關係可總結如表 1-8：

莊組字共 62 字，除前文提到的莊組內部相諧涉及的 16 字外，其他有莊母與疑母 1 字，崇、山與來母各 1 字，山母與書母、疑母、余母各有 1 字，而莊、精二組的相諧就有 40 字，並且多數聲母間的相諧數超過了幾遇數。除邪母外，精與莊、清與初、從與崇、心與山之間的關係對應得比較整齊。可以說莊組與

精組的密切關係是十分鮮明的，莊組聲母西周時期還不是一個獨立的聲母，兩組合併應無疑問。

近代學者黃侃早有「照二歸精」的觀點。黃氏對這一觀點未著專文論證，在《音略》中定古聲十九紐，將中古的莊組與精組歸為同紐，視精組為古本聲，視莊組為變聲。在《聲韻略說‧論聲韻條例古今異同下》中也簡略談到由精而變為莊，由清而變為初，由從而變為床，由心而變為邪、疏（山）。〔註115〕「照二歸精」說在諧聲、連綿詞、現代方言材料中可以得到豐富的材料證明，〔註116〕所以許多學者予以認同。但是中古精組見於一三四等韻，莊組見於二三等，它們都在三等韻出現，如果說莊、精二組同出一源，那麼就面臨著一個難題：分化條件是什麼？這一問題董同龢先生曾給出了一個解釋，其在《漢語音韻學》一書中認為：「凡中古三等韻的 tʃ 系字，古代原來不屬於那些三等韻，他們都是和那些三等韻同部的二等字，到一個頗晚的時期才變入三等韻。」〔註117〕其立論的根據主要有：1. 凡在有二等韻的攝裏（外轉），他們都結集於二等韻而不見於三等韻；只在沒有二等韻的攝裏（內轉）才出現於三等韻。2. 臻櫛兩韻只有 tʃ 系字而獨成二等韻，和他們相配的三等韻真與質恰巧都只缺 tʃ 系字，把他們合併，就和一般三等韻完全無二。3. 在《廣韻》的二等韻裏，tʃ 系字總是可以用作其他各母字的反切下字的。但是在三等韻裏，全體三等的反切下字之中，只有十個是 tʃ 系字，且其中九字都只為本係字用，這暗示著三等的 tʃ 系字可能是後變入三等韻的。4. 查上古各韻部，凡在中古三等韻有 tʃ 字出現的時候，同部二等韻大體上都沒有中古三等韻的 tʃ 系字和他們衝突。有些雖有一些 tʃ 系字，也可以和他互補缺空。余迺永先生贊同此說，並進一步認為知組與莊組的發展是平行的，知組三等也是後來從二等變來。以上的看法麥耘教授曾予以批評。〔註118〕西周金文中莊組字數量有限，無法討論二三等韻是否對立的問題，但是西周金文以外對立的例子有一些，在麥耘教授的文章中已有列舉。從詞彙擴散理論的角度來說，即使後代有對立，也並

〔註115〕兩文均見黃侃《黃侃論學雜著》，上海：上海古籍出版社，1980 年。

〔註116〕參胡安順《音韻學通論》，北京：中華書局，2001 年，222～223 頁。

〔註117〕董同龢《漢語音韻學》，北京：中華書局，2001 年，291 頁。

〔註118〕關於這一問題曾向麥耘教授請教，蒙惠贈大作《「三等韻莊、知組源於二等韻說」商榷》，該文收入董琨、馮蒸主編《音史新論：慶祝邵榮芬先生八十壽辰學術論文集》，學苑出版社，2005 年。

不能證明原來一定不是一個源頭，所以莊組三等原歸二等，後世分化出三等，也就是說三等的顎介音是後起的這一觀點，本文不取。

關於精莊兩組的分化，可以看作與端、知組的發展是平行的，即莊組二等帶有-r-介音，三等帶有-rj-介音，而精組三等則是帶有-j-介音，如此，精、莊同居三等而介音不同。喉牙音中重紐 B 類與 A 類的分野也是以此為條件，這樣整個音系的發展變化是整齊的。

三、心　母

關於心母的相諧關係相對複雜一些，故在此把心母專門列出討論。以下是西周金文中心母字與其他聲母字相諧的具體情況。

（一）心—唇音

莫（心）：畀（幫）	莫大父辛爵 9803
喪（心）：亡（明）	毛公鼎 2841

（二）心—舌音

緟（澄）：犀（心）	毛公鼎 2841
趙（澄）：肖（心）	叔趙父冉 11719
遲（澄）：犀（心）	伯遲夫鼎 2195
訇[註119]（心）：勻（余）	訇殷 4321
獄（心）：臣（余）	魯侯獄鬲 648
襄（心）：嬰（娘）	酥甫人盤 10080
錫（心）：易（余）	生史殷 4101
速（心）：束（書）	弔家父匜 4615
佳（章）—雝（心）	伯龢父敦 4311
賜（書）—賜（心）	召卣 5416
死（心）—尸（書）	大盂鼎 2837
易（余）—賜（心）	中作祖癸鼎 2458
妥（透）—綏（心）	沈子它殷 4330

〔註119〕該字在西周金文中用為「詢」字，從言勻省聲。

犀（心）—遲（澄）	遲伯魚父鼎 2534
需（心）—糯（泥）	伯公父簋 4628
肄（余）—肆（心）	師詢段4342
牆（余）—肆（心）	多友鼎 2835
肄（余）—肆（心）	大盂鼎 2837

（三）心—齒音

獵（心）：鐵（精）	獵作旅彝卣 5119
卹（心）：卪（精）	五祀衛鼎 2832
宰（精）：辛（心）	師湯父鼎 2780
絲（心）—茲（精）	曶鼎 2838
親（清）：辛（心）	克鍾 206
遣（清）：昔（心）	毛公鼎 2841
趞（清）：昔（心）	七年趞曹鼎 2783
耤（從）：昔（心）	令鼎 2803
宵（心）：肖（心）	宵作旅彝器 10544
駟（心）：四（心）	伯駟父盤 10103
犀（心）：辛（心）	季犀段2556
胖（心）：辛（心）	薛侯鼎 2377
盨（心）：須（心）	師兌父盨 4348
婞（心）：辛（心）	叔向父婞3849
椆（心）：囱（心）	椆作父丁尊 5827
索（心）：索（心）	索其爵 9091
縶（心）：索（心）	九祀衛鼎 2831
新（心）：辛（心）	訇段4321
宣（心）：亘（心）	虢宣公子白鼎 2627
筍（心）—郇（心）	多友鼎 2835
斯（心）—廝（心）	禹鼎 2833
須（心）—盨（心）	伯多父盨 4371
錫（心）—賜（心）	生史段4101

屾（心）—恤（心）	追毀4223
嗣（邪）：司（心）	嗣土嗣毀3696
鄁（邪）：昔（心）	宗婦鄁嬰盤 10152
姰（邪）：司（心）	寓鼎 2718
嗣（邪）：司（心）	大盂鼎 2837
飤（邪）—肆（心）	楚公逆鍾《近》97
司（心）—嗣（邪）	鈇鍾 260
仦（初）：小（心）	禹鼎 2833
司（心）：事（崇）	揚毀4294
仦（初）—肖（心）	禹鼎 2833
參（山）—三（心）	盠方尊 6013
喪（心）—爽（山）	小盂鼎 2839
慞（心）：雙（山）	慞作父乙爵 8877
梓（山）：辛（心）	梓父甲毀3751
𩵦（爽）（山）：喪（心）	免毀4240
生（山）—姓（心）	宜侯夨毀4320

（四）心—喉牙音

褻（心）：埶（疑）	毛公鼎 2841
𩵦（心）：五（疑）	遣小子𩵦毀3848
疋（疑）—胥（心）	師晨鼎 2817
埶（疑）—贄（心）	大克鼎 2836
涐（曉）：戌（心）	伯姜鼎 2791
獄（心）—熙（匣）	牆盤 10175
筍（心）：旬（匣）	伯筍父盨 4350
洹（匣）：亘（心）	伯喜父毀3837
趄（云）：亘（心）	牆盤 10175
𢆶（影）—絲（心）	邢叔鍾《考古》1986 年 1 期 25 頁

以上的相諧關係可總結如下表：

表 1-12　心母字相諧關係表

心	幫	明	透	泥	精	清	從	心	邪	澄	初
	1	1	1	2	4	3	1	16	6	4	2
	4.88	4.2	0.94	0.78	2.3	1.65	1.55	2.75	1.49	1.75	0.39
	崇	山	章	書	疑	影	余	曉	匣	云	
	1	6	2	3	4	1	7	2	2	1	
	0.45	0.78	3.56	2.13	2.75	2.26	6.47	2.88	4.88	2.52	

　　從心母的相諧關係來看，心母自身相諧的數量占絕對優勢，西周時期應有獨立的心母存在。心／山二母字多有相諧，相諧數是幾遇數的 7.7 倍，山母宜併入心母。其分化軌跡與精組字在介音的影響下變為莊組相同。此外，西周金文中的心母與唇舌齒牙喉各發音部位的字有相諧的關係，雖然字例都不是很多，但是十分普遍，這就值得引起注意。高本漢等已經擬有 sl-，sn-等複聲母來解釋這類現象。〔註 120〕董同龢先生把這類現象列為特例，無作詳論。〔註 121〕李方桂同意高本漢的做法，認為跟心母（也包括審母二等，〔註 122〕從上古的心母來）諧聲的字還應有 st-，sk-等複聲母。〔註 123〕白一平也同意上古漢語中有一套 s-頭類的複合聲母，並進一步認為「上古*sm-、*sng、*sl-，不論後頭有沒有三等介音-j-，好像一律變為中古心母 s-（清的舌尖擦音）。」但上古的 *sn-可能有兩種發展：後頭有三等介音-j-的時候，sn-就變為中古的 s-，後頭沒有介音-j-的時候，則變為 tsh-〔註 124〕李新魁認為心母字與塞音關係密切，這類心母字上古聲母應為 dʻ，與複聲母無關。其演變軌跡為：

　　　dʻ 〉 dˢ 〉 dₛ 〉 d_s 〉 s

　　塞音中的送氣成分逐漸增強，變為擦音，而塞音成分逐漸減弱，以至完全消失，結果變為中古的 s。〔註 125〕

　　隨著漢藏語比較研究的深入，認為上古漢語中亦存在 s-頭類複聲母的學者逐漸增多。鄭張尚芳以漢字的通假、異讀、轉注及諧聲等，結合漢藏語比較，構擬了 s-為前置輔音的複輔音聲母 15 種。〔註 126〕此外還有包擬古、張

〔註 120〕高本漢（Karlgren）《漢文典》，斯德歌爾摩：遠東文物博物館，1940 年。
〔註 121〕董同龢《漢語音韻學》，北京：中華書局 2001 年，298～299 頁。
〔註 122〕審母二等本文用「山」作代表字。
〔註 123〕李方桂《上古音研究》，北京：商務印書館，1980 年，25 頁。
〔註 124〕白一平《上古漢語*sr-的發展》，《語言研究》，1983 年 1 期。
〔註 125〕李新魁《漢語音韻學》，北京：北京出版社，1986 年，393 頁。
〔註 126〕鄭張尚芳《溫州師範學院學報》（社會科學版），1990 年 4 期。

琨、白保羅、雅洪托夫等也多從漢字諧聲和漢藏語比較入手，為上古漢語有 s-頭複聲母立論。〔註127〕就西周金文的材料看來，西周時期存在獨立的心母外，似乎應該承認這一時期存在有 s-頭類複聲母，否則心母字廣泛的相諧關係就無法得到更好的解釋。董同龢與李方桂都提到臺語（Tai）的借字，漢語十二地支中的「午」字，臺語有的用 s-來代它的聲母，有的用 ŋ-，還有讀為 saŋa。〔註128〕漢字「御」（疑）與「卸」（心）古本一字，又「卸」（心）從「午」（疑）聲，這裡心／疑的相諧與臺語對應起來正可證上古漢語中曾有 sŋ-複聲母的存在。這一類複聲母字有的失落了 s-後的輔音，即成為中古心母字的一部分，而有的則失去 s-頭，具體的變化機理還有待進一步探討。

四、邪　母

在上古音的討論中，邪母也一直是受研究者們關注的一個聲母。該母字在西周金文中的相諧狀況可見下例：

（一）邪母與舌音

隊（定）：豙（邪）	卯𣪕蓋 4327
待（定）：寺（邪）	旟鼎 2704
襲（邪）：龖（定）	致方𣪕2824
墜（澄）：豙（邪）	𢼊𣪕4317
榭（邪）：射（船）	榭父辛觶 6316
寺（邪）：之（章）	沇伯寺𣪕
豙（邪）—墜（澄）	周公𣪕4241
述（船）—遂（邪）	無叀鼎 2814
射（船）—謝（邪）	爾攸從鼎 2818

〔註127〕包擬古《漢藏語中帶 s-的複輔音聲母在漢語中的某些反映形式》第五屆國際漢藏語言學會議（安阿伯，1972）論文。張琨、張謝蓓蒂 Chinese *s-Nasal Initials（漢語*S-鼻音聲母）臺北：《歷史語言研究所集刊》第 47 本第 4 分，1976：587～609。白保羅《漢語的 s-詞頭》，第七節國際漢藏語言學會議（亞特蘭大 1974）論文；《再論漢語的 s-詞頭》第八節國際漢藏語言學會議（加利福尼亞，1975）論文；《上古漢語詞頭*s-與藏緬語、卡論語的對應》，第十四屆國際漢藏語言學會議（根西維爾，1981）論文。雅洪托夫《上古漢語的複輔音聲母》，《漢語史論集》，北京：北京大學出版社，1986 年。

〔註128〕董同龢《漢語音韻學》，北京：中華書局，2001 年，299～230 頁。李方桂《上古音研究》，北京：商務印書館，1980 年，26 頁。

射（船）—榭（邪）　　　　　粊段蓋 4297

寺（邪）—郣（書）　　　　　郣季故公段 3818

始（書）—姒（邪）　　　　　匽侯旨鼎 2628

郣（書）：寺（邪）　　　　　仙人臺郣國墓銅簠

錫（邪）—餘（書）　　　　　令鼎 2803

涎（邪）：臣（余）　　　　　㝬段 843

俗（邪）—欲（余）　　　　　毛公鼎 2841

姒（邪）：以（余）　　　　　叔作姒尊段 3365

似（邪）：以（余）　　　　　伯康段 4160

旬（邪）：勻（余）　　　　　繁卣 5430

錫（邪）：易（余）　　　　　令鼎 2803

異（余）—禩（邪）　　　　　作冊大方鼎 2758

辝（邪）：台（透）　　　　　戎生編鍾《近》30

（二）邪母與齒音

子（精）—巳（邪）　　　　　𦥑段 4195

祀（邪）：巳（邪）　　　　　保卣 5415

遂（邪）：豕（邪）　　　　　𣴭鼎 2729

嗣（邪）—祠（邪）　　　　　作冊夨令段 4300

嗣（邪）—嗣（邪）　　　　　師酉段 4289

似（邪）—嗣（邪）　　　　　郘智段 4197

遂（邪）—籐（邪）　　　　　𣴭鼎 2729

豕（邪）—遂（邪）　　　　　師望鼎 2812

心邪（6 例，參前文「心母」）

（三）邪母與喉牙音

訟（邪）：公（見）　　　　　大盂鼎 2837

頌（邪）：公（見）　　　　　史頌段 4230

俗（邪）：谷（見）　　　　　五祀衛鼎 2832

涀（邪）：侃（溪）　　　　　昊生殘鐘 105

改（見）：巳（邪）　　　　　改盨蓋 4414

以上的相諧情況可總結如下表：

表1-13　邪母字相諧關係表

	定	精	心	邪	澄	章	昌	船	書	見	溪	余
邪	3	1	6	7	2	1	1	4	4	4	1	9
	1.31	1.24	1.49	0.8	0.94	1.92	0.19	0.33	1.15	5	1.1	3.5

　　從西周金文的諧聲和通假來看，邪母自諧數量較高，遠遠超過幾遇數。心邪兩母的關係也較為密切，前文已論西周時期有獨立存在的心母，邪母與之對應，西周時期也應有獨立存在的邪母。此外，其與擦音書母的相諧次數也都較大地超過了幾遇數，亦證作為擦音的邪母是存在的。高本漢、王力都認為邪母從先秦直到隋唐時代均無變化，應該是獨立的一類。〔註129〕而黃侃則認為邪母後出，將其併入心母，不在古音十九紐之列。〔註130〕錢玄同、陸志韋、裴學海、李方桂、嚴學宭、李新魁等諸先生也贊同上古無邪母之說。錢玄同認為「中古『邪』母從大多數而言，可以說邪紐古歸定紐。」〔註131〕陸志韋認為「定跟邪的通轉是大路」。〔註132〕裴學海先生認為從、邪二母隋代以前都是同紐，至陸法言作《切韻》時，「邪」類才自「從」紐中分出。〔註133〕李方桂就邪紐與余紐的密切相諧關係認為邪紐主要是從上古余母來的，後面有個三等介音 j 而已（余母李方桂擬為 r）。〔註134〕李新魁不但認為邪母與余母同源，而且認為船禪與邪余也有共同的來源，它們一起來自上古的澄母〔dj〕。此外，李先生認為邪母還有另一來源，舌面化的 tsj-組中，其全濁聲母 dzj-變為中古的從母和邪母。「在中古之前，從、邪大概沒有區別。它們在上古時讀為同音」。〔註135〕尋仲臣、張文敏以《說文》諧聲字為材料，撰有《中古邪母的上古來源》一文。〔註136〕主要結論為，中古的邪母大致有三個方面的來源，首先是舌音端系，其次是精系心母，另有少數來自牙音見系（包括余母）。就西周金文的情況看，邪母不獨立說欠妥，出自心母說和定母說則失於片面。

〔註129〕高本漢、王力之說分別見於《中國音韻學研究》，北京：商務印書館，1940 年；《漢語語音史》，北京：中國社會科學出版社，1985 年。

〔註130〕黃侃《文字聲韻訓詁筆記》，黃焯記，油印本。

〔註131〕錢玄同《古無邪紐證》，北師大《國學叢刊》1932 年 1～3 期。

〔註132〕陸志韋《古音說略》，《陸志韋語言學著作集》（一），北京，中華書局，1985 年。

〔註133〕裴學海《古聲紐「禪」「船」為一「從」「邪」非二考》，《河北大學學報》（社）1961 年第 1 期。

〔註134〕李方桂《上古音研究》，北京：商務印書館，1980 年，14 頁。

〔註135〕李新魁《漢語音韻學》，北京：北京出版社，1986 年，387～397 頁。

〔註136〕尋仲臣、張文敏《中古邪母的上古來源》，《古漢語研究》1996 年第 4 期。

至於邪、從二母上古讀為同音之說，西周金文中邪、從二紐無涉。西周金文的諧聲和通假反映出，邪母除自諧以及和心母相諧外，與余母的相諧是大路，與定母等舌音關係也相對密切。與余母相諧的字中，有一些與透、定母字也能找到間接聯繫，如姒、餳，從以、易得聲的也有透、定母字。但並不是所有與邪母有關的余母字一定都與透、定母字有聯繫，如旬、洍等。邪母字與透、定母相諧者也有的與余母字找不到聯繫，如待、隊等。所以我們不能說獨立的邪母以外，其餘邪母字都源於定母或都源於余母，應該說兩者兼有。李方桂的 sdj-〉zj-，r+j-〉zj-〔註137〕從音理上較好地解釋了其間的關係，可採納。

　　牙音與邪母的相諧數雖然都沒有超過幾遇數，但是之間的關係不宜輕易忽視。這類邪母字應與 s-頭類複聲母有關，即：sgj-〉zj-。

附：本節諧聲和通假字考訂

　　1. 拁沮　牆盤：「牆弗敢拁，對揚天子不（丕）顯休令。」徐仲舒云：「拁從大（左）且聲，當讀為沮，沮，敗壞也。」〔註138〕李學勤云：「拁字見《說文》，此處讀為沮，義為敗壞。弗敢沮，與不墜意思接近。」二氏之說可從。

　　2. 叔祖　生史毁：「用事乎叔日丁，用事乎考日戊。」叔與考相對，此處當讀為祖。

　　3. 差左　差字本從來（麥）從大，象用手搓麥，大（左）亦聲。夏淥以為搓之初文。同毁：「世孫孫子子差右吳大父。」差與右連用，當讀為左。

　　4. 喪爽　小盂鼎：「辰在甲申，杳霥。」霥乃喪字。「杳霥」即「昧爽」，《尚書·周書·牧誓》：「時甲子昧爽，王朝至於商郊牧野乃誓。」免毁「杳霥，王格於大廟。」昧爽之爽寫作霥，蓋因用為昧爽字，特從日。

　　5. 譖潛　戎生編鍾：「卑（俾）譖徵絲（繁）湯」裘錫圭云：「『譖』疑當讀為『潛』。《左傳》屢言『潛師』（僖公三十三年、文公七年、定公二年、哀公六年），又言『潛軍』（隱公五年）、『潛涉』（哀公十七年），都指不讓敵人覺察的軍事行動。由於事前充分準備好糧草，行軍途中不必到處尋找糧食、放牧牲口，所以能夠進行『潛徵』。」李學勤亦釋為「潛」，但釋義有所不同，義為深。皆可通。〔註139〕

〔註137〕李方桂《上古音研究》，北京：商務印書館，1980 年，89～90 頁，14 頁。

〔註138〕徐仲舒《西周牆盤銘文箋釋》，《考古學報》1978 年第 2 期。

〔註139〕裘、李二文均見《保利藏金》，保利藝術博物館，1999 年。

6. 儕齎　《說文》：「儕，等輩也，從人齊聲。」師旋設：「儕女（汝）十五易登。」郭沫若云：「儕假為齎，意與賜同。」〔註140〕對此說無異議。

7. 牆肆　多友鼎：「湯鍾一牆。」李學勤認為此字「即三體石經『逸』字古文，以音近假為『肆』。……『湯鍾一肆』即一套編鍾。」〔註141〕商承祚先生也曾指出「魏三體石經多士：『誕淫厥逸』逸古文作🔳。《集韻》逸古文作㲰，自以此為近，然亦訛舛過甚。王國維謂《尚書》逸、泆諸字古多作屑或作佾。」〔註142〕張振林師認為：「西周春秋時期，宗彝、鍾鼓、舞者的集合單位單位詞，從語言學角度考察應該讀『逸』或『肆』（余母質部），共同的意義為『列』；從文字學考察，從『聿』從『台』得音的『肆』『肆』『佾』等字皆同音。」諸說可從。牆即逸字，與肆、佾讀音用法皆同。

8. 參三　參為星名，西周金文中屢用為數名三。五祀衛鼎、衛盉、盠方尊、毛公鼎等器皆有「參有嗣」之語，唐蘭釋為「三個職官」，〔註143〕是也，金文中指「嗣土」「嗣馬」「嗣工」而言。

9. 柞乍　柞，從木乍聲。量侯設：「量侯奸柞寶尊設。」此柞用為作，金文習用「乍」。

10. 司事　揚設（4294）：「乍（作）嗣工，官嗣量田甸……眔嗣工司。」而另一揚設（4295）銘作：「乍（作）嗣工，官嗣量田甸……眔嗣工事。」可知「司」與「事」通。

11. 嗣祠　令設：「戌冀嗣，乞（訖）。」郭沫若曰：「冀猶『小心翼翼』之翼，敬也。嗣假為祠，得福報賽曰祠。戌地得伯丁父之既，乃燕敬舉行宴享也。」可從。

12. 嗣嗣　師酉設：「王乎（呼）史䀠冊命師酉：嗣乃且（祖）啻官邑人。」「嗣」當讀為「嗣」，續也，賡也。大盂鼎：「不（丕）顯玟王受天有大令，在珷王嗣玟乍（作）邦。」以及「令汝盂井（型）乃嗣且（祖）南公。」皆用「嗣」。嗣用如嗣者亦見師鼗設等。

〔註140〕郭沫若《長安縣張家坡銅器群銘文匯釋》，《考古學報》1962 年第 1 期。
〔註141〕李學勤《論多友鼎的時代及意義》，《人文雜誌》，1981 年第 6 期。
〔註142〕商承祚《〈石刻篆文編〉字說（二十七則）》，《古文字研究》第 5 輯，中華書局，1985 年，221 頁。
〔註143〕唐蘭《陝西省岐山縣董家村新出西周重要銅器銘辭的譯文和注釋》，《文物》1976 年第 5 期。

13. 嗟 《金文編》卷三收有 𧥾（鄧公敦蓋）字，隸定作「詫」，列於言部。該字不見於字書。劉釗從差字的形體演變證此字應從言差聲，應釋作「諎」。〔註144〕此說可信。古文字從言與從口無別，諎即嗟。

14. 異禩 異，高鴻縉云：「象人戴由（竹器）而以手扶翼之形。」當即翼之本字。作冊大方鼎：「公束鑄武王成王異鼎。」郭沫若、容庚並讀為禩，義為祭也。〔註145〕說可從。《說文》祀字或從異作禩。

15. 子巳 兩敦：「唯六月既生霸辛子。」又𩵋止簋：「辛子」，其中「子」字皆用作地支之「巳」。《金文編》注云：「金文以此為十二支之巳，與卜辭同。」〔註146〕

16. 薛 《說文》：「薛，艸也。從艸辥聲。」金文形作 𩰪（薛侯鼎）。王國維《釋辥》：「余謂此薛國之本字也，其字所從之𡉚、𡊵，即《說文》夸字，其音古讀如辥。此字從月夸聲，與薛字從艸、辥聲同，而膴侯匜言：『膴侯作口妊口媵匜』，則膴為任姓之國，為滕薛之薛審矣。」〔註147〕該說已成定論。

17. 獄熙 牆盤：「亟獄逗慕。」唐蘭、裘錫圭等均以為獄當讀為熙。唐蘭云：「魯侯獄鬲即《史記》魯煬公熙。《書·堯典》：『熙帝之載。』《史記·五帝本紀》：『美堯之事。』」〔註148〕裘錫圭云：「『獄』當讀為『熙』，是發揚光大的意思。」〔註149〕皆可據。

18. 趄洹宣 三字均從亘得聲，《說文·二部》云：「亘，求亘也。從二從回。回，古文回，象亘回之形。上下，所求物也。」許說形義皆不明。楊樹達云：「亘者，淀之初文也。《水部》云：『淀，回泉也。從水，旋省聲。』今字皆作漩。亘從回，為古文回，字象回水，是形義與淀為回泉者合也。二字之音皆在寒部心母，又相近也。其從二，許君說為所求之物者，余謂猶丹之左右象岸者也。特彼位於左右，此位於上下，不同耳。」〔註150〕楊氏之說甚為精當，從西周金文字形來看，趄字作 𝌆（父丁鼎），止下之形即象回水之形，又或從

〔註144〕劉釗《〈金文編〉附錄存疑字考釋》（十篇），《人文雜誌》1995年第2期。

〔註145〕高、郭、容諸說見《金文詁林》1465～1467（3.307～3.309-0330）。

〔註146〕容庚《金文編》，卷十四，2378號，北京：中華書局，1985年，981頁。

〔註147〕王國維《釋辥》，《觀堂集林·藝林六》（外二種），石家莊：河北教育出版社，2001年，177頁。

〔註148〕唐蘭《略論西周微氏家族窖藏銅器群的重要意義》，《文物》，1978年第3期。

〔註149〕裘錫圭《史牆盤銘解釋》，《文物》，1978年第3期。

〔註150〕楊樹達《積微居小學述林》，「釋亘」條，北京：中華書局，1983年，51～52頁。

走，作，所從互之回水之形更為形象。又西周金文中「洹」字作，「宣」字作，所從相同。「互」與「亘」為兩字，互西周金文作，當為《詩經》：「日月之恒」的本字，從月。《說文》：「![字形]，古文桓。」互中之舟形乃「月」形之訛。西周金文恒字，形作，從互得聲，有別於趄洹宣三字所從，之間的差異在金文字形中展示得十分鮮明，但是後世「互」「亘」混形，則易導致一些誤解。亘心母元部字，《集韻》荀緣切，心母仙韻。《廣韻》有古鄧切，見母嶝韻，當是互字之音。《大字典》處理為一字兩音似有未當，一些研究者以宣字聲符為見母之「互」，並以此作為精組與牙音組關係的例證，顯然是錯誤的。

19. 改　西周金文形作。《說文》有「毅改」之改與「更改」之改。甲骨文、金文有改無改，吳大澂、羅振玉等皆疑許書之改即改字，初非二形。〔註151〕甚是。齊侯鎛：「葉萬至于辥孫子，勿或俞改。」改用同改。王莽量：「改正建丑」亦是其證。

第五節　喉牙音

一、喉牙音內部各聲母之間的相諧

表 1-14　牙音各母字相諧表

	見	溪	群	疑
見	73	20	22	3
	31.4	6.85	7.18	9.25
	溪	10	1	
		1.2	1.44	
		群	12	
			1.66	
			疑	28
				2.75

　　西周金文中牙音內部各聲母本紐相諧數都大大超過了幾遇數，證明西周時期牙音四母獨立存在。上古群母是否能夠獨立學界曾有爭議，群紐本母相諧 12

〔註151〕吳大澂《說文古籍補》，北京：中華書局，1988 年，14 頁上。

組，24字，是幾遇數（1.66）的14.5倍，與其他聲母的相諧都沒有超過這個比值，所以西周時期的群母應視為獨立。此外，群母主要與見母相諧22字，是幾遇數（7.18）的 3.1 倍，可見西周時期群母為與見、溪對應的全濁聲母勿庸置疑。見與溪、群二母的頻繁相諧，說明牙音中送氣與不送氣，清與濁之間不構成明顯的對立。疑母與見、溪、群三母之間關係較為疏遠，只與見母有3例相諧，說明舌根鼻音與塞音有明顯的對立。其間關係正如唇鼻音明母之於唇塞音，舌頭的鼻音泥（娘日）母之於舌塞音。

表 1-15　喉音各母字相諧表

	影	曉	匣	云
影	24	1	7	1
	1.86	2.37	4.02	2.08
	曉	14	8	5
		3.01	5.11	2.64
		匣	28	7
			8.67	4.48
			云	28
				2.31

　　喉音影、曉、匣三紐本母相諧的數量都很高。影母本紐相諧數是幾遇數的25.8倍，曉母本紐相諧數是幾遇數的9.3倍，匣母本紐相諧數是幾遇數的6.5倍，云母本紐相諧數是幾遇數的24.2倍，從這些數據來看，影等四母在西周時期應該是獨立存在的。其中影匣、曉匣、曉云、匣云之間也都有較多的相諧數，並且超過了幾遇數，可證四母發音部位相同。匣母與云母呈互補分布，匣母只有一、二、四等字，而云母只有三等，所以可以合併。但是匣母字除與喉音各母字關係密切外，與牙音各母字，尤其是見母字常常相諧，這類匣母字宜另作看待，下文別論。這樣西周時期的喉音應包括三母：影、曉、匣部分云。清人錢大昕曾以為「古影喻曉匣雙聲」[註152]，就西周金文的情況來說即是影、曉、匣部分云同部位發音相諧。

〔註152〕錢大昕《潛研堂文集》卷十二《問答十二》，「古影喻曉匣雙聲」是王力的叫法，錢氏本人未為該項結論立名。

二、見組聲母與其他各母

見組聲母除內部各母間的相諧外，還與其他部位的聲母發生關係。喉牙音一向關係比較緊密，本文所考察的西周金文中，喉牙音相諧總字數為 87 字，是幾遇數的（41.2）2.1 倍，可證西周時期喉牙音之間常常相諧。兩組相諧字例見下：

（一）見組與匣母

教（見）：爻（匣）	散氏盤 10176
纕（匣）：緘（見）	郜公纕臣 4600
廣（見）：黃（匣）	廣作父乙殷 3611
效（匣）：交（見）	效父殷 3822
馦（見）：合（匣）	裘衛盉 9456
緘（見）：咸（匣）	郜公纕臣 4600
鐈（見）：會（匣）	羣化齋鐈 10350
割（見）：害（匣）	無叀鼎 2814
馘（見）：或（匣）	多友鼎 2835
國（見）：或（匣）	录致卣 5420
匃（見）：合（匣）	禹鼎 2833
敆（見）：合（匣）	史密殷《近》489
較（見）：爻（匣）	毛公鼎 2841
覡（見）：퇅（匣）	季宮父簠 4572
者（見）：後（匣）	戎生編鍾《近》33
鷄（見）：奚（匣）	鷄卣《近》602
攼（匣）：干（見）	大鼎 2807
鋞（匣）：更（見）	九年衛鼎 2831
埾（匣）：工（見）	埾叔鼎 2615
娟（匣）：見（見）	庚姬鬲 637
閈（匣）：干（見）	毛公鼎 2841
鶾（匣）：倝（見）	鶾貝父鼎 2205
趌（匣）：各（見）	媵匜 10285
祜（匣）：古（見）	癲鍾 250

恆（匣）：亙（見）	恒設蓋 4200
限（匣）：艮（見）	伯限爵 9036
貉（匣）：各（見）	伯貉卣 5233
宏（匣）：弓（見）	毛公鼎 2841
下（匣）—猳（見）	九年衛鼎 2831
害（匣）—匀（見）	伯家父設蓋 4156
襄（匣）—鬼（見）	伯致設 4115
爻（匣）—較（見）	伯晨鼎 2816
叚（見）—遐（匣）	禹鼎 2833
刑（匣）—荆（見）	史牆盤 10175
干（見）—扞（匣）	毛公鼎 2841
沽（見）—湖（匣）	散盤 10176
或（匣）—國（見）	寈鼎 2740
葬（見）—鴻（匣）	麥方尊 6015
會（匣）—鄶（見）	員卣 5390
害（匣）—介（見）	屚弔多父盤〔註153〕
學（匣）—教（見）	靜設 4273

溪匣：

匱（溪）：黃（匣）	智鼎 2838
匡（溪）：坒（匣）	尹氏貯良簋 4555
起（匣）：豈（溪）	起鼎 4266
亢（溪）—珩（匣）	起鼎 4266
可（溪）—苛（匣）	儩匜 10285

群匣：

偈（群）：曷（匣）	五祀衛鼎 2832
還（匣）：睘（群）	高卣 5431
環（匣）：睘（群）	師遽方彝 9897
齂（匣）：巨（群）	齂父設 3462

〔註153〕本器見錄於《客齋集古錄》第十六冊 30 頁。

狂（群）：坒（匣）　　　　　　孟狂父鼎《考古》89 年 6 期

睘（群）—還（匣）　　　　　　駒父盨蓋 4464

睘（群）—環（匣）　　　　　　番生𣪘4326

疑匣：

害（匣）—敔（疑）　　　　　　師克盨 4467

表 1-16　喉牙音字相諧表

	見	溪	群	疑
見	3	6	41	1
	7.62	9.68	16.4	8.49
溪	2	7	5	1
	1.68	2.13	3.62	1.87
群	1		7	2
	1.76		3.79	1.96
疑	2	6	1	2
	2.26	2.88	4.88	2.52

　　喉牙音聲母之間關係普遍比較密切，其中以見匣二母字的關係尤為突出，見表 1-16。見、匣兩母之間的相諧字數（41）是幾遇數（16.4）的 2.5 倍。溪、匣之間的相諧數（5）是幾遇數（3.62）的 1.38 倍。群、匣之間的相諧數（7）是幾遇數（3.79）的 1.8 倍。可見匣母與除疑母以外的牙音都有較為密切的相諧關係，應有音理上的聯繫。這類匣母字西周金文時期可以肯定應為塞音，而不是擦音。中古的匣母見於一二四等，而群母只見出現於三等，二者呈互補分布，則匣母可歸入群母。匣是全濁塞音，其與見母的密切關係，正相當於幫之於並、精之於從的關係，全清與全濁聲母比與次清聲母的關係相對密切一些。李榮曾指出《切韻》寒、厚、桓等匣母字在現代南方方言中多讀如 k、g 聲母，可以看成是部分匣母字的上古形式在現代方言中的遺留。[註 154] 高本漢利用語音系統空擋，把匣、群母合併，擬為 g'-，在一二四等韻前變為中古的匣母（ɤ），在三等韻前變為群母（g'）。董同龢對高氏的這一結論持否定的態度，認為高氏所用的材料不足以代表上古，「x-與ɤ-確都與 k-k'-等諧，所以ɤ-原來就不一定是塞音。我們又知道ɤ-與ɤ（j）-在《切韻》以前還沒有分，

──────────

〔註154〕李榮《從現代方言論古群母有一、二、四等》，《中國語文》1965 年第 5 期。

就更沒有理由用 g'-去填γ-的空缺了。」〔註155〕匣、云兩母合一，此說出於曾運乾。〔註156〕董氏補充論證了這一論斷。李新魁舉出了大量文獻中的異文、聲訓等例證，結合閩南方言材料認為高本漢的意見基本是對的。同時，他指出匣、群上古存在細微的差異。匣母在上古為 g、gw，群紐讀為 gj，喻三讀為 gjw。〔註157〕周法高將匣母並於群母讀g，云母仍同中古讀γ。〔註158〕而陳新雄以匣、云、群三母合而為一，讀γ。〔註159〕李方桂早年曾將匣母一分為二，與 k、k'諧聲的同群母，讀濁塞音，與 x 諧聲的同云母，讀濁擦音。〔註160〕但後來改為將匣、云、群三母合一，讀g（中古開口）和gw（中古合口）。〔註161〕以上幾家的分歧牽涉到了如何處理云母（喻三）的問題，西周金文中匣母與云母的關係如何呢？我們不妨考察一下匣母與見組以外各母字的相諧情況：

表 1-17　匣母字相諧關係表

	幫	端	定	來	精	心	章	船	書	影	余	曉	匣	云
匣	1	1	1	1	4	2	3	1	1	7	3	8	29	7
	8.67	2.7	4.31	10.2	4.08	4.88	6.32	1.09	3.79	4.02	11.5	5.11	8.67	4.48

上表顯示出匣母與喉音中的影、曉、云三母都有較為密切的相諧關係，其間相諧數都超過了幾遇數，這一類匣母與同牙音相諧的一類不同，應有喉擦音的性質。看來西周金文的匣母適宜分為兩類，匣甲一類作為全濁塞音歸入群母，匣乙應為喉部擦音，云母只有三等字，與匣乙呈互補分布，可以合併。邵榮芬考察《說文》匣母字得出同樣的結論，用他的話來說就是「兩分法可以避免云母在聲韻配合上的侷限性，所以應該把它看作最佳方案。」〔註162〕

〔註155〕董同龢《漢語音韻學》，北京：中華書局 2001 年，294 頁。

〔註156〕見曾運乾《喻母古讀考》，東北大學季刊 1927 年第 2 期，57～58 頁。

〔註157〕李新魁《漢語音韻學》，北京：北京出版社，1986 年，397～401 頁。

〔註158〕周法高《論上古音》，香港中文大學中國文化研究所學報，2 卷 1 期，1969 年，109～178 頁；《論上古音和切韻音》，香港中文大學中國文化研究所學報，3 卷 2 期，1970 年，321～457 頁。

〔註159〕陳新雄《群母古讀考》，《鍥而不捨齋論學集》，臺灣：學生書局，61～100 頁。

〔註160〕此為李方桂早年的非正式學說。羅常培曾予以認可。參羅常培《經典釋文和原本玉篇反切中的匣于兩紐》，《史語所集刊》8 本 1 分，1939 年，85～90 頁。

〔註161〕李方桂《上古音研究》，《清華學報》新 9 卷，一、二期合刊，1971 年，1～16 頁。又北京：商務出版社，1980 年。

〔註162〕邵榮芬《匣母字上古一分為二試析》，《語言研究》，1991 年 1 期。

（二）疑母與曉母

在喉牙音的關係中，牙音疑母與喉音曉母相諧 6 例，是幾遇數（2.88）的 2.1 倍，應該有音理上的聯繫。此 6 例臚列如下：

義（曉）：義（疑）　　　　　南宮柳鼎 2805

獻（曉）—甗（疑）　　　　　屏敖段蓋 4213

許（曉）：午（疑）　　　　　五祀衛鼎 2832

言（疑）—歆（曉）　　　　　伯矩鼎 2456

嚴（疑）—獫（曉）　　　　　多友鼎 2835

厰（疑）—獫（曉）　　　　　不嬰段4328

根據以上情況，我們可以說西周時期有清舌根鼻音 hŋ的存在，與 hm 對應。

（三）見組與余母

見、余相諧 15 例，沒有超過幾遇數 21.76，溪余 1 例，群余 4 例，也都沒有超過幾遇數（分別是 4.79、5.02）。但是見、余二母字相諧的絕對數量在同余母相諧的各母中是最高的。結合余母與其他各母的關係，本文認為三等韻普遍帶有-j-或-rj-介音，這樣可以更好解釋余母複雜的諧聲關係。（詳見「余母與-j-介音」一節）。

（四）見組—來母

見組各母，尤其是見母與來母有著眾多的相諧字例，其相諧數（17）雖然沒有超過幾遇數（19.36），但同見母與余母的關係一樣值得關注。結合來母與其他聲母的相諧狀況，本文認為二等字帶有-r-介音，部分三等字帶有-rj-介音，如此可以更好解釋來母與其他各聲母的相諧關係。（詳見「來母與-r-介音」一節）

附：本節諧聲和通假字考訂

1. 學敦教　《說文·攴部》：「敦，覺悟也。從教從冂。冂，尚矇也，臼聲。學，篆文敦省。」「教，下所施上所效也。從攴從孝。」趙誠先生云：「甲骨文的學字作岕、斈、斈等形，在卜辭時代兼有教、學二義，如《乙》1986 的『王學眾』即『王教眾』。到了周代，教一方面仍寫作學，如靜段的『靜學（教）無斁（斁）』，另一方面卻寫作教，如沈子段的『井（型）敦（教）』，中山王嚳

鼎的『攸（修）斆（教）備恁』。很顯然，周代教已經逐步從學中分出而寫作斆，（並非秦以後）這和受授本同字均作受而後來分化為受、授二字的情況基本一致。……從甲骨文來看，學從爻聲，除了字形結構可以推知之卜辭的『學戊（人名）』又作『爻戊』也是一個很好的證明。但是，《說文》卻注明學從臼聲，這種音讀上的距離，或者說學與臼的諧聲關係，從現有的材料來看基本上產生於周代，這從周代金文學字的寫法固定為從臼從爻從冖從子可以得到證明。」〔註 163〕該認識無疑是正確的。散盤𦥯與《說文》教之古文同，可看作是爻聲。

2. 匄害割介曷　金文「用匄眉壽」「用祈匄眉壽」為乞求長壽之習語。《左傳・昭公六年》：「不強匄。」注：「匄，乞也。」《廣雅・釋詁三》：「匄，求也。」文獻多以「介」為之，《詩經・豳風・七月》：「為此春酒，以介眉壽。」西周金文匄或用害字，伯家父設：「用易害眉壽黃耇。」徐仲舒云：「錫害即錫匄。錫為錫予，匄為乞求，正一事之兩面，故匄亦有賜予之意。」〔註 164〕又或用割，無叀設：「用割眉壽。」西周金文中害亦可通「介」「曷」，匽叔多父盤：「受害（介）福。」《周易・晉》：「受茲介福於其王母。」《釋文》：「介，大也。」齊叔姬盤：「孫孫子子永受大福用。」則用「大」字，是其證。毛公鼎：「邦嗇（將）害吉。」容庚云：「又通曷。《書・泰誓》：『予曷敢有越厥志。』敦煌本曷作害。」〔註 165〕

3. 褱鬼　伯㺇設：「隹（惟）用妥（綏）神褱。」于省吾云：「褱乃鬼之借字。《說文》褱從衣眔聲，褢從衣鬼聲，二字聲韻並同。……《韓非子・內儲說下》：『懷左右刷則左右重。』懷應該讀為魄。《漢書・外戚傳》：『褢誠秉忠。』注：『褢，古懷字。』玄應《一切經音義》十八：『懷孕』作『褱孕』，漢《北海相景君碑》：『驚　傷褢。』『傷褢』即『傷懷』，是褱從眔聲與從鬼聲一也。《說文》傀之或體作瓌，是從鬼與從褱一也。凡此均褱可讀為鬼之證。」〔註 166〕此說可從。

4. 龏鴻　麥方尊：「王射大龏禽。」郭沫若云：「大龔禽當是禽名，以聲

〔註 163〕趙誠《〈說文〉諧聲探索（一）》，《音韻學研究》第 3 輯，北京：中華書局，1994 年，205 頁。

〔註 164〕徐仲舒《金文嘏詞釋例》，《歷史語言研究所集刊》6 本 1 分，1936 年，8 頁。

〔註 165〕容庚《金文編》，害字條。北京：中華書局，1985 年，531 頁。

〔註 166〕于省吾《雙劍誃殷契駢枝三編・古文雜釋》，石印本，1943 年。

求之，疑即是鴻也。」〔註167〕楊樹達則云：「余謂此文當以『王射大龔』四字為句，龔當如郭讀為鴻。《孟子》記齊宣王顧鴻雁麋鹿於雪宮，周天子之璧雍有鴻，固其所也。禽一字為句，謂射而獲之也。」此以楊說為長。〔註168〕

　　5. 言歆　伯矩鼎：「用言王出內（入）吏（使）人。」意指作銅器用以歆饗君王的出入使臣。其中言同音，通「歆」，義為歆饗。《左傳·僖公三十一年》：「不歆其祀。」杜注：「歆猶饗也。」

　　6. 兄㽸㽱㽹　西周金文中兄字一般作 𝼾（夆季良父壺），像人跪跽祝告之形，與祝之初文同構。或增「生」作聲符，如 𮙭（史梅㽸作且辛段），高景成注云：「兄生同聲，古字恒增聲符。」〔註169〕兄又或增「皇」「光」作聲符，如 𮦜（㽱作父壬段），𮠩（㽹段）。江學旺先生認為兄、生、光韻部相同，聲母相近，屬於聲符替換。〔註170〕可從。

　　7. 害麩舒　牆盤：「害屖文考乙公。」王孫遺者鍾：「余弘龏麩屖。」郭沫若云：「麩屖音讀當如舒遲，意亦稱是。」〔註171〕于省吾亦以為當讀「舒遲」。《禮記·玉藻》：「君子之容舒遲。」孔疏：「舒遲，閒雅也。」裘錫圭以為讀「胡夷」，胡、夷都是古代常用的稱美之辭。前釋更佳。

　　8. 麩　麩字西周金文中多作 𮣫（㲋篡），唐蘭先生釋為「胡」字，〔註172〕多從之。又有 𮢣（麩父段）字，江學旺以為迭加「巨」作聲符，〔註173〕亦可從。

　　9. 害敔　師克盨：「干害王身。」毛公鼎：「（以）乃族干吾王身。」吳大澂以為古敔敔字，經典通作捍禦。〔註174〕

　　10. 厰嚴玁　士父鍾：「其厰才（在）上，戲戲彙彙，降余多福無彊。」金文習作「嚴才（在）上」。多友鼎：「用嚴婑方。」「嚴婑」各家讀為「玁狁」，無異義。不嬰段：「宕伐厰允於高陶。」「厰允」亦當是「玁狁」。

〔註167〕郭沫若《兩周金文辭大系考釋·麥尊》，《郭沫若全集》第 8 卷，北京：科學出版社，2002 年，99 頁。

〔註168〕楊樹達《積微居金文說·麥尊跋》，北京：中華書局，1997 年，113 頁。

〔註169〕見容庚《金文編》卷八，北京：中華書局，1985 年，616 頁。

〔註170〕江學旺《西周金文研究》，南京大學博士論文，2001 年，72 頁。

〔註171〕郭沫若《兩周金文辭大系考釋·王孫遺者鍾》，《郭沫若全集》第 8 卷，北京：科學出版社，2002 年，348 頁。

〔註172〕唐蘭《西周青銅器銘文分代史徵》，北京：中華書局，1986 年，507 頁。

〔註173〕江學旺《西周金文研究》，南京大學博士論文，2001 年，31 頁。

〔註174〕容庚《金文編》卷二，毛公鼎吾字注。北京：中華書局，1985 年，57 頁。

11. 友有休　虢仲盨：「虢中（仲）𠨚（與）王南征，伐南淮尸（夷），才（在）成周，乍（作）旅盨，茲盨友十又二。」郭沫若讀「友」為「有」，甚是。〔註175〕伯克壺：「白克敢對揚天右王白（伯）友。」「對揚……休」為金文習例，是知伯克壺友用為休。〔註176〕

12. 嘑於　伯㪔殷：「隹（唯）用妥（綏）神裹嘑前文人。」該銘中嘑字從甘，善鼎：「唯用妥（綏）福嘑前文人。」嘑字從口，古文字中口、甘常無別。楊樹達謂嘑當讀如效，郭沫若謂當讀乎，張日昇以為當讀作於。〔註177〕張說可從。追殷：「用享孝於前文人。」蔡姬殷：「尹弔（叔）用妥（綏）多福於皇考德尹。」〔註178〕文例與伯㪔殷等全同，用「於」。

13. 濸隂　　字見永盂，「易（賜）畀永氒田濸（陰）易（陽）洛彊。」「濸易」唐蘭釋為「陰陽」，〔註179〕可從。濸字從水畜聲，畜當為歙之省。敔殷「隂陽洛」，隂亦是陰，從阝歙省聲。

第六節　小　結

本章用五個小節分別討論了西周金文諧聲和假借字所反映出的唇、齒、舌、牙、喉五系聲母的狀況，主要得出以下結論：

1. 西周時期唇音較為獨立，與其他聲母之間的關係也比較單純。其中幫、明二母字與來母字，明母字與曉母字多有相諧現象。與來母相諧者與-r-介音有關（詳見下章），明曉兩母字相諧者可證西周時期有清鼻音（hm）的存在。

2. 舌音端、知、章三組聲母常常相諧，西周時期應為一類。其中知、章兩組聲母在不同介音的影響下而分化。

3. 齒音中精、莊兩組關係密切，可以合為一類。分化條件與知組同。

4. 泥、娘、日三母應合為一類。三母間的分化過程與端、知、章三組是平行的。

〔註175〕郭沫若《兩周金文辭大系考釋·虢仲盨》，《郭沫若全集》第 8 卷，北京：科學出版社，2002 年，120 頁。

〔註176〕參陳抗《金文假借字研究》，中山大學中文系碩士論文，1981 年。

〔註177〕周法高主編，張日昇、徐芷儀、林潔明編纂《金文詁林》，香港：中文大學出版社，1975 年，2.285-0310。

〔註178〕斷句從華東師大中國文字研究與應用中心編，《金文引得·殷商西周卷》，南寧：廣西教育出版社，2001 年，315 頁。

〔註179〕唐蘭《永盂銘文解釋》，《文物》1972 年第 1 期。

5. 牙音見、溪、群、疑四母都獨立存在。喉音中匣母的一支與見母字多有相諧，因與群母互補分布，宜並於群母。

6. 喉音在上古包括影、云（匣）、曉三母。匣母字除部分歸入牙音外，另一部分與喉音影、曉、云各母相諧者，應與喉音一系，宜與云母合併。此外，喉牙音之間有較多相諧字例，可以理解為發音部位相近所致。

7. 精組、章組、牙喉音的三等字有相諧的現象，應是在三等介音-j-的影響下，三類音發音部位趨同所致。

8. 清／濁、送氣／不送氣沒有明顯的對立。發音部位相同的塞音、塞擦音常有互諧。鼻音字與塞音及塞擦音字之間較少互諧，相對獨立。

9. 同部位擦音之間的相諧數都超過了幾遇數，屬於常常相諧的一類，如心／邪、曉／匣乙（云）等。不同部位擦音之間的相諧數雖然都不突出，但相諧比較普遍，說明擦音之間因同具有擦音特點而可能相諧。

10. 曉母字與明母和疑母字多有相諧字例，可證西周時期有清鼻音 hm-、hŋ-的存在。從系統的角度出發，應該還有 hn-的存在，但是西周金文不能為此提供足夠的證據。

11. 心母字與各類聲母字都有相諧現象，推測西周時期應該有 s-頭類型的複聲母存在，如 st-、sn-、sŋ-等。部分書母字和邪母字與塞音或塞擦音也存在聯繫，可能也與這類複輔音有關。

12. 西周時期的單輔音聲紐可以總結為 25 個：

唇音	幫非	滂敷	並奉			明曉	明微	
舌音	端知章	透徹昌	定澄禪船	書	余邪		泥娘日	來
齒音	精莊	清初	從崇	心山	邪船			
牙音	見	溪	群匣			疑曉	疑	
喉音	影				曉	匣云		

第二章　西周金文聲母考察（下）

第一節　來母與-r-介音

西周金文的諧聲和通假中涉及到的來母字共 178 個，其中主要是來母本紐的相諧，其次是與唇牙喉音字的相諧，與舌齒音較少有相諧字例。關於來母與非來母字相諧的具體字例臚列如下：

一、西周金文中來母與其他聲母的關係

（一）幫組與來母

1. 幫：來

  鏐（來）：稟（幫）   兮仲鍾 70

  鑪（來）：膚（幫）   弭仲簠 4627

  膚（幫）：盧（來）   弘尊 5950

  嗇稟（幫）—林（來）   師㝨鍾 141

  稟稟（幫）：向（來）   六年召伯虎毀4293

  膚（幫）—盧（來）   史密毀《近》489

2. 明：來

  命（明）：令（來）   梁其壺 15.9716

鈴（來）：命（明）	毛公鼎 2841
穎（來）：米（明）	天亡𣪘4261
留（來）：卯（明）	趞鼎 2815
厲（來）：萬（明）	五祀衛鼎 2832
柳（來）：卯（明）	散氏盤 10176
閭（來）：門（明）	閭𣪘3476
麥（明）：來（來）	麥方尊 6015
來（來）—麥（明）	蠻鼎 2765
令（來）—命（明）	小臣謎𣪘4238
絲（來）—蠻（明）	虢季子白盤 10173
厲（來）—萬（明）	散伯𣪘3779

（二）舌根音與來母

1. 見：來

雒（來）：各（見）	周雒盨 4380
駱（來）：各（見）	盠駒尊蓋 6012
路（來）：各（見）	史懋壺 9714
洛（來）：各（見）	敔𣪘4323
勒（來）：革（見）	衛鼎 4209
闌（來）：柬（見）	噩侯鼎 2810
琼（來）：京（見）	裘衛盉 9456
溓（來）：兼（見）	厚趠方鼎 2730
䚸（見）：錄（來）	盟爵 9097
筥（見）：呂（來）	筥小子簋 4036
虢（見）：寽（來）	虢季子白盤 10173
龏（見）：龍（來）	鞍狄鍾 49
洛（來）—各（見）	𧊒作父乙尊 5986
魯（來）—叚（見）	師𫝑鍾 141
革（見）—勒（來）	康鼎 2786
讕（來）—諫（見）	大盂鼎 2837

段（見）—魯（來）　　　　　　　袁鼎 2819

2. 溪：來

福（溪）：鬲（來）　　　　　　　中方鼎 2785

洛（來）—恪（溪）　　　　　　　大師盧豆 4692

老（來）—考（溪）　　　　　　　五年召伯虎𣪘4292

3. 疑：來

灤（來）：樂（疑）　　　　　　　伯灤父壺 9570

魯（來）：魚（疑）　　　　　　　伯姜鼎 2791

㳨（來）：樂（疑）　　　　　　　弔㳨父盨 4375

灤（來）—樂（疑）　　　　　　　盧鍾 88

（三）喉音與來母

1. 曉：來

盧（來）：虎（曉）　　　　　　　取盧盤 10126

𢼐（曉）：來（來）　　　　　　　師𣪘鼎 2830

釐（曉）：里（來）　　　　　　　史伯碩父鼎 2777

2. 匣：來

溫（匣）：鬲（來）　　　　　　　達盨蓋《文物》1990 年 7 期 3 頁

3. 云：來

立（來）—位（云）　　　　　　　班𣪘8.4341

（四）余母與來母

嬴（余）：嬴（來）　　　　　　　庚嬴卣 5426

嬴（余）：嬴（來）　　　　　　　季嬴霝德盉 9419

昱（余）：立（來）　　　　　　　小盂鼎 2839

嬴（來）—嬴（余）　　　　　　　妊爵 9027

勮（余）—樂（來）　　　　　　　小克鼎 2797

（五）舌齒音與來母

盠（來）：彖（透）　　　　　　　盠駒尊 6011

寵（徹）：龍（來）　　　　　　　梁其鍾 187

吏（來）—事（崇）　　　　　　大克鼎 2836

龍（來）—寵（徹）　　　　　　遲父鍾 103

邐（來）—釃（山）　　　　　　乙亥鼎 3942

吏（來）—史（山）　　　　　　曶盨《文物》2000 年 6 期 7 頁

為使來母與非來母字的關係簡明一些，可總結如下表：

表 2-1　來母與各聲母字關係表

來	幫	明	透	徹	崇	山	見
	6	12	1	2	1	2	17
	10.22	8.8	1.96	0.74	0.95	1.62	19.36
	溪	疑	余	曉	匣	云	來
	3	4	5	3	1	1	62
	4.27	5.76	13.54	6.03	10.22	5.28	12.05

來母本紐相諧共有 62 對，占來母字總量的 69%，相諧數是幾遇數的 10.3 倍。從這些數據上看西周時期有獨立存在的來母。在來母本紐相諧的字例中，有許多仍然與非來母字有相諧關係，如鈴從令得聲，後世看來是來母與來母字的相諧，但是命、令本為一字所分化，鈴亦有以命為聲符者；瀘字從盧得聲，而盧與幫母的膚在西周時期可通用；釐從來得聲，但釐既有來母讀音，又有曉母異讀。雖然許多來母字都與非來母字有直接或間接的聯繫，但是並不是所有來母字都能找到與非來母相諧的證據，所以，我們承認西周時期有獨立的來母存在。

在來母與非來母字的相諧中，明／來，見／來之間相諧的絕對數量都很高，值得引起重視。明、來兩母之間的相諧數是幾遇數的 1.4 倍，應有音理上的聯繫。來母與見母的相諧數只是接近幾遇數，但是因為絕對數量在來母與非來母的相諧中最高，不容忽視，應考慮有音理上的聯繫。除了以上兩組的相諧外，我們不難從上表中發現，來母與唇舌齒牙喉五音都有相諧關係，不過與舌齒音的聯繫較少。在討論這些關係之前，我們不妨先考察一下關於上古來母問題的討論。

二、關於來母與非來母關係的討論

關於上古來母與非來母的相諧，主要有三種觀點：1. 複輔音說；2. 非複輔音說；3. 介音說。

　　英國漢學家艾約瑟（Joseph Edkins）據古漢語的來母與其他聲母字的諧音交替現象，在《漢字研究導論》中首先提出了上古漢語有複輔音聲母的假設。〔註1〕瑞典漢學家高本漢（Karlgren）在其《漢字分析字典》的序言中根據艾約瑟的假設，提出了「各」「絡」互諧是古漢語複輔音聲母的遺跡。〔註2〕高氏在 1933 年出版的《漢語詞類》一書中又對自己的理論進行了補充。〔註3〕我國學者林語堂著有《古有複輔音說》一文，根據典籍以及俗語中的連綿詞、異文、又讀、諧聲、同系語言的比較等論證了古有複輔音，並構擬了〔kl-〕、〔pl-〕、〔tl-〕等一系列複聲母，〔註4〕為中國人研究複輔音之始。高本漢、林語堂之後，吳其昌、魏建功、陳獨秀、董同龢、陸志韋、羅常培、嚴學宭、周法高、李方桂、丁幫新等，〔註5〕討論並贊同複輔音的學者不勝枚舉，只要討論到複輔音，帶 l 的複輔音多是其中重要的部分。這裡特別要提出雅洪托夫的觀點，他根據二等字與來母的密切關係，提出中古二等字在上古是帶-l-的複輔音。〔註6〕這把對上古二等字的認識大大推進了一步。

　　反對複輔音的聲音也沒有停止過，如唐蘭《論古無複聲母，凡來母古讀如泥母》一文以近代漢語無複輔音，漢字的諧聲系統具有複雜性，以及同語系語言的比較只是孤證為理由，批評複輔音說。〔註7〕其在 1949 年出版的《中國文

〔註1〕艾約瑟《漢字研究導論》，London: Yrubner and Co, 1876.

〔註2〕高本漢《漢字分析字典·序》，巴黎，1923；趙元任譯，高本漢的諧聲說，《國學論叢》1 卷 2 期，1927 年。

〔註3〕高本漢《漢語詞類》，張世祿譯，北京：商務印書館，1933 年。

〔註4〕林語堂《古有複輔音說》，晨報六週年紀念增刊，1924 年。

〔註5〕參吳其昌《來紐明紐複輔音通轉考》，《清華學報》7 卷 1 期，1932 年；魏建功《古音系研究》，北京：中華書局，1996 年（1935 首版）；陳獨秀《中國古代語音有複輔音說》，《東方雜誌》，第 34 卷，第 20、21 號，1937 年；董同龢《上古音表稿》，中研院史語所單刊甲種之 21，1944；陸志韋《古音說略》，燕京學報專號 20，1947 年；羅常培《研究國內少數民族語言的重要性》，《語言與文化》，北京大學，1950 年；嚴學宭《上古漢語聲母結構體系初探》，《江漢學報》，1962 年第 6 期；蒲立本《上古音的聲母系統》，亞細亞專刊 9，倫敦，1962 年；周法高《論上古音》，香港中文大學中國文化研究所學報第 2 卷第 1 期，1969 年；《論上古音和切韻音》，香港中文大學中國文化研究所學報第 3 卷第 2 期，1970 年；李方桂《上古音研究》（1971 年），北京：商務印書館，1980 年；丁幫新《論上古音中帶 l 的複聲母》，《屈萬里先生七秩榮慶論文集》，臺北：聯經出版社，1978 年。

〔註6〕雅洪托夫《上古漢語中的複輔音》，第 25 屆國際東方學會議論文（1960），收錄於謝·葉·雅洪托夫《漢語史論集》，唐作藩、胡雙寶選編，北京：北京大學出版社 1986 年。

〔註7〕唐蘭《論古無複聲母，凡來母字皆讀如泥母》，《清華學報》1937 年 12 卷 2 期。

字學》「中國原始語言的推測」一節中又進一步闡明了自己的觀點。〔註8〕劉又辛《古漢語複輔音說質疑》，也認為上古如果有複輔音存在，那麼在漢語方言中不可能消失得那麼乾淨。而漢語與親屬語言的關係比較複雜，很不容易找到成批的、可靠的材料來做歷史比較研究。對於常被用來證明複輔音的諧聲關係，劉氏認為，「這一類諧聲聲符有一大批如果按照複輔音說的原則辦理，就得把這些聲母擬為 kml- kbsl- 之類的輔音群。但是這樣一來，不是脫離漢語的實際情況更遠了嗎？」〔註9〕王力先生也基本上是否定古有複輔音的，主要根據與唐、劉基本相同。

李方桂《上古音研究》對於來母與舌根、唇音互諧的例子，大體上採用了高本漢的說法，但作了部分訂正。把二等字裏高氏 kl-、khl- 類擬音，一律改為 kr-，khr- 等，二等以外的仍保留原有形式。-r- 被稱為介音。〔註10〕其實稱介音與稱複輔音不應有本質的區別，應該說只是表述上的不同，或者說稱介音是更接近於漢語音節特點的表達方式。〔註11〕把 -r- 介音和其前面的輔音結合為「聲介

〔註8〕唐蘭《中國文字學》，上海：開明書店，1949 年。

〔註9〕劉又辛《古漢語複輔音說質疑》，《音韻學研究》第 1 輯，北京：中華書局，1984 年，179 頁。

〔註10〕李方桂《上古音研究》，北京：商務印書館，1980 年，24 頁。

〔註11〕此問題曾向麥耘教授求教。麥耘師認為：介音的概念，在西方語言學上是沒有的，真正是「中國特色」。「介音」是取「介於聲母和韻母之間的音」的意思，實際上已不視為韻母的一部分了。有一種分析法，是把介音跟聲母擱一塊兒，叫「聲介合母」，等於把它當作聲母的一部分了。介音是韻腹（音節核）前面、聲母（音節首輔音）後面的一個音節結構成分，一般的說法，是個弱的元音。但也可以說是半元音（寫作 -j-，-w- 等），半元音則是輔音的一類。從理論上說，音節首輔音後面接一個半元音，也可以說是複輔音。反過來說，把 -l- 和 -r- 處理為介音（例如在一些少數民族語言中）也並不是理論上不允許的，只不過現代漢語沒有這種介音罷了。不過我們的感覺，kj-，tw- 之類跟 kl-，tr- 之類總有不同。因為音節首輔音與 -j-，-w- 等之間可以平滑地銜接，而與 -l-，-r- 等之間就有點跳躍（常常在音節首輔音後面插一個非常弱的央元音）。這個區別是確實的。然而在實際發音中，「跳躍」也可以向「平滑」轉化，例如英語的 tr-，dr- 就常被讀為塞擦音，也確實有語音學家把它們分析為塞擦音的（在寬泛的意義上說，塞擦音也是兩個輔音的複合體，即複輔音）。在壯侗語族中，pl-、kl- 與 pj-，kj- 的轉換不罕見。這說明複輔音聲母與聲母後帶介音之間沒有絕對的界限。其實，kj-，tw- 等中的 -j-，-w- 算是介音還是聲母的顎化、圓唇色彩，也沒有截然的界限（廣州話研究中就碰到這樣的問題：kw- 中的 -w- 到底是介音還是聲母的圓唇色彩？）。可見，（1）複輔音聲母——（2）單聲母後帶介音——（3）單聲母本身帶某種色彩，這三者是一個「連續統」，很難完全切分的。不過有一點比較清楚，就是把介音放到聲母一邊（而不是韻母一邊）來處理，會更好些。從音節成分劃分的角度說，是把音節從音節核（韻腹）的前面切開，音節核及其後面的成分（即韻尾）是「韻」（rhyme）或「韻基」（base），不包括「介音」（介音一向是

合母」看待，更便於考察和解釋聲母的分化。

　　前文我們已對西周金文中來母與非來母字的相諧狀況進行了總結，發現舌齒音字很少有與來母字相諧，而唇牙喉音字卻相反。考察後世的諧聲、假借，情況亦是如此。現代方言中部分「嵌 l 詞」一般被視為-r-介音音節緩讀形式的遺留，各方言中「嵌 l 詞」也都是以唇牙喉音字為多數，端（知、章）和精（莊）組字相對少得多。邢向東曾針對「嵌 l 詞」的形式特點，提出圪頭詞、忽頭詞、卜頭詞的概念，在其考察的晉語（山西、陝西、內蒙古、河南、河北等保留〔ʔ〕尾入聲韻的方言）中存在大量以圪、卜、忽起頭的詞，如圪楞、卜浪、忽嚨。〔註12〕所謂的圪頭、卜頭、忽頭正與唇牙喉音相對，可視作上古 kr-、pr-、xr-等音節緩讀形式的遺留。因這類遺留形式普遍存在，從而影響了構詞，圪、卜、忽已變為類似於前綴，或單純的表音詞頭。各家討論來母諧聲時，常常忽視了舌齒音與唇牙喉音與來母的相諧關係有著量與質的差別。從高本漢《修訂漢文典》（Grammata Scrica Rccensa）中統計的諧聲和陸志韋統計《說文》諧聲的結果看，〔註13〕除了透徹和清山幾母外，其他的舌齒音與來母字相諧的數量都很少，而唇牙喉音，尤其是見母與來母，互諧量極高，是舌齒音無法企及的。產生唇牙喉音字與來母字相諧數量高的一個主要原因可以解釋為：帶-r-介音的端、精組字與-r-介音已經緊密融合，產生了中古的知、莊兩組翹舌音。為什麼唇牙喉音沒有受-r-介音的影響成為具有捲舌特徵的音呢？這與唇牙喉音發音部位同舌齒音不同有關。端、精二組為舌尖中和舌尖前音，r 是一個具有捲舌特徵的介音，舌尖音很容易在 r 的影響下舌尖翹起，帶上捲舌特徵，成為翹舌音。所形成的翹舌音把原來的舌尖音與 r 介音緊密地結合，融為一體，很難隔離開來。但是唇音和喉牙音的發音部位在唇或舌根、喉，很難受 r 的影響形成翹舌音，所以也不可能像舌尖音那樣與 r 介音融合。在急讀影響下，容易脫去 r 介音或脫去原有的聲母，在緩讀的影響

　　　　不參加押韻的，不放在韻裏更合理），音節核之前為音節首成分，這樣處理是用「兩分法」（或「偶值法」）：音節兩分為節首和韻／韻基，節首兩分為聲母和介音，韻／韻基則兩分為韻腹和韻尾。這樣分類更整齊。本文贊同麥耘教授的觀點。

〔註12〕邢向東、張永勝《內蒙古西部方言語法研究》，呼和浩特：內蒙古人民出版社，1997年，261 頁。

〔註13〕Karlgren，Bernhard（高本漢）（Grammata Scrica Rccensa）《修訂漢文典》，斯德哥爾摩：遠東文物博物館館刊，1957 年。陸志韋《古音說略》，燕京學報專號 20，1947年。《陸志韋語言學著作集》（一），北京：中華書局，1985 年。

下也常會分化為兩個音節，這是後世來母字的一個來源，也是後世能夠見到眾多唇牙喉音字與來母字相諧的主要原因。

李新魁先生認為，-r-介音應該是僅在舌音和齒音中出現，不應存在於一切二等韻之中，即不應像李方桂所說的存在於唇音和舌根音聲母之後。因為，「一來後代的唇音和舌根音毫無所謂捲舌化的跡象，二來唇音聲母發音的主要著眼點在唇，舌根音發音的著眼點在舌根，它們與韻母拼合，很難設想在它們與韻母之間出現一個〔r〕介音。因此，我們認為，即使是認為有〔r〕介音的話，也不應施之於唇音、舌根音字身上。這種擬法沒有必要。」〔註14〕在李新魁先生所擬的上古音系統中也只是讓舌齒音帶上了-r-介音，而讓唇牙喉音與來母相諧的擬為 kl-、pl-等複輔音。隨著親屬語言比較研究的深入，我們發現唇牙喉音也同樣可帶有-r-介音。李新魁先生認為，-r-介音，與其看成是介音，不如看成是聲母的捲舌化作用。〔註15〕這一說法倒是給出了一些啟示，雖然我們認為各組聲母都可能帶上-r-介音，但是其特色應有所不同，舌齒音後的-r-介音應該是如李先生所言，可以看成是聲母的捲舌化作用。但是唇牙喉音後的-r-介音，並不能使其前面的聲母成為一個捲舌音，而可能只是在聲母後韻母前有一個彈舌的閃音。但從音位和系統的角度考慮，對舌齒音和唇牙喉音後的-r-在擬音時，可以不必分為兩類形式。

三、r是否僅是二等字介音

自高本漢以來，二等字一般認為是不帶任何介音的，理由主要是：《廣韻》的反切上字有一二四等歸為一類，三等歸為一類的分組趨勢。既然一、四等都不帶介音，從而推斷二等也不應帶上任何介音。此外，二等字在現代方言中幾乎都不帶介音，僅僅在舌根音後面出現介音 i，高本漢認為這個 i 介音是後來產生的。雅洪托夫提出中古二等字在上古的聲母是帶-l-的複輔音，主要根據是二等字跟來母具有密切的關係，而來母字基本不出現於二等。「二等字既然像上面我所指出的那樣同聲母為 l 的字緊密相聯，那麼它們當中應該有過介音 l，即他們的聲母曾是複輔音 kl、pl、ml 等等。……另一方面，這樣來解釋二等字的起源時，為什麼聲母為 l 的字不可能屬於二等就很清楚了：因

〔註14〕李新魁《漢語音韻學》，北京：北京出版社，1986 年，376 頁。
〔註15〕李新魁《漢語音韻學》，北京：北京出版社，1986 年，376 頁。

為在聲母 l-之後不可能還有介音 l」。〔註16〕這一認識很有創見，揭示了部分來母字諧聲的本質，所以很快得到學界的支持。蒲立本（Pulleyblank，E.G）、薛斯勒（Schuessler，A）、包擬古（Bodman，N.C）、鄭張尚芳相繼提出了漢語的 l 來自 r 的主張，將二等介音修改為-r-。〔註17〕李方桂也認為二等韻裏上古應該有一個使舌尖音捲舌化的介音-r-，這個介音不但可以在舌尖聲母後出現，也可以在唇音，舌根音聲母後出現，還可以在三等介音-j-的前面出現。〔註18〕許寶華、潘悟雲、施向東等以來母字的諧聲、異讀、方言以及親屬語言等豐富材料支持了二等字帶-r-介音說。同時也附帶指出來母字與非二等字也有相諧關係。〔註19〕

從諧聲、異文、異讀、方言中的「切腳字」等方面的材料看來，不獨二等字與來母發生關係。雅洪托夫文中也注意到了來母字與一等字相聯繫的例子，如洛：各，裸：果等，他認為「各」雖然是一等字，但是「各」最初造字時是為了表示「來」的意思，只是後來才被用來表「每一個」之義。而表示來的「各」後世用「格」字，是個二等字。從果得聲的「裸」字是個後起簡化字，不足為據。同時雅氏也舉例指出，「帶 l 的複輔音聲母還曾經存在於帶有介音 i̯或 i 的一系列三、四等字中，不過這些字中的 l 在大多數情況下已消失，沒有留下任何痕跡，只有在個別情況下根據聲旁才能構擬出 l。」〔註20〕許寶華、潘悟雲、施向東等的論文中都指出除了二等字外，來母字還跟許多重紐 B 類字諧聲，同時也有個別非二等和非重紐三等字。

下面是對西周金文中來母字與非來母字相諧情況的考察。（前面加*者為既

〔註16〕雅洪托夫《上古漢語中的複輔音》25 屆國際東方學會議（莫斯科）論文（1960），國外語言學，1983（4）。該篇論文收入《漢語史論集》唐作藩、胡雙寶選編，北京：北京大學出版社，1986 年。引文為該書 45 頁。

〔註17〕蒲立本（Pulleyblank，E.G）《上古漢語的古音系統》，《亞細亞專刊》9，倫敦，1962 年。薛斯勒（Schuessler，A）《上古漢語的 R 與 L》，中國語言學報（美國）2.2，1974。包擬古 Proto-Chinese and Sion-Tibetan：80-83 頁.Contribution in Historical Linguisties: Issuse and Materiafs（1980）. Leidon, E.J.Brill. 鄭張尚芳《上古音構擬小議》，北大中文系《語言學論叢》編委會，《語言學論叢》第 14 輯，北京：商務印書館，1984 年。

〔註18〕李方桂《上古音研究》，北京：商務印書館，1980 年，22 頁。

〔註19〕許寶華、潘悟雲《釋二等》，施向東《上古介音 r 與來紐》，《音韻學研究》第 3 輯，北京：中華書局，1994 年。

〔註20〕雅洪托夫《漢語史論集·上古漢語中的複輔音》唐作藩、胡雙寶選編，北京：北京大學出版社 1986 年，43～46 頁。

有諧聲關係，又有通假關係。加▲者僅為通假關係。為了便於對比，統一把非來母字排在前面）：

（一）非來母字為一等字

各	古落切	見鐸開一入	雒	盧各切	來鐸開一入	（周雒盨）
各	古落切	見鐸開一入	駱	盧各切	來鐸開一入	（盠駒尊蓋）
各	古落切	見鐸開一入	路	洛故切	來暮合一去	（史懋壺）
*各	古落切	見鐸開一入	洛	盧各切	來鐸開一入	（敔簋）
▲恪	苦各切	溪鐸開一入	洛	盧各切	來鐸開一入	（大師虘豆）
門	莫奔切	明魂合一平	閵	良刃切	來震開三去	（閵段）
虎	呼古切	曉姥合一上	盧	落胡切	來模合一平	（取虘盤）
▲考	苦皓切	溪皓開一上	老	盧皓切	來皓開一上	（召伯虎段）
彖	通貫切	透換去一合	蠡	郎奚切	來齊開四平	（盠駒尊）

（二）非來母字為二等字

▲蠻	莫還切	明刪開二平	䜌	落官切	來桓合一平	（虢季子白盤）
湢	下革切	匣麥開二入	鬲	郎擊切	來錫開四入	（達盨蓋）
禍	楷革切	溪麥開二入	鬲	郎擊切	來錫開四入	（中方鼎）
虢	古伯切	見陌合二入	寽	呂卹切	來術合三入	（虢季子白盤）
鱳	古嶽切	見覺開二入	录	盧谷切	來屋合一入	（盟爵）
*樂	五角切	疑覺開二入	濼	盧各切	來鐸開一入	（叔鍾）
樂	五角切	疑覺開二入	櫟	歷各切	來鐸開一入	（樂季獻鼎）
柬	古限切	見產開二上	闌	落干切	來寒開一平	（噩侯鼎）
▲諫	古晏切	見諫開二去	讕	落干切	來寒開一平	（大盂鼎）
*革	古核切	見麥開二入	勒	盧則切	來德開一入	（衛段）
*麥	莫獲切	明麥開二入	來	落哀切	來咍開一平	（麥方鼎、蟎鼎）
叚	古疋切	見馬開二上	魯	郎古切	來姥合一上	（袁鼎）
腵	古疋切	見馬開二上	魯	郎古切	來姥合一上	（師兇鍾）
卯	莫飽切	明巧開二上	柳	力久切	來有開三上	（散氏盤）
卯	莫飽切	明巧開二上	留	力求切	來尤開三平	（趨鼎）

（三）非來母字為三等字

*萬	無販切	明願合三去	厲	力制切	來祭開三去	（散伯𣪘）
*命	眉病切	明映開三去	令	力政切	來勁開三去	（伯懋父𣪘）
*膚	甫無切	幫虞合三平	盧	落胡切	來模合一平	（史密𣪘）
命	眉病切	明映開三去	鈴	郎丁切	來青開四平	（毛公鼎）
膚	甫無切	幫虞合三平	鑪	郎古切	來姥合一上	（弨仲簠）
稟	筆錦切	幫寢開三上	卣	力稔切	來寢開三上	（召伯𣪘）
*稟	筆錦切	幫寢開三上	鑼	力尋切	來侵開三平[註21]	（師㝨鍾）
昱	余六切	余屋合三入	立	力入切	來緝開三入	（盂鼎）
嬴	以成切	余清開三平	赢	落戈切	來戈合一平	（庚嬴卣）
*嬴	以成切	余清開三平	赢	落戈切	來戈合一平	（妊爵）
▲樂	五角切	疑覺開二入	劮	以灼切	余藥開三入	（小克鼎）
筥	居許切	見語開三上	呂	力舉切	來語開三上	（莒小子𣪘）
京	舉卿切	見庚開三平	琼	力讓切	來漾開三去	（五祀衛鼎）
魚	語居切	疑魚開三平	魯	郎古切	來姥合一上	（井侯𣪘）
龏	九容切	見鍾合三平	龍	力鍾切	來鍾合三平	（戩狄鍾）

又從「兄」聲，兄，許容切，曉庚合三平 （曼龏父盨）

犛	許其切	曉之開三平	來	落哀切	來咍開一平	（師虎鼎）
氂	許其切	曉之開三平	里	良士切	來止開三上	（史伯碩父鼎）
▲位	于愧切	云至合三去	立	力入切	來緝開三入	（師毛父𣪘）
▲事	鉏吏切	崇志開三去	吏	力置切	來志開三去	（大克鼎）
▲史	疎士切	山止開三上	吏	力置切	來志開三去	（𪭢𣪘）
▲釃	所宜切	山支開三平	邐	力紙切	來紙開三上	（乙亥鼎）
*寵	丑隴切	徹腫合三上	龍	力鍾切	來鍾合三平	（汈其鍾、遟父鍾）

（四）非來母字為四等字

米	莫禮切	明薺開四上	穎	郎外切	來泰合一去	（天亡𣪘）
兼	古甜切	見添開四平	溓	勒兼切	來添開四平	（令鼎）

從對西周金文的考察來看，與來母字相諧的字四等俱全，而以二等、三等

居多。

其中余、來兩母字相諧的 5 例可能與 r-介音無關，暫不計算在內，剩下的非來紐字和來紐互諧的有 53 字，這些字的情況為：

一等	二等	普通三等	重紐 B 類〔註22〕	四等
10字	18字	15字	8字	2字

一等字中有 6 字與「各」有關，已有多位學者討論過該字歸等的問題。〔註23〕「各」本義為至、到達，西周金文用其本義；或作 𡧡（沈子它簋），繁增義符。典籍通作「格」。格、佫均為二等字，所以「各」可能本來也是二等字。《說文》：「各，異辭也。」表義已變，該字的一等蓋為後世變化。佫為一等字可能是受到了各的影響。「閫」字，《說文》言從兩省聲。但西周金文中閫字形作 𨳿（閫簋），上從門形，後世簡帛中所見亦從門形，《說文》籀文之形不知何據。閫從何聲暫存疑。盠字從彔得聲，盠與彔音相去甚遠，從彔聲可疑。彔有通貫切和賞是切兩音，其形在古文字中與豕、豙等形易混。若彔從賞是切，則是三等字。那麼一等字中就只有虎和考了。四等韻中只有兩字。可見一、四等韻字與來母相諧只是少數字例。與來母相諧的二等韻字全部是唇牙喉音字，普通三等韻字中唇牙喉音 10 字，徹紐 2 字，崇紐 1 字，山紐 2 字。結合上文的數據可以得出，與來母諧聲的三等韻字中以重紐 B 類，和普通唇牙喉音字為主。

董同龢認為，普通三等唇牙喉音接近於 B 類，而舌齒音則近於 A 類。〔註24〕鄭仁甲用朝鮮語對音材料證明，普通三等唇牙喉音和莊組字同於重紐 B 類。〔註25〕麥耘從上古元音的性質與重紐的關係，以及上古元音與《切韻》介音的關係角度論證了普通三等唇牙喉音近 B 類。在韻圖中，普通三等的唇牙喉音除

〔註22〕關於重紐問題有一種流行的說法，認為庚三（平賅四聲）為重紐三等，即 B 類，而清為與之對應的重紐四等，即 A 類。這是從韻圖的排列方式上推斷出來的，在韻圖中三等韻的清被排在四等，與庚三相配。這一說法可以採納。本文即以庚三為 B 類，對應的清為 A 類。

〔註23〕有關討論見於雅洪托夫《上古漢語的複輔音聲母》，25 屆國際東方學會議（莫斯科）論文（1960），《國外語言學》1983 年 4 期。《漢語史論集》唐作藩，胡雙寶選編，北京大學出版社 1986 年，44～45 頁；施向東《上古 r 介音和來紐》，《音韻學研究》第 3 輯，北京：中華書局，1994 年，242 頁。

〔註24〕董同龢《漢語音韻學》，北京：中華書局，2001 年，162～165 頁。

〔註25〕鄭仁甲《論三等韻的介音——兼論重紐》，中國音韻學研究會第三次學術討論會論文（1984），中國音學研究會《音韻學研究》第 3 輯，北京：中華書局，1994 年。

了幽韻以外，均與 B 類一樣排在三等。此外，麥先生又論證了莊組、知組近於 B 類，此類帶有-r-介音。〔註26〕據俞敏、施向東、劉廣和研究，唐代譯經家用 A 類字譯梵文輔音和元音之間帶前齶音 y〔j〕的音節，而用 B 類字譯帶顫舌音 r 的音節（如玄奘用「吉」譯 ki＝kyi「姞」譯 grid，慧琳用「乙」譯ṛi 之類），這說明 B 類介音是帶有顫舌或翹舌的。〔註27〕這些雖然是就中古音情況進行的考察，但是西周金文中與來紐相諧的三等字集中於重紐 B 類字和普通三等唇牙喉音字，還有少數知、莊組字，這一情況正與鄭仁甲和麥耘兩位先生考察普通三等喉牙音以及知、莊組等與重紐 B 類一致的結論相合。結合麥耘等的研究，我們認為西周時期，不僅二等字帶有-r-介音，重紐 B 類、普通三等喉牙音等亦帶有-r-介音。一些學者就重紐 B 類與來母的互諧情況，認為上古重紐 B 類同二等韻一樣帶有-r-介音。〔註28〕就西周金文的材料看，這一範圍應該擴大。

重紐 B 類和普通唇牙喉三等字以及知、莊組字帶有-r-介音，而三等字本帶有-j-介音。麥耘先生曾討論過-rj-是否可能存在的問題，「從語音史的角度提出的最重要的理由是：所有古代三等韻（帶舌面介音）中的莊、知、章組和日母字（現代均讀捲舌）在現代都不是齊齒或撮口呼，就是說，舌面特徵／介音消失了，而這正應被看作是捲舌特徵排斥舌面特徵的結果。如果認為它們互相排斥就不承認它們在歷史上曾經共存過，那麼舌面特徵消失的原因就無從索解了。」〔註29〕這一解釋是可以站住腳的。

來母字相諧關係的分布狀況是-r-介音提出的一個外部證據。從某個角度來說，來母字的相諧關係與-r-介音的存在基本是一致的，這樣也就不必為來母的諧聲擬出 Cr-、Cl-兩套音。

來母字與二三等字相諧是主流，偶而與一四等字相諧。帶有-r-介音的音節，尤其是唇牙喉聲母與-r-介音構成的音節，常會因緩讀而由一個音節分化為兩個

〔註26〕麥耘《從尤、幽韻的關係論到重紐的總體結構及其他》，《語言研究》1988 年第 2 期。《論重紐及〈切韻〉的介音系統》，《語言研究》1992 年第 2 期。

〔註27〕俞敏《等韻溯源》，中國音韻學研究會《音韻學研究》第一輯，北京：中華書局，1984 年。施向東《玄奘譯著中的梵漢對音和初唐中原方音》，《語言研究》1983 年 4 期。劉廣和《試論唐代長安音重紐》，《中國人民大學學報》1987 年 6 期。

〔註28〕鄭張尚芳《漢語上古音系表解》（油印本）；白一平（W.H.Baxter）Some proposals on old Chinese phonology. Contribution in Historical Linguisticas: Issue and Materals, Leidon, E.J.Bill. 1980.

〔註29〕麥耘《漢語聲介系統的歷史演變》，中國語言學會第十一屆年會（揚州），2001 年。

音節，類似於今天一些方言中的「嵌 l 詞」。緩讀分化使聲母和介音分離，前一音節常增加一個新的元音並成為獨立使用的音節，這一音節多數情況下成為二三等字，個別情況亦可能出現一四等字。

余母與端組一系，是一個軟化的邊音，贊同余母上古讀邊音的學者不少，目前學界多把余母擬為 l，來母擬為 r，兩母的發音十分相近。許寶華、潘悟雲認為來母、余母可以相互交替，舉出昱：立；律：聿；藥：樂等例。〔註30〕西周金文中余、來兩母字的互諧即可看作是兩母的交替。

附：本節諧聲和通假字考訂

1. 稟稟鎬鏐　甲骨文已有向字，《說文》：「向，谷所振入。」為倉廩之廩的象形初文。又有上從兩禾之形，當為足義而增。西周金文多在向上增「米」或「禾」。《說文》將向、稟別為二字，饒炯《說文部首訂》謂「實為一字之重文」，〔註31〕至確。西周金文又或從林，馬薇頤謂「其作薔者，以野處倉廩多就樹林陰翳處為之，故又從林。」此說迂曲，林應為聲符。薔常被借用為「林鍾」之林，又或在向、稟上繁增金符，作鎬、鏐等，用為林鍾之林。稟字後世或寫作稟，《字彙·示部》：「稟，俗稟字。」

2. 膚盧鑪虎　《說文》：「臚，皮也。從肉，盧聲。膚，籀文臚。」段注：「今字皮膚從籀文膚，膚行而臚廢矣。」西周金文臚字與《說文》籀文同，作 🔣（弘尊）🔣（九年衛鼎），從肉，虘聲。西周金文有鑪字，作🔣（弭仲簠），從金膚聲。膚、盧在西周金文中可通用，史密簋：「敆南尸夷、膚虎會杞尸（夷）舟尸（夷）雚不斦（折）。」〔註32〕「膚虎」即「盧虎」。盧字，形作 🔣（伯公父𠤳）。于省吾云：「（甲文）為鑪之象形初文。上象器身下象欸足……加虍為聲符，乃由象形孳乳為形聲。」〔註33〕可從。

3. 命令　甲骨文令、命同字，均作令。金文或增口作命，令即轉為聲符。《說文》：「命，使也，從口從令。」不確，應為令亦聲。西周鈴字先是借令字表示，如 🔣（成周鈴），用作鈴。後附增義符，成為從金、令聲的形聲字。鈴

〔註30〕許寶華、潘悟雲《釋二等》，中國音韻學研究會《音韻學研究》第三輯，北京：中華書局，1994 年。

〔註31〕《甲骨文集釋》，前中央研究院歷史語言研究所季刊之五十，1970 年再版，1877 頁。

〔註32〕銘文見《考古與文物》1989 年 3 期，9 頁。

〔註33〕于省吾《殷契駢枝續編》石印本，1941 年。

亦有從命聲者，形作🔔（毛公鼎）。

4. 柳留貿　柳，《說文》：「小楊也。從木，丣聲。丣，古文酉。」留、貿二字《說文》也皆以為從「丣」得聲，誤。三字金文中俱見：🈂️（柳鼎）🈂️（趞鼎）🈂️（公貿鼎），均從卯聲。

5. 闌　《說文》：「從隹，𦳝省聲。」金文中不見𦳝字，闌字形作🈂️（闌段），不從𦳝。甲骨文及戰國侯馬盟書中所見闌字均為門裏有火形，《說文》亦以為「從火，𦳝省聲」，蓋有誤。闌、閔均應從門得聲。

6、厲萬　厲，西周金文作🈂️（五祀衛鼎），《說文》：「從厂，蠆省聲。」從金文字形看，蠆省聲不確。西周金文之厲無從蟲作者，從蟲之蠆乃後起字。散伯簋「其厲年永用」，厲字假用為萬，亦證厲從萬聲不誤。西周金文中萬字以萬形增止、辵者為常見，厲通萬者僅見於散伯段。

8. 頪　《說文》：「難曉也。從頁、米。」朱駿聲《說文通訓定聲》：「此字從頁，米聲，謂相似難分別。經傳皆以類為之。」此從朱說。米、頪古音應同或近。

9. 絲　西周金文作🈂️（虢季子白盤），諸家以為可通「蠻夷」之「蠻」。牆盤：「方絲（蠻）無不𠃨見。」虢季子白盤：「用政（征）絲（蠻）方。」皆是絲用同蠻之例。

10. 各格佫客洛雒駱　各字西周金文形作🈂️（乙亥鼎），與甲文形似。高弘縉曰：「各字初意為行到。經典多叚格為之。字原象🈂️（足向內）在門口向內行之狀。由文🈂️生意，故託足內行之形，以寄行到之意。」〔註34〕其說與各之形、義契合。西周銅器銘文中各為習用之字，或增彳、辵等義符以足意，彳、辵古文字中通作。《方言》：「佫，至也。」此外，西周金文中還產生了許多以各為聲符之字，如洛、雒、駱、格等，其中洛字又可假用為各，🈂️尊「洛於官」即「各於官」。

11. 革勒　西周金文中革字形🈂️（康鼎），張日昇以為本像獸皮展列之形，中部🈂️或偽變為🈂️，所以有學者解作以手張革，遂變象形為會意。〔註35〕《說文》更誤以臼為聲符。西周金文中馬絡頭的勒字一度借用革的字形，後增

〔註34〕周法高主編，張日昇、徐芷儀、林潔明編纂《金文詁林》，香港：香港中文大學出版社，1975 年，695（2.275-0126）。

〔註35〕周法高主編，張日昇、徐芷儀、林潔明編纂《金文詁林》，1494（3.336-0335）。

聲符力。康鼎：「口女（汝）幽黃鋚革。」諫鼎：「易（賜）女（汝）攸（鋚）勒。」

12. 柬闌諫讕　西周金文有闌字，形作🔲（鄂侯鼎）。《說文》：「從門，柬聲。」亦有諫字，形作🔲（番生段），《說文》：「從言，柬聲。」此外，西周金文有🔲字，通隸作讕，從言闌聲。盂鼎「敏朝夕入讕」，讕用為諫。

13. 龔龍兄　🔲（頌鼎），《說文》：「從廾，龍聲。」高弘縉曰：「恭字初原作🔲，從艸龍聲，後艸變為廾，故有龔字，音義不別。」〔註36〕龔字西周中期以後或繁增「兄」作🔲（曼龔父盨）形，當為增加聲符，容庚《金文編》將該形列在龔字下，〔註37〕可從。

14. 禍　🔲（中方鼎），《說文》所無，應從衣咼聲，《玉篇‧衣部》：「禍，裹裏也。或作褢。」則是義符改換為裹，仍從咼聲。

15. 老考　五年召伯虎段：「余老止公僕庸土田。」郭沫若以為老為考之借。〔註38〕考、老當是一字之分化，甲骨文只見作拄杖老人形的老字，西周金文中始見加注了聲符丂的老字。張日昇以為「人所持杖後變作丂，考字遂由象形而為形聲矣。」〔註39〕此說可信。老後來逐漸專用為表示年老，考則專用為考妣字，語音上也逐漸分化。

16. 魯叚　「魯」在銅器銘文中常表示嘉、美之義。「魯休」同義連用金文中習見。袁鼎：「敢對揚天子不（丕）顯叚（嘏）休令（命）。」則是假「叚」為「魯」，亦見袁盤。「屯（純）叚（嘏）」連用為金文習語，也見於傳世典籍，《詩經‧魯頌‧閟宮》：「天錫公純嘏，眉壽保魯。」鄭箋：「純，大也；受福曰嘏。」師㝨鍾：「用𤔲（祈）屯（純）魯永令（命）。」則是假「魯」為「嘏」，亦見昊生殘鐘、善鼎、犀盨等。

17. 史吏事使　章太炎云：「事史吏古本一言，聲義無二。」〔註40〕王國維曰：「史，本義為持書之人，引申而為大官及庶官之稱，又引申而為職事之稱。其後，三者各需專字，於是史、吏、事三字於小篆中截然有別，持書者謂

〔註36〕周法高主編，張日昇、徐芷儀、林潔明編纂《金文詁林》，1433（3.275-0321）。

〔註37〕容庚編著，張振林、馬國權摹補《金文編》，北京：中華書局，1985年，161頁。

〔註38〕郭沫若《兩周金文辭大系考釋‧召伯虎盨其一》，《郭沫若全集》第8卷，北京：科學出版社，2002年，301頁。

〔註39〕周法高主編，張日昇、徐芷儀、林潔明編纂《金文詁林》，香港：香港中文大學出版社，1975年，5281（8.323-1142）。

〔註40〕章太炎《太炎文錄》卷一「官制索隱篇」。

之史，治人者謂之吏，職事謂之事。此蓋出於秦漢之際，而《詩》《書》之文尚不甚區別。」〔註41〕此說證據充分。西周金文中吏事為一字，〔註42〕史字可用為事，如懺匜：「自今余敢夒（擾）乃小大史。」史即用為事。吏（事）亦可用為史，趩毁：「王呼內吏冊令趩。」「內吏」即「內史」。

18. 龍寵　西周金文寵字形作 （梁其鍾），從宀龍聲。而龍亦可用為寵，于省吾以《詩‧蓼蕭》「為龍為光」和《詩‧酌》「我龍受之」的毛傳和鄭箋並訓龍為寵，證遟父鍾：「用卲（昭）乃穆穆不（丕）顯龍光。」中「不顯龍光」應讀作「丕顯寵光」。〔註43〕可從。《後漢書‧高彪傳》：「冀一見龍光，以敘腹心之願。」李賢注：「毛詩曰：『既見君子，為龍為光。』龍，寵也。」亦可佐證。

19. 犛，甲骨文已有「犛」，或下增一手寫作「嫠」，像以手持杖打麥，或一手持麥，一手持杖打麥之形。〔註44〕所從之「來」既表示意義，又標示聲音。《詩‧周頌‧思文》：「貽我來牟。」《漢書‧劉向傳》引作「飴我釐麰」。顏師古曰：「釐，音力之反，又讀與來同。」《說文》：「坼也。從攴從厂，……從未聲。」不確，未乃來之訛。《甲骨文大字典》犛字解曰：「以示有豐收之喜慶，引申為福祉之義，為釐之初文。」〔註45〕可從。西周金文承襲了甲骨文的形體，如 （師𠭗鼎） （師嫠簋）。又或形作 （克鼎）、 （牆盤），當屬增加義符； （班毁） （趞鼎），當屬繁增聲符。後世典籍多通用釐，作動詞賞賜義時亦用賚。

第二節　余母與-j-介音

一、西周金文中余母與非余母的關係

西周金文的諧聲和通假中涉及的余母字有 200 個，其中余母自諧 98 字。余母字與其他多類聲母字具有相諧關係，列舉如下：

〔註41〕王國維《觀堂集林‧藝林六‧釋史》，《觀堂集林》，石家莊：河北教育出版社，2001年，164頁。

〔註42〕容庚編著，張振林、馬國權摹補《金文編》，北京：中華書局，1985年，198頁。

〔註43〕于省吾《澤螺居詩經新證》卷上，北京：中華書局，28頁，88頁。

〔註44〕陳初生編纂，曾憲通審校《金文常用字典》，西安：陝西人民出版社，1987年，387頁。

〔註45〕徐仲舒主編《甲骨文大字典》，成都：四川辭書出版社，1998年，288頁。

（一）唇音字與余母

鼉（余）：黽（明）	鼉方尊 6005
賣（余）：睦（明）	曶鼎 2838

（二）余母與舌音

1. 透余

琮（透）：余（余）	毛公鼎 2841
恚（透）：聿（余）	孟恚父段3704
繇（透）：盈（余）	沈子它段蓋 4330
湯（透）：易（余）	師湯父鼎 2780
錫（余）—湯（透）	師㝐段4311
通（透）：甬（余）	頌鼎 2827
甬（余）—箽（透）	毛公鼎 2841
滔（透）：舀（余）	滔嬭段蓋 3874

2. 定余

稻（定）：舀（余）	伯公父簠 4250
余（余）—駼（定）	牧段4343
遾（定）：舀（余）	大盂鼎 2837
鍫（定）：攸（余）	康鼎 2786
婞（余）：匋（定）	子作婦婞卣 5375
攸（余）—鍫（定）	衛段4209
易（余）—鐙（定）	小臣宅段4201

3. 徹余

趣（徹）：異（余）	趣觶 6516
延（徹）—延（余）	德方鼎 2661

4. 澄余

池（澄）：也（余）	遹段4207
陁（澄）：也（余）	鈇段4317
斀（澄）：余（余）	宁斀父辛壺 6418
融（余）：蟲（澄）	瘨鍾 253

辰（余）：長（澄）　　　　　　　　覭方鼎 2702

遟（澄）—夷（余）　　　　　　　元年師旋設4279

朕（澄）—嬴（余）　　　　　　　中伯壺蓋 9667

陽（余）—場（澄）　　　　　　　南宮柳鼎 2805

易（余）—場（澄）　　　　　　　同設蓋 4270

塍（余）：朕（澄）　　　　　　　陳侯設3815

5. 章余

唯（余）：隹（章）　　　　　　　小臣謎設4238

維（余）：隹（章）　　　　　　　虢季子白盤 10173

隹（章）—唯（余）　　　　　　　曆方鼎 2614

叀（章）—惟（余）　　　　　　　師𣄣鼎 2830

甬（余）—鋪（章）　　　　　　　毛公鼎 2841

6. 昌余

丑（昌）：猷（余）　　　　　　　三門峽虢國 M2031 銅簠銘文《文物》

2002 年 12 期

7. 船余

𦝳（船）—嬴（余）　　　　　　　番匊生壺 9705

脀（船）—嬴（余）　　　　　　　伯侯父盤 10129

賣（余）—贖（船）　　　　　　　曶鼎 2838

8. 書余

賜（書）：易（余）　　　　　　　毛公鼎 2841

沈（書）：騷（余）　　　　　　　沈子它設蓋 4330

倏（書）：攸（余）　　　　　　　叔趩父卣 5428

悆（書）：余（余）　　　　　　　季悆作旅鼎 2378

觴（書）：易（余）　　　　　　　觴姬設蓋 3945

尸（書）—夷（余）　　　　　　　史牆盤 10175

敕（書）：亦（余）　　　　　　　叔男父匜 10270

枻（余）—世（書）　　　　　　　獻設4205

枻（余）：世（書）　　　　　　　獻設4205

賜（書）—易（余）　　　　　毛公鼎 2841

舍（書）：余（余）　　　　　令鼎 2803

舍（書）—予（余）　　　　　散盤 10176

弋（余）—式（書）　　　　　儠匜 10285

9. 禪余

迖（禪）：弋（余）　　　　　商尊 5997

礿（余）：勺（禪）　　　　　我方鼎 2763

姚（余）：涉（禪）　　　　　姚鼎 2068

10. 來余

贏（余）：羸（來）　　　　　庚贏卣 5426

贏（余）：羸（來）　　　　　季贏霝德盉 9419

昱（余）：立（來）　　　　　小盂鼎 2839

羸（來）—贏（余）　　　　　妊爵 9027

勮（余）—樂（來）　　　　　小克鼎 2797

（三）余母與齒音

1. 精余

酒（精）：酉（余）　　　　　殳季良父壺 9713

酉（余）—酒（精）　　　　　大盂鼎 2837

畯（精）：允（余）　　　　　師俞殷蓋 4277

2. 從余

猷（余）：酋（從）　　　　　大克鼎 2836

3. 心余

獄（心）：臣（余）　　　　　魯侯獄鬲 648

易（余）—賜（心）　　　　　中作祖癸鼎 245

訇（心）：勺（余）　　　　　訇殷 4321

肄（余）—肆（心）　　　　　大盂鼎 2837

錫（心）：易（余）　　　　　生史殷 4101

肄（余）—肆（心）　　　　　師詢殷 4342

牆（余）—肆（心）　　　　　　　多友鼎 2835

4. 邪余

似（邪）：以（余）　　　　　　伯康段4160

洍（邪）：臣（余）　　　　　　奐段843

姒（邪）：以（余）　　　　　　叔作姒尊段3365

旬（邪）：勻（余）　　　　　　繁卣 5430

錫（邪）：易（余）　　　　　　令鼎 2803

異（余）—禩（邪）　　　　　　作冊大方鼎 2758

俗（邪）—欲（余）　　　　　　毛公鼎 2841

辝（邪）—台（余、透）　　　　戎生編鍾《近》30

5. 山余

肂（山）：聿（余）　　　　　　敔段4323

（四）余母與牙音

1. 見余

君（見）：尹（余）　　　　　　五年召伯虎段4292

姬（見）：臣（余）　　　　　　敲叔敲姬段4066

姜（見）：羊（余）　　　　　　作冊睘卣 5407

冀（見）：異（余）　　　　　　作冊矢令段4301

鈞（見）：勻（余）　　　　　　幾父壺 9721

裕（余）：谷（見）　　　　　　敔段4323

遺（余）：貴（見）　　　　　　旂鼎 2555

谷（見）—裕（余）　　　　　　矦尊 6104

谷（見）—欲（余）　　　　　　師詢段4342

勻（余）—鈞（見）　　　　　　小臣宅段4201

韋（見）—庸（余）　　　　　　五年召伯虎段4292

韋（見）—傭（余）　　　　　　訇段4321

韋（見）—鄘（余）　　　　　　鄘伯取段4169

甬（余）—缸（見）　　　　　　錄伯戓段蓋 4302

2. 溪余

　　羌（溪）：羊（余）　　　　　　　　羌鼎 2204

3. 群余（4）

　　僑（溪）：喬（余）　　　　　　　噩侯叚2810

　　鱓（溪）：遹（余）　　　　　　　寧遹叚3632

　　易（余）─祈（溪）　　　　　　伯家父叚4156

　　籭（余）─舊（溪）　　　　　　師袁叚4313

（五）余母與喉音

1. 影余

　　伊（影）：尹（余）　　　　　　　伊生叚3631

2. 匣余

　　灘（匣）：唯（余）　　　　　　　致方鼎 2824

　　旬（匣）：匀（余）　　　　　　　伯詢鼎 2414

　　熒（影）─營（余）　　　　　　五祀衛鼎 2832

西周金文中余母的相諧關係可以總結如下表：

表2-2　余母與各聲母字關係表

	明	透	定	來	精	從	心	邪	徹	澄	山
余	2	8	7	5	3	1	7	9	2	10	1
	9.89	2.21	5.71	13.54	5.4	3.65	6.47	3.5	0.84	4.11	1.83
	章	昌	船	書	禪	見	溪	群	影	匣	余
	5	1	3	13	3	15	1	4	1	3	49
	8.37	0.84	1.45	5.02	6.24	21.76	4.79	5.02	5.33	11.49	15.21

　　余母與脣舌齒牙喉五音都能相諧，其中與舌音（透、定、澄）、擦音（書、心、邪）關係尤近，相諧數都在幾遇數的一倍以上。余母字與牙音中見母字互諧的絕對數量在非余母字中是最多的，雖然沒有超過幾遇數，但是兩母之間的關係不容忽視。

二、關於余母上古狀況的討論

　　關於余母（即喻四，亦有稱以母或羊母）的討論長期以來不曾間斷，這裡

暫列舉幾種觀點，以便與本文的觀點進行對比。關於余母最重要的觀點當屬曾運乾的「喻四歸定」說，〔註46〕認為余母上古應讀作定母。高本漢根據諧聲關係的統計，把余母分為兩類，一類從上古的 d-來，一類從上古的 z-來；〔註47〕王力先生則認為余母在上古只是與定母讀音接近，但是還不能合併為一個聲母。《漢語史稿》中他只把余母擬作 d，與送氣的定（d'）對立。《漢語語音史》一書中，又將余母的上古音擬為ʎ，視作 ṭ-，ṭ'-，ḍ'-同部位的邊音，到中古時代變為半元音 j。〔註48〕董同龢則把余母分為三類，一類與舌尖或舌面前音相諧（假定上古是 d-，後來在介音 j 的作用下失落了）；一類與舌根音相諧（假定上古為 g-，後來也在介音 j 之前失落了）；還有一類既與舌尖音又與舌根音相諧（假定上古為 gd-、gz-等複輔音，「凡聲母中有濁音而完全是塞音的，中古完全消失；一個擦音加一個塞音的，擦音保留而塞音消失」）。〔註49〕李方桂認為余母常跟舌尖前塞音互諧，應是舌尖前音，近於 d-，他將此類余母擬為 r；余母另有與唇音或舌根音互諧的例子，這類字擬作 brj-或 grj-。亦有與邪母互諧者，以為邪母是從上古 r-來的，後面有個三等介音 j 而已。〔註50〕郭錫良先生針對西周金文音系進行了考察，認為西周金文中定母和余母肯定已經分化（殷商時代還沒有分化）。〔註51〕劉志成考察了兩周金文的諧聲與假借情況，得出余母與端知章系關係密切，考慮到余母和見組的關係，其發音部位不應像 l 那樣靠前，應與章組發音部位相同，所以將其列與章組一系，擬音為ʎ。〔註52〕各家考察上古音使用的材料不盡相同，分析材料的方法和角度也不盡相同，所以結論呈現出較多分歧。余母能夠與多個聲母發生關係，如果想要擬出一個能夠適合於解釋多種複雜相諧關係的余母來並非易事。從本文的考察來看，中古的余母字應

〔註46〕曾運乾《喻母古音考》，《東北大學季刊》1928 年第 12 期。此說還未得到學界的一致公認，許多學者認為喻四上古只是與定母讀音接近。

〔註47〕高本漢（Karlgren. Bernhard），Compendium of Phonetics in Ancient and Archaic Chinese, BMFEA no.22. 1954 年，279 頁。

〔註48〕王力《漢語史稿》上冊，北京：中華書局，1980 年，73～75 頁。《漢語語音史》，北京：中國社會科學出版社，1985 年，22 頁。

〔註49〕詳見董同龢《漢語音韻學》，北京：中華書局，2001 年，295～296 頁。

〔註50〕李方桂《上古音研究》，北京：商務印書館，1980 年，13～14 頁。

〔註51〕郭錫良《殷商時代音系初探》和《西周金文音系初探》，見《漢語史論集》，北京：商務印書館，1997 年。

〔註52〕劉志成《兩周金文音系的聲母》，《語言學問題集刊》（一），長春：吉林人民出版社，2001 年。劉志成文中端知組並為一系，章系自成一系。

該有多個來源。「喻四歸定」說的侷限性已經十分明顯了。

三、西周時期的余母

　　西周金文中余母本紐相諧共 98 字，是幾遇數（15.2）的 6.4 倍，可知西周時期應有獨立余母存在。從前文的統計中可以發現，余母字西周時期主要與舌尖塞音（透、定、澄、章等）相諧，應該與舌尖塞音一系。漢代用烏弋山離去譯 Alexandria，就是說用弋（jiək）譯第二個音節 lek。親屬語言中古藉詞或同源詞多以 l 對應余母，以 r 對應來母的例證，如藏文：籃 rams、六 drug、陵 ri、略 rags、裂 rad 等都對來母，而淫浸潤 lum、遺餘留 lus、湧 long、揚起 lang、諭喻說明 lo，謠 lo 等都對應余母。此外，方言中至今仍有余母讀 l 的情況，如廈門「簷」liam、建陽「癢」liong、益陽「孕」len 等〔註53〕。綜合幾種情況，本文贊同把余母視作邊音，擬作 l。書、余兩母的關係在西周金文中尤為密切，相諧數是幾遇數的 2.6 倍。書母可以看作是余母同部位的清擦音，可擬作 lh。邪、余兩母字的相諧數也是幾遇數的 2.6 倍，而且邪母字又常有余母又讀，所以一部分邪母字應當源於余母。心、余兩母字的相諧應與 s-頭複聲母有關。此外，余母與見母相諧 15 字，雖然沒有超過幾遇數，但是相諧數量如此之多，推測部分余母字當與見母有音理上的聯繫。李方桂的 grj-〉ji-，可從。

　　余母與透徹定澄母字互諧，卻很少與端知母字互諧。余與透定母互諧的字所涉及的聲符主要有余、易、甬、舀、匋、攸、鐇、台、也等，這些聲符在後世形成的諧聲字中也很少有端知母字。潘悟雲考察諧聲字也曾發現中古的定母和透母字在諧聲關係上可分為兩大類：一類與端、知母字諧聲，一類不與端、知母字諧聲，但是大量地與余母字諧聲。潘先生認為後類定母字本不是 d，否則就不好解釋它們為什麼不與 t-諧聲。他假設中古的定母有兩個來源，與余母相諧的一類與余母一同來自上古的 l-，在短元音前面變做中古的余母，長元音前變作中古的定母。如果它的前面有 r-，在短元音前的變作中古的三等澄母，在長元音前變做中古的二等澄母。〔註54〕長期以來學界總是囿於「喻四歸定」

〔註53〕以上例證轉引鄭張尚芳《上古音構擬小議》，北京大學中文系《語言學論叢》編委會編《語言學論叢》第 14 輯，北京：商務印書館，1984 年，46～47 頁。

〔註54〕潘悟雲《流音考》，《著名中年語言學家自選集·潘悟雲卷》，合肥：安徽教育出版社，2002 年，328～329 頁。李方桂曾為認為清的 hl（一二四等）〉th-（中古透母），hlj-（三等字）〉th-（中古徹母）。（見李方桂《上古音研究》，20 頁），潘先生則在此

的「定論」，潘先生提出「定源於喻四」，並嘗試給出了音理上的解釋，開拓了人們的思路，可謂是有價值的創見。我們在唇音一節曾討論過余母與定母可能因音近而交替的問題，但不否認部分余母字在某類元音和介音的影響下變為定澄母字的可能。西周金文中的一些余母與定澄母的相諧不妨作如是考慮。

在潘先生統計的 14 個諧聲系列中無見余母與章母相諧者。西周金文中余母與章母相諧 6 例，涉及隹、甬兩個聲符，還有叀字。從章母「隹」得聲之維唯皆余母字，余母的甬為章母的鍾字之初文，章母「叀」字西周金文中又可用為余母的惟。其中只有叀字讀音曾有學者提出異義，〔註55〕但是其他字例所反映的余章二母的關係是確無可疑的。章母西周時期歸入端母，這是否與前文考察的余母字不與端知母字相諧產生矛盾呢？筆者以為章組字上古帶有-j-介音，這個介音應是章、余兩母相諧的關鍵。

除以上總結的情況外，西周金文中余母字可以和唇舌齒牙喉各類音的三等字有相諧現象，筆者認為西周時期三等字普遍帶有-j-介音，如此能更好解釋余母的相諧關係。帶有-j-介音的三等字後世的語音分化也是中古余母字的來源之一。李方桂有 brj->ji- 和 grj->ji-，以說明中古的部分余母字源於唇音和牙音。〔註56〕就西周金文余母字的相諧情況看，應該不只是這兩種形式。黽方尊之「黽」，余母字，聲符「電」，明母字，（後世蠅—電的諧聲關係與此同）。還有召鼎「賣」字，余母字，從「睦」省聲，睦是明母字。明余二母之間的諧聲說明應該有 mrj->ji 過程。西周金文中見、余兩母字多有相諧，這類余母並不都來自 grj-。古「谷」為見母字，其緩讀形式為「句瀆」，句亦為見母字。西周金文中以「谷」為聲的「裕」為余母字，谷」又可用為「欲」，亦是余母字，裕欲的音變可解釋為 krj->ji-。筆者認為 Crj-一系的音節都可能脫落前面的輔音變為余母字，或是存在緩讀分化的現象，後一音節獨立成為余母字。（詳見本章第三節）

附：本節諧聲和通假字考訂

1. 畯　畯字西周金文形作 （大盂鼎），右從「允」。秦公鎛從「夋」，為小篆所本。李孝定云：「古金文皆從允，與卜辭合。按《說文》：『畯，農夫

基礎上進一步認為長元音前的 hl-變做 th-，短元音前的變做中古的書母。

〔註55〕叀字西周金文中用為語氣詞，同「惟」，或通「惠」，李孝定云：「叀今讀職緣切，乃後起之音讀。專字從之亦讀職緣切，蓋非古音也。」

〔註56〕李方桂《上古音研究》，北京：商務印書館，1980 年，13～14 頁。

也。從田、夋聲。』契文、金文均從田從允，允、夋之異在足之有無，實一字也。」〔註57〕

2. 谷裕俗欲　何尊：「叀（惟）王龏（恭）德谷天，順（訓）我不每（敏）。」唐蘭讀谷為裕，〔註58〕可從。「谷天」即豐裕地祭享天神。《國語・魯語》：「神求優裕於享者也。」師詢段：「谷女（汝）弗弖迺辟圅（陷）於艱。」毛公鼎：「俗女（汝）弗弖迺辟圅（陷）於艱。」文例全同，然後句用俗，可知谷俗可通用。孫詒讓謂此谷、俗皆用為欲，郭沫若、高鴻縉、白川靜從之。〔註59〕楊樹達讀為裕，「《方言》卷三云：『裕，猷，道也。東齊曰裕，或曰猷。』按道與導同，謂誘導。裕我即誘導我也。」〔註60〕亦通。

3. 聿　《說文》：「從聿，一聲。」非是。西周金文形作𦘒（女帚卣），從手持筆形，為筆之初文。聿字下𠆢或作𠆢，乃筆劃增飾，與一聲無涉。

4. 甬鎊鍾釭　楊樹達謂鎊鍾為一字，而甬為二字之初文。〔註61〕可從。「金甬」乃西周銅器銘文中習見之詞，為賞賜物的名稱，多與車馬器連稱。徐同柏讀為釭，云：「《釋名》：『釭，空也。其中空也。』甬迺鍾柄，釭形似之，故假甬為釭。」〔註62〕吳大澂云：「鍾柄謂之甬，此甬當在轂之兩端，似鍾柄，故名甬。」〔註63〕高田忠周云：「愚謂此甬疑釭之假借，古音用工同部，甬釭亦當通用也。」〔註64〕諸家皆以為甬用為釭。《方言》卷九：「車釭……自關而西謂之釭。」錢繹箋疏：「釭之言空也。轂口之內，以金嵌之曰釭。」金文中「金甬」應即此物。郭沫若曰：「『金甬』即『金鎊』，《輿服志》：『乘輿，龍首銜軶，左右吉陽筩』，又『凡輂車以上，軶皆有吉陽筩。』筩即此。」〔註65〕

〔註57〕李孝定《甲骨文字集釋》卷十三，臺灣中央研究院專刊影印本，1965年。

〔註58〕唐蘭《何尊銘文解釋》，《文物》1976年第1期。

〔註59〕郭沫若《兩周金文辭大系考釋・毛公鼎》，《郭沫若全集》第8卷，北京：科學出版社，2002年，291頁；高鴻縉《毛公鼎集釋》85頁；白川靜《說文新義》卷8上，1639頁。

〔註60〕楊樹達《積微居金文說・毛公鼎再跋》，北京：中華書局，1997年，15頁。

〔註61〕楊樹達《積微居小學述林・文字初義不屬初形屬後起字考》（三十一甬鍾鎊），北京：中華書局，1983年新1版，194～195頁。

〔註62〕周法高主編，張日昇、徐芷儀、林潔明編纂《金文詁林》，香港：香港中文大學出版社，1975年，4386（7.222-0923）。

〔註63〕吳大澂《釋文賸稿》上：23。

〔註64〕周法高主編，張日昇、徐芷儀、林潔明編纂《金文詁林》，香港：香港中文大學出版社，1975年，4387（7.223-0923）。

〔註65〕郭沫若《兩周金文辭大系考釋・录或段》，《郭沫若全集》第8卷，北京：科學出版

「金甬」之甬與筩、釭古音同，蓋所指皆一物也。

5. 易陽揚場鐊　永盂：「易（賜）畀永氒田滄（陰）易洛彊眔師俗父田。」唐蘭讀易為陰陽之陽，甚是。〔註66〕虢季子白盤：「搏伐厰狁於洛之陽。」用陽本字。農卣：「農三拜頴首，敢對陽王休。」「對揚」一詞金文習見，容庚云此「陽」假借為「揚」。〔註67〕西周金文中易亦可用為場，同段：「司易林吳（虞）牧。」郭沫若云：「易當讀為場。《周禮》有場人。林，林衡。吳，虞。山虞澤虞之類。」〔註68〕可從。《周禮·地官·場人》：「場人掌國之場圃，而樹之果瓜珍異之物。」《詩經·豳風·七月》：「九月築場圃，十月納禾稼。」毛傳：「春夏為圃，秋冬為場。」南宮柳鼎：「冊命柳嗣六師牧陽。」則是「陽」用為「場」。又「易」可用為「鐊」，小臣宅段：「白（伯）易（賜）小臣宅畫 戈九。易金車、馬兩。」郭沫若曰：「易金，鐊金。《爾雅·釋器》：『黃金謂之鐊。』然所謂黃金者仍是銅，特銅之精美者耳。此當與車連文，猶它器言金車也。」或曰『易』假為錫，《廣雅·釋器》：「赤銅謂之錫」。皆可從。

6. 觴　《說文》：「從角，鍚省聲。」西周金文形作 （觴仲多壺），從易聲。《說文》籀文以及《汗簡》觴字皆從易聲。

7. 易祈　伯家父段蓋：「用易害眉壽黃耈令終，萬年子孫永寶用享。」〔註69〕楊樹達謂易讀為賜，「易匄」連文，皆與也。〔註70〕徐仲舒亦從此說。〔註71〕于省吾謂「易害」應讀作「廝匄」。〔註72〕於說甚是。易（賜）為賜予，匄為祈求，如釋易（賜）為賜與，賜匄正一事之兩面，連用則意義牴牾，也不能正確表達銘文原意——祈求長壽。徐、楊皆謂匄亦可表達賜予義，楊引《廣雅·釋詁》：「匄，與也。」《漢書·西域傳：「我匄若馬」，顏注：「匄，乞與也。」從顏注已經能明確匄所表達的是乞求給予，本義仍為乞求。「廝匄」乃金文習語，不必迂迴它釋，此從於說。

社，2002 年，145 頁。

〔註66〕唐蘭《永盂銘文解釋》，《文物》1972 年第 1 期。

〔註67〕容庚編著，張振林、馬國權摹補《金文編》，北京：中華書局，1985 年，938 頁。

〔註68〕郭沫若《兩周金文辭大系考釋·同段》，《郭沫若全集》第 8 卷，北京：科學出版社，2002 年，190 頁。

〔註69〕「害」《殷周金文集成釋文》釋作「余」，該字稍有殘泐，但可辨仍為害字。

〔註70〕楊樹達《積微居金文說·白家父段跋》，北京：中華書局，1997 年，216 頁。

〔註71〕徐仲舒《金文嘏詞釋例》，《歷史語言研究所集刊》6 本 1 分，8 頁。

〔註72〕于省吾《雙劍誃吉金文選》，北京：中華書局，1998 年，325 頁。

8. 濰　該字羅西章等釋為淮，[註73] 李學勤亦云：「（夨方鼎）淮戎的淮字從唯，與曾伯霖簠淮夷之淮字同。」[註74] 淮從佳或唯聲，與金文佳或作唯同。濰作淮已成共識。

9. 緐　師寰殷：「淮尸（夷）緐我員畮臣。」與兮甲盤：「淮夷舊我員畮人」語例全同，王國維謂緐假為舊，可從。[註75]

10. 姚　（姚鼎）（牧師父簋）等形，[註76] 二三十年代舊版《金文編》曾釋為姚，受到多數學者的懷疑，後來就改收附錄下。以上兩形左邊寫法與散氏盤「涉」字右半相同。裘錫圭在談古文字中的宵談對轉字例時，肯定了該字就是姚。[註77]

11. 蟲　王國維《邾公鍾跋》云：「蟲字蚰墉聲，墉古墉字，從聲類求之，當是螽，陸蟲即陸終也。」[註78] 李學勤先生據《說文》「融」從「蟲」省聲指出：「王氏說『陸蟲』即『陸終』是對的，但他對『蟲』字的分析有缺點，因為『墉』字古音在東部，『螽』字在冬部，是有別的。王氏沿用王念孫父子《說文諧聲譜》，沒有區別東、冬。實際上『蟲』字應是『蟲』省聲，與『終』同屬冬部。」[註79] 曾憲通教授認為由從「蚰」符的一系列字看，將「蚰」作為聲符來認讀具有普遍的意義。[註80] 文中列舉了大量實證，可成定說。

12. 遲徲　遲，西周金文從辵屖聲，或從彳。古文從彳、從辵無別。遲可用為夷，速盤：「孝王徲王又（有）成於周邦。」「徲王」無疑即是「夷王」。

13. 醜　三門峽虢國 M2013 銅簠銘文中有醜字，形作，從鬼猷聲。[註81]

14. 訇　西周金文形作（訇殷），段紹嘉云：「字從九從言，當是訄字，

〔註73〕羅西章、吳鎮烽、雒忠如《陝西扶風出土西周伯戒諸器》，《文物》1976 年第 6 期。
〔註74〕李學勤《從新出青銅器看長江下游文化的發展》，《文物》1980 年第 8 期。
〔註75〕王國維《魏石經殘石考》，《王國維遺書》第 6 冊，上海：上海書店，1983 年，175 頁。
〔註76〕容庚編著，張振林、馬國權摹補《金文編》第四版附錄下，北京：中華書局，1985 年，1254 頁。
〔註77〕裘錫圭《從殷墟卜辭的「王占曰」說到上古漢語的宵談對轉》，《中國語文》2002 年第 1 期。
〔註78〕王國維《觀堂集林》卷十八，《邾公鍾跋》，石家莊：河北教育出版社，2001 年，554 頁。
〔註79〕李學勤《談祝融八姓》，《江漢考古》1980 年 2 期。
〔註80〕曾憲通《從『蚰』符之音讀再論古韻部東冬的分合》，第三屆國際中國古文字學研討會論文（1997）。
〔註81〕參《三門峽虢國墓地 M2013 的清理》，《文物》2000 年第 12 期。

讀若求。」〔註82〕非是。于省吾曰:「訇字從言從勹，勹即古旬字。卜辭旬字作ㄅ。詳王國維《釋旬》。旬勻同文，早期勻敀作ㄅ，晚期王孫鍾作ㄅ，是旬之演變，由勹而勻而旬。《說文》旬之古文作旬，即係從日勻聲。《說文》:『訇，駭言聲。從言，勻省聲。漢中西城有訇鄉，又讀若玄。籀文作訇。』是從ㄇ，乃ㄅ之形譌，旬即詢即詢，錢大昕謂訇即『詢於四嶽』之詢，至為卓識。」〔註83〕于說甚詳。容庚、郭沫若皆以訇乃今詢字。〔註84〕

第三節　-r-、-j-介音音節的急緩讀與分化

　　帶有-r-或-j-介音的音節後世多有分化，方言以及文獻中保留的急緩讀現象可為這類音節的分化過程提供參考。本節擬從急緩讀現象入手，對帶有-r-、-j-介音音節的語音分化進行分析。

　　漢語以單音節為主，一般來說是一個字對應一個音節。但是有時會因語境或表達的需要，語速減慢，一個音節分裂成為兩個音節，這便是傳統所謂的緩讀。相對於緩讀的兩個音節來說，一個音節的表達方式則可稱為急讀。有時兩個音節合音為一個音節，也可以稱為急讀，相應的兩個音節的形式亦可稱為緩讀。就某一時期的語音來看，兩種類型的急緩讀有所不同，前一種是先有一個音節的形式，緩讀而分音，以一個音節的形式為常;後者是先有兩個音節的形式，急讀而合音，以兩個音節的形式為常。分音與合音是相反的兩個過程，二者出發點不同。但是從整個語音史角度看，有一些詞是先有了某個單音節形式，因緩讀而分化為兩個音節，還是先有了某個雙音節形式，因急讀而合音為一個音節?這的確是個難以回答的問題，不過這一點無需追究，就考察急緩讀而言，不管是急讀合音還是緩讀分音，都是一個音節對應於兩個音節。

　　語有急、緩讀，現代口語中仍不乏其例。如稱「不用」為「甭」，「不可」為「叵」，「沒有」為「冇」，還有山西方言稱「頭」為「得老」，〔註85〕稱「擺」

〔註82〕段紹嘉《陝西藍田縣出土弭叔等彝器簡介》，《文物》1960 年第 2 期。

〔註83〕周法高主編，張日升、徐芷儀、林潔明編纂《金文詁林》，香港：中文大學出版社，1975 年，1276（3.118-0286）。

〔註84〕周法高主編，張日升、徐芷儀、林潔明編纂《金文詁林》，1277（3.119-0.286）

〔註85〕胡雙寶「『首、道──得老』與上古複輔音」（《語文研究》2000 年第 4 期）一文以及張領「談山西方言字音中的緩讀和急讀」（《語文研究》2003 年第 1 期）一文中都指出「得老」是「首」而非「頭」的緩讀。其實首、頭本同源分化詞，本文認為沒有必要作這個區分。

· 113 ·

為「不來」，均是急言之為一個音節，緩言之為兩個音節。緩讀分音現象古典文獻中亦有實證，古人發音時存在急、緩讀是勿庸置疑的，如「卅」這個數詞，緩讀可為三十，急讀則為 sa。石鼓文《作原》篇有「為卅里」句，石鼓文十章均以四字句為常式，獨此處為三字，可知「卅」當緩讀為兩個音節。〔註 86〕又如綰讀若雞卵，風讀若孛纜，雒讀如鉤雒，舊讀如舊留，叢讀為呰樓，猋又謂扶搖等等，文獻中不乏記載。在吳越區的銅器銘文中也有不少緩讀例證，如《史記．吳太伯世家》：「太伯之犇荊蠻，自號句吳」。句吳即吳國之名，銅器銘文中又稱「攻敔」，見攻敔王光劍銘；「工𫑡」，見者減鍾；「句敔」，見宋公繺簠銘；「攻吳」，見攻吳王夫差鑑銘；或單稱「吳」，見吳王光鑑銘；「敔」，見吳王夫差盉；「邗」，見禺邗王壺；「句」，見吳王鍾銘〔註 87〕；「攻」，見䣄巢鍾。〔註 88〕曾憲通教授曾就吳國名稱談到急緩讀問題，十分精闢：「從語言與文字的關係說，有一字讀為二音者，亦有二音合成一字者。前者叫做緩讀，後者稱為疾呼。緩讀則發雙音，句吳、工𫑡、攻敔、句敔、攻吳者是。疾呼則合成單音，而疾呼復有重音在前與重音在後的區別。倘重音在前則突出其聲，讀句、干、工、攻皆是；倘重音在後則突出其韻，讀吳、𫑡、敔等是。古句、干、工、攻同屬見紐；吳、𫑡、敔並在魚韻。換言之，急讀之起音重，則略其韻而揚其聲，故單稱為句、為干；收音重則去其聲而存其韻，於是減音為吳。」〔註 89〕可以想像，上古人口相對稀少，交流相對疏遠的條件下，緩讀現象應較為普遍地存在，不僅僅侷限於吳國。

由於一個音節對應一個漢字習慣的影響，一個漢字讀為兩個音節的狀態不會持久，人們又會為這兩個音節選擇相應的兩個漢字，或者只保留兩個音節中的其中一個，重又回到一個音節一個漢字的狀態。即語言的發展中可能存在有這樣的過程：

一個音節	→	兩個音節	→	兩個音節
一個漢字		一個漢字		兩個漢字

〔註 86〕該例由唐鈺明教授提供。

〔註 87〕參曾憲通《吳王鍾銘考釋——薛氏〈款識〉商鍾四新解》，《古文字研究》第 17 輯，北京：中華書局，1989 年。

〔註 88〕南進博物院、徐州市文化局、邳州市博物館：《江蘇邳州九女墩 2 號墩發掘簡報》，《考古》1999 年第 11 期。釋文參馮時《䣄巢鍾銘文考釋》，《考古》2000 年第 6 期。

〔註 89〕曾憲通《吳王鍾銘考釋——薛氏〈款識〉商鍾四新解》，《古文字研究》第 17 輯，北京：中華書局，1989 年。

　　比如「茨」，《詩經‧鄘風‧牆有茨》：「牆有茨，不可掃也。中冓之言，不可道也。所可道也，言之醜也。」《詩經》基本都是四字句，這一節只有首句是三字句。大徐本《說文》：「薺，蒺藜也，從草齊聲，《詩》曰『牆有薺』」。薺為茨字異體。《爾雅‧釋草》云：「茨，蒺藜。」茨在今天北方許多地區仍說「蒺藜」，《詩經》該句若作此稱，全詩會更琅琅上口，推測此處「茨」應緩讀為「蒺藜」，而在書寫形式上仍是一個漢字。後世在一字一個音節的作用下，這兩個音節就分別用兩個漢字「蒺藜」來記錄了。

　　急、緩讀以及由此帶來的分化和脫落造成了語音的分化，這一點在以往的古音研究中往往被忽視。傳統音韻學常用一個意義含混的「轉」字解釋諸多語音差異現象，而對產生的原因沒有多做說明，急緩讀應是原因之一。

　　多種類型的音節都有急緩讀的形式，但最常見的是帶有-r-介音音節的急緩讀。方言、文獻中保留較多，所以容易總結其規律。下面主要針對這類音節的急緩讀進行一些探討。

　　帶-r-介音的音節，至中古後期-r-介音已經基本上看不到了。現代方言中「嵌 l 詞」現象許多可以看作是-r-介音音節緩讀形式的遺留。趙秉璇認為「嵌 l 詞」是「操阿爾泰語的夷狄族在語言融合過程中，學習原始漢語與複輔音時，所形成的語音分化現象。……；歷史上，操阿爾泰語的民族學習漢語，其語言最終被漢語所同化，是不乏其例的，這種情況大部分發生在山西中部、北部及陝西北部的晉語區。……原始漢語屬漢藏語系，其語言有塞音和邊音構成的複輔音。夷狄族主要是北狄族，其語言屬阿爾泰語系古突厥語，無塞音和邊音構成的複輔音。北狄人按照自己的語言習慣學習原始漢語的複輔音，不自覺地產生了增音現象，在兩個輔音之間嵌入了元音和塞音，而分裂為兩個音節。」〔註90〕這種說法值得商榷。「嵌 l 詞」不能肯定是夷狄族學習原始漢語與複輔音形成的語音分化現象。這一語言現象在現代方言中存在十分普遍，不侷限於晉語區，這一點隨著方言調查的深入已得到了證明，毋庸贅舉。古文獻中也多有記載，所反映的地域也比較普遍，在此不妨列舉一些實例：

　　筆，《爾雅‧釋器》：「不律謂之筆。」郭注：「蜀人呼筆為不律，語之變轉也。」《說文》：「聿，所以書也，楚謂之聿，吳謂之不律。燕謂之弗。」

〔註90〕趙秉璇《太原方言裏的複輔音遺跡》，第十九屆國際漢藏語言學會論文，1986 年。又見《晉中論壇》，1986 年第 5 期。

簁，《方言》：「趙魏之交謂之去簁。」郭注：「盛飯筥也。」

雒，《說文》段注：「鵒即雒字，各家音格，但今江蘇此鳥呼鉤雒鳥，雒音洛，則音格者，南北語耳。」明代馮夢龍《山歌·魚船婦打生人相罵》記載蘇州話的稱呼與段氏同。[註91]

以下幾例中雖未明確指明使用地域，但是不難推測在當時應為普遍使用的通語。

蚌，《說文》蛤下云：「魁蛤一名複累。」《大戴禮·夏小正》：「玄雉入於淮為蜃。蜃者，蒲蘆也。」《國語·吳語》：「其民必移就蒲蠃於東海之濱。」《廣雅·釋魚》：「蛂、蛤，蒲蘆也。」陳獨秀曰：「皆複聲母 bl 演化之疊韻連語，曰玭，曰蠯，曰蠙，曰蛂，曰蚌，曰蜱，皆用上音也。」[註92]

蒲，《禮記·中庸》：「人道敏政，地道敏樹。夫政也者，蒲蘆也。」宋沈括《夢溪筆談》謂蒲蘆即是蒲葦。

樗，《說文》：「樗，樗櫨。」又「櫨，樗櫨也。」《玉篇》：「樗，樗櫨，枡也。」

緺，《說文》：「惡也，絳也。從系㕡聲。一曰綃也。讀若雞卵。」

薺，《說文》：「薺，蒺藜也。」《爾雅·釋草》：「茨，蒺藜。」

摟，《爾雅·釋詁》：「摟，聚也。」郭注「摟，猶今言拘摟，聚也。」

亢，《爾雅·釋鳥》：「亢，鳥嚨。」郭注：「謂喉嚨。」

-r-介音音節的緩讀分化現象是古漢語中較為普遍存在的現象。施向東《上古介音 r 與來紐》一文提到：「漢人的語言習慣，似乎特別喜歡在『紐—r—韻』這種結構的音節上衍生一個音節，使之成為雙音節的謎語（連綿字）。衍生音節的方法有兩種。一種是在聲母輔音與 r 之間插入一個元音或一個音綴，使原來的一個音節變成兩個音節。另一種是從原音節中摘取 r 以下的部分放在原音節之後，成為兩個音節。」[註93] 其實漢語-r-介音音節分化成為雙音節的現象與藏緬語複輔音消失的歷程是一致的。馬學良研究藏緬語指出，古藏緬語曾存在

〔註91〕此條記載轉引張世祿、楊劍橋《論上古代 r 複輔音聲母》，《復旦學報》（社會科學版）1986 年第 5 期。

〔註92〕陳獨秀《連語類編·蟲魚第五》，《陳獨秀音韻學論文集》，北京：中華書局，2001年，139～140 頁。

〔註93〕施向東《上古介音 r 與來紐》，《音韻學研究》第 3 輯，北京：中華書局，1994 年，247 頁。

豐富的複輔音聲母，後來受單音節化趨勢的影響走向單音節化。在轉化的開始階段，「前一輔音與後一輔音的結合逐漸鬆弛，最後分離出來，加上元音變為獨立音節。」〔註94〕

　　-r-介音音節後世或變為來母字，或變為非來母字，許多學者曾試圖予以解釋。其中潘悟雲先生著力尤甚，成果也最引人關注。潘先生曾提出「響度、強度」說，認為在語音變化中，響度大而強度小的容易失落。這是潘氏強調的「複輔音簡化的基本原則」。在包擬古的影響下潘氏又提出「前重型複輔音、後重型複輔音」說，前重型流音失落，後重型流音保留了下來。後來他又放棄此說，提出「前冠音」說。後又改為「次要音節」說，設想次要音節容易失落。雖然潘氏理論不失為創新的解釋，但是在解釋某些現象時還是有侷限的。許多帶 r 介音的音節後世都有來母和非來母兩讀，如鬲有郎擊切、各核切；綸有力屯切、古頑切；揀有古限切、郎旬切；樂又五教切和盧各切；釐有裏之切、虛其切、郎才切；彎有謨還切，盧丸切；《詩經‧魯頌‧泮水》：「薄言其茆」，《經典釋文》：「茆音卯，徐音柳。」《詩經‧召南‧小星》：「惟參與昴。」《經典釋文》：「昴音卯，徐音柳。」《周禮‧春官‧樂師》氂，《經典釋文》：「氂，舊音毛，劉音來，沈音狸，或音茅。」等等，潘先生諸說不能解釋為什麼會產生這樣的兩讀，而這類現象可從緩讀分化中得到一定的解釋。

　　從前文我們所提到的「嵌 l 詞」現象，以及馬學良先生考察的藏緬語中複輔音分化的過程，我們認為至少有一部分-r-介音音節的有以下緩讀分化過程：

$$CrV \longrightarrow CV_1 , LV_2 \bigg\langle \begin{matrix} CV_1 \\ LV_2 \end{matrix}$$

下面我們來考察一下-r-介音音節緩讀分化的語音特點和分化形式。

一、-r-介音音節緩讀分化的語音特點

　　以現代平遙話和郾城話中的「嵌 l 詞」為例。

〔註94〕馬學良《漢藏語言概論》，北京：北京大學出版社，1991年，385頁。

平遙話〔註95〕		郾城話〔註96〕	
擺——薄來	pæ——pʌʔ læ	不來	bai——pu lai
蹦——薄棱〔註97〕	pəŋ——pʌʔ ləŋ	不棱	pəŋ-——pu ləŋ
滾——郭攏	kuŋ——kuʌʔ luaŋ	碌輪	kun——ku lun
團——谷欒	kuaŋ——kuʌʔ luaŋ	都連	thuan〔註98〕——tu lian
刮——郭臘	kuʌʔ——kuʌʔ la	刮拉	kua——kua la
翹——圪料	tɕhtiɔ——kʌʔ liɔ	介料〔註99〕	tɕhiau——tɕie liau
攪——圪老	tɕiɔ——kʌʔ lɔ	介澇	tɕiau——tɕie lau
角——圪勞	tɕiɔ——kʌʔ lɔɔ	圪澇	tɕyo——ke lauɔ

　　上舉方言記音中，短橫前的為急讀式，短橫後的為雙音節為緩讀式。急、緩讀兩種說法完全同義，而且經常混用。緩讀的後一音節均為來母音節，急讀時 l 消失。由此我們設想，上古的-r-介音音節緩讀時-r-介音與其後的韻母獨立為一個來母音節，急讀時讀成 CrV 音節，其中的 r 亦有可能消失。緩讀的第一個音節常衍生出新的元音作韻母，不同方言第一個音節增加的韻母有所不同，多只是起到了個連綴作用。齊齒、合口或撮口韻的韻頭有的在兩個韻母中都有表現，可稱之為共享。如平遙話：團—谷欒 kuaŋ—kuʌʔ luaŋ。有的韻頭分入了第一個音節，剩餘的留給第二個音節，兩個音節的韻母合起來才是急讀式的韻母，如平遙話：塊—郭來 khuæ—kuʌʔ læ，郾城話：劃—胡拉 xua—xu la，可以說是一種瓜分。

二、-r-介音音節緩讀分化的形式

　　-r-介音音節在後世的分化形式主要可總結出如下幾種：

〔註95〕平遙話舉例引自侯精一《分音詞與合音詞》一文，見《現代晉語研究》，北京：商務印書館，1999 年。原載《晉語研究》（1989）。本文引用時因主要對比的是音節變化，所以略去聲調。

〔註96〕郾城話採自作者本人的方言調查。調查對象鞏天榮，1939 年出生，世居河南周口郾城縣。

〔註97〕一般指動物死前的掙扎。單音節形式採用侯精一《分音詞和合音詞》一文中使用的「蹦」。

〔註98〕為輸入方便，均用 h 表示送氣。

〔註99〕平遙話「圪料」可以說：～起腿。豫東話的翹說「介料」，一般指東西不直，有點彎。

	〉CV	蜷	滾		爬	巷	哄	孔	命	貪
	〉CV₁ LV₂ 〔註100〕	居斂	軲轆	嗝漏	軲轆	撲拉	胡弄	唬弄	窟窿
CrV	〉CV₁			嗝			唬	窟
	〉LV₂	轆	轆	la	弄	窿	令	婪
	〉CV，LV						命令	貪婪

口語中常用一個單音節詞「蜷」表示身體蜷曲的意思，而豫東方言稱「居斂」，該方言還稱滾動意義的「滾」為「軲轆」，廣東白話則只說後一音節「轆」。嗝，豫東方言說「嗝漏」，而我們一般的口語中只說前一個音節「嗝」。輪子，豫東方言稱「軲轆」，普通話只說後一個音節「輪」，口語中常再加一個詞綴「子」。爬，太原方言說「撲拉」，而益陽方言只說後一個音節「la」。巷，漢語許多方言說「胡弄」或「胡同」，而南方部分方言區習慣只說後一音節「弄」。哄騙，普通話口語中常說「哄」，豫東方言說「唬弄」，或單說前一個音節「唬」。孔，多數方言說「窟窿」，而表洞穴的「窟」當是前一音節的保留，不過單用「窟」意義已有所轉化。廣東白話可單稱窿。命、令，古為一字，後世分化為兩個音節。可單言命，令，也可連言為命令。又貪婪，可單言「貪」，也可係呼為「貪婪」。從以上諸類情況看，古音 CrV 在後世分化為多種形式，有所謂的急讀，也有緩讀遺留，有只說緩讀的第一個音節，也有只說緩讀的第二個音節，等等。

文獻中也常見到緩讀後脫落一個音節的例子。

鬱　《春秋昭公二十四年經》：「杞伯郁釐卒。」《公羊傳·昭公二十四年》：「杞伯鬱釐卒。」《史記·陳杞世家》：「文公十四年卒，弟平公鬱立。」《索引》：「一作郁釐」。譙周云：「名郁來」。據此可知稱「鬱」只是取了緩讀形式的第一個音節。

欒　《左傳昭公二十五年》宋景公名曰「欒」，《漢書·古今人表》作「兜欒」，梁玉繩《史記志疑》云：「或稱欒，或稱兜欒，呼之有單復爾。」

窟／脀　《方言》卷六：「窟、脀，力也。東齊曰窟，宋魯曰脀。」兩個音節可分別單獨存在。

邾　《春秋桓公十五年經》：「邾婁人，牟人，葛人來朝。」《穀梁傳》作「邾人」。又《莊公十六年經》：「邾婁子克卒。」《穀梁傳》作：「邾子克卒。」

〔註100〕V 後加注 1、2 等表示 CrV 中的韻母分化後音值上發生了變化。

可見稱郲只是緩讀的前一個音節。（郲國在金文即稱郲，郲字古音應是 CrV 式音節，後世緩讀為「郲婁」。郲字記錄的讀音也發生了變化，轉為只記錄緩讀的第一個音節。）

嶁　《水經·江水》注：「嶁山，邛嶁山也。」以此可知，名「嶁」只是留下了緩讀的第二個音節。

顱　《說文》：「髑，髑髏，頂也。」又「髏，髑髏。」《玉篇》：「髑，髑髏，頭也。」《說文》：「頊，頊顱，首骨也。」《廣雅·釋親》：「頊顱謂之髑髏。」王念孫疏證：「此疊韻之轉也。急言之則曰頭，徐言之則曰髑髏，轉之則曰頊顱」顱亦可單說，潘岳《射雉賦》：「倣余志之精銳，擬青顱而點項。」李善注：「顱，頭也。」又艫，《說文》：「艫，一曰船頭。」此艫已是顱意義的引申了。

稂　《說文》：「䅹，禾粟之莠生而不成輒謂之蕫䅹。」《詩經·小雅·大田》「不稂不莠」，毛傳：「稂，童梁也。」《國語·魯語》：「馬餼不過稂莠。」韋注：「稂，童梁也。」繫呼為兩個音節，單呼只後一個音節。

莒／盧　《方言》：「趙魏之交謂之去簇。」郭注：「盛飯莒也。」錢大昕曰：「去簇即凵盧也。」《說文》：「凵盧，飯器，以柳為之，凵或作簇。」《禮記》注作「簣蘆」。又《說文》：「盧，飯器也。」單呼為「莒」，為「盧」，繫呼為「去簇」「凵盧」「簣蘆」。

蓓／蕾　《玉篇·艸部》：「蓓，蓓蕾。」唐徐寅《追和白舍人詠白牡丹》：「蓓蕾抽開素練囊，瓊葩薰出白龍香。」也單用，宋黃庭堅《戲詠臘梅二首》：「金蓓索春寒，惱人香未展。」楊萬里《九月郡中送白菊》：「一夜西風開瘦蕾，兩年南海伴重陽。」

從現代方言和文獻中的例證我們可以得出，緩讀使一個音節分化為兩個音節。分化的兩個音節還可單說，取前者還是後者不乏方言的影響。此還可舉出一些方言影響的證據，如《爾雅·釋草》：「蒹，薕」，邢疏：「蒹，一名薕。郭云：『似萑而細，高數尺，江東呼為薕。』《詩·秦風》云：『蒹葭蒼蒼』，陸機云：『水草也，堅實，牛食令牛肥強，青徐人謂之蒹，兗州遼東語也。』」又《儀禮·大射》：「奏貍首間若一。」鄭注：「貍之言不來也。」《方言·卷八》：「貔，陳楚江淮之間謂之貅，北燕、朝鮮之間謂之貊，關西謂之狸。」等等。帶-r-介音的音節在不同的方言中有不同的取捨，在其他語中亦可清楚看

到，例如首字，古臺語 kruəu，現代臺語 lau（壯），lau（傣），kau（侗），hau（臨高）。岡字，古臺語 krog，現代臺語 koːg（壯），lyŋ（麼老），toŋ（侗）。盝字，古臺語 kruɔ，現代臺語 lu（壯），ruə（泰），huə（老），ho（傣），lɔ（毛南）。〔註101〕

我們前文已證西周時期存在-r-介音音節，這些字後世或為來母字，或為非來母字，如令（命）、立（位）、樂、柳留（卯貿）、吏（使事）等，此類現象可以借助-r-介音音節的緩讀分化以及脫落得到解釋。下面嘗試解讀兩例。

（一）繛與角

西周金文中有「繛」字，形作 （盟爵）。《玉篇・龠部》：「繛，東方音。今作角」。北魏江式《求撰集・古今文字表》：「（呂）枕弟靜，別放（倣）故左校令李登《聲類》之法，作《韻集》五卷，宮商繛徵羽各為一篇。」〔註102〕其中「繛」字亦即「角」。繛，從龠，彔聲。繛、彔、角三字《廣韻》中均記有古岳、盧谷兩切，可推知上古聲母均帶有-r-介音。其中角的緩讀形式文獻和方言中多有保留，《史記・樂書》云：「天地欣合，陰陽相得，煦嫗覆育萬物，然後草木茂，區萌達，羽翮奮，角駱生。」「角駱」當即牛羊等所生的角。角落義的角，今稱「角落」，方言或稱「圪落」等。又古有「角里」先生，為漢代初年隱士，四皓之一。《史記・留侯世家》：「四人前對，各言名姓：曰東園公，角里先生，綺里季，夏黃公。」「角駱」「圪落」「角里」等都是角的緩讀形式，後世角見母與來母兩音則是或取緩讀前音，或取緩讀後音造成的。繛、彔的語音分化應與角同，這一過程可以構擬為：

$$krok \longrightarrow kɔk，lok（「角落」） \nearrow kɔk（角、繛、彔）$$
$$\searrow lok（角、繛、彔）$$

（二）系、聯、繇等字同源

西周金文中有「繇」字，《說文》：「亂也。一曰治也。一曰不絕也。從言

〔註101〕參班弨《論漢語中的臺語底層詞——兼論東亞語言繫屬分類新格局》，中山大學博士論文，2004 年。該文古臺語擬音據梁敏、張均如《侗臺語族概論》（北京：中國社會科學出版社，1996 年），該書岡、盝二字的古臺語音構擬不帶有-r-，本文認為根據現代臺語音狀況，二字古音應如「首」字有-r-。

〔註102〕該例轉引自《漢語大字典》，1994 頁，「繛」字條。

絲。❀，古文緣。」攣，《說文》：「係也，從手緣聲」。攣字在下增加一手，只是強調了手的動作，與緣音同義皆通，應為繁簡之別。鬲，孳乳為亂。西周金文作 ❀（召伯簋），象兩手上下治理或繫絲之形。或作 ❀（毛公鼎），下從止，乃又之訛變。郭沫若云「治絲時其聲囂騷，故字復從品。」〔註103〕楚帛書作 ❀，三體石經《無逸》作 ❀，與古文緣形近，古文緣所從之口稍有訛變。《篇海類編·身體類·爪部》下收有爫字：「音亂，不理也。」《集韻·換韻》作爫，從字形看均應是古文緣或鬲的變體。緣、攣、鬲（亂）等字，上古均在來母元部，無論在語音、形體，還是意義上都是一致的，應具有同源關係。

聯，《說文》：「聯，連也。從耳，耳連於頰也。從絲，絲連不絕也。」聯字實為聯之異體，《正字通·耳部》：「聯，以聯為正。」聯古音在來母元部，有繫聯不絕之義，《集韻·仙韻》：「攣，《說文》：『係也。』或作聯」，看來聯與緣、攣、亂等字亦應同出一源。

系，《說文》：「系，繫也。從系ノ聲。」金文所見系字像手繫絲之形（❀ 小臣系卣、❀ 系爵）。系上的ノ當是手形的訛變，而非聲符。系的意義與聯、緣、攣等字是相通的，都有繫聯不絕之義。攣字《說文》正釋為「係也」；又《漢書·敘傳上》：「系高頊之玄胄兮，氏中葉之炳靈。」顏師古注引應劭曰：「系，連也。」聯，《說文》：「聯，連也。」從字形上看，繫字從手，下為絲之系聯之形，與古文緣和帛書、石經的亂字相比，都有手繫絲之形。但是系上古屬匣母錫部，聯、緣、攣、亂等字在來母元部，聲、韻上都相去較遠，音上似乎不具同源關係。

系與聯、緣等字應有語音上的聯繫，通過下例可以得到證明。《方言》卷三：「陳楚之間凡人獸乳而雙產為之釐孳，秦晉之間為之僆子，自關而東，趙魏之間謂之『孿生』」。釐，曉母之部字（又來母）；僆，來母開口元部字；孿，來母合口元部字。古音中開合相諧的情況屢見不鮮，即使在今天，戀愛的戀在方言中仍是開合不分的。釐、僆、孿三字間的關係與系—聯—緣之間的關係正相對應。

顯字的讀音為系與聯、緣等字之間的語音關係架起了一座橋樑。系與聯的合音正似顯字的讀音。金文中顯字形作 ❀（盂鼎）或 ❀（康鼎），從㬎與從絲

〔註103〕郭沫若《金文餘釋·釋鬲》，《金文從考》，北京：人民出版社，1954年，191頁。

無別（聯字從絲，可推知與從絲無別。絲作偏旁時可省去上面的連線）。顯，
《說文》：「頭明飾也，從頁㬎聲。」《文源》：「顯，訓頭明飾無所考。《說文》：
『㬎，眾微杪也。從日中視絲，古文以為顯字。』日中視絲，正鮮明之象。……
象人面在日下視絲之形。絲本難視，持向日下視之乃明也。」從字形上看，此
釋可通。但顯所從的絲與顯的讀音是否有關呢？聯、戀等字與顯都從絲或絲相
連之形，且同在元部，絲應是它們共同的聲符。系字亦從絲，顯、系聲母相近，
前為曉母，後為匣母，同為喉音，這應該不是一個簡單的巧合。結合這些字古
形上的聯繫和緩讀分化現象，我們有理由推測系、聯、戀等字與顯古音皆源於
xrjan 音節。急讀為「顯」，緩讀即成為雙音詞「系聯」。緩讀進一步分化，又
可分化為系或聯、戀、攣、亂等單音詞。其分化軌跡可作如下描述：

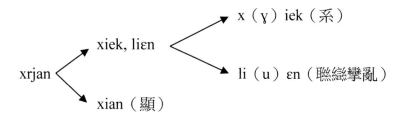

有了以上的分析，我們再來看西周金文中的 𬶈 （𣪘）字。宋人有釋為
「迎」，劉心源釋「絕」，〔註104〕孫詒讓及郭沫若、唐蘭等釋「御」，〔註105〕《金
文編》亦釋為「御」。〔註106〕裘錫圭先生曾對從絲之字有過分析，基本的結論
是：根據「戀」從「絲」聲這一點，可以肯定「絲」字的讀音與「戀」相同或
相近。「絲」字象兩「系」相連，因此它的字義應該跟「聯」「系」等字相同或
相近。《說文古籀補補》把「絲」釋作「系」，是由於只看到了後一點。如果同
時考慮到語音的條件，「絲」「系」為一字的可能性就不存在了。但是「絲」跟
「聯」的關係則值得注意，二字都是來母元部字，在意義和語音上，關係都是
十分密切的。 𬶈 釋為「御」的說法是建立在「絲」為「𠔼」之形訛的猜測上，
其實並無可靠的根據，其他各說更不足信。如果該字所從的「絲」是一個聲符，
或是兼有表音作用的義符的話，這個字就很可能是遮闌之「闌」的古字。中山

〔註104〕劉心源《奇觚室吉金文述》7.3 上，1902 年。

〔註105〕孫詒讓說見《古籀拾遺》上，26 上。郭沫若說見《兩周金文辭大系考釋·敔簋》，
唐蘭說見《古文字學導論》。

〔註106〕容庚編著，張振林、馬國權摹補《金文編》卷 2，北京：中華書局，1985 年，115
頁。

王兆域圖有【字】字，似應讀為「連」。〔註107〕總之從「絲」得聲之字讀如聯、戀。

從「絲」之字多讀如聯、戀，確是事實。【字】、【字】二字多半可以肯定是讀「絲」聲的，即讀來母元部音。但是新出晉侯對盨銘文中有「甚（湛）樂於邍（原）【字】」句，〔註108〕末字與文獻中「原隰」之隰對應，證【字】與隰同音。【字】與【字】無疑為一字。隰為邪母緝部字，這樣以來，【字】與「絲」聲韻皆有較大差異了。

金國泰先生不同意裘先生對【字】字讀音上的認定，認為該字是『絕』字的變化，讀如『截』。殷器鄧鬲中『鄧』字作【字】，下不從止，似倒刀形，猜測該字本從卩，叕聲。叕像刀斷絲，疑『絲』字象意初文。小篆省【字】為【字】，倒刀形右移正作，以求結構勻稱，正是『絕』字。又疑『鄧』與『追』（追）連用類化，變匕為止，就是『鄧』字；增彳，就是『遁』。伯鄧簋【字】字右旁鏽掩，若從刀，就是從止剟（叕）聲，可能是『鄧』字異體。從石鼓『邍溼』、伯姜鼎和史懋壺『溼宮』諸『溼』字推測，『絲』為『絕』的另一種象意形式。中山王兆域圖『恣遁子孫』的『遁』字，懷疑讀『絕』。〔註109〕

其對字形分析看似有理，但卻有許多漏洞。首先，伯鄧簋銘中鄧字下從止應無疑問，右邊鏽掩，金氏推測為刀形。如果是刀形，則下部絕對不應再從刀。而金氏又以為鄧等字下部的止疑本為刀形，可謂自相矛盾。西周金文中【字】（卿沚殷）字構形，多數清晰可辨，右邊為人形，絲下為止形，只有鄧鬲一器絲下似匕形，匕與止形近，倒有可能為止之訛變。〔註110〕其次，絲下之止形（按金說為刀形）也不大可能跑到人形的上部，變為小篆之絕字。古人造字，雖然一些構形成分可以位移，但一個字各部分的位置，多是現實狀況的反映，表達客觀的相互關係。〔註111〕小篆「絕」字刀與人和絲的位置，可

〔註107〕裘錫圭《戰國璽印文字考釋三篇》，《古文字論集》，北京：中華書局，1992 年 473 ～479 頁。原載《古文字研究》第 10 輯，北京：中華書局，1983 年。

〔註108〕1992 年春，上海博物館收歸了流失國外的晉侯對盨，馬承源先生對改器銘文進行了考釋，撰有《晉侯對盨》，見第二屆國際古文字學研討會論文，1993 年。

〔註109〕金國泰：《兩周軍事銘文中的「追」字》，《于省吾教授百年誕辰紀念文集》，吉林：吉林大學出版社，1996 年，109～112 頁。

〔註110〕裘錫圭先生認為鄧鬲、伯鄧簋中字形與【字】同，「只是『止』旁寫的有些走樣。」見《戰國璽印文字考釋三篇》，《古文字論集》，北京：中華書局，1992 年，478 頁。原載《古文字研究》第 10 輯，北京：中華書局，1983 年。

〔註111〕師玉梅《張亞初金文考釋方法商榷——讀〈殷周金文集成引得·序言〉》，《考古與文物》2003 年第 4 期，84～85 頁。

以理解為人以刀斷絲，但是如果把 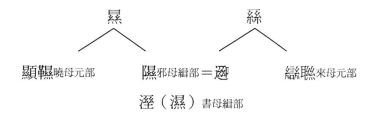字中止理解為刀形，則該字的構形意就難以理解了。相反止形在字形中除表達特殊意義外，常置於字形下部，這與止的表意有關。字除從止外又增加彳，金文中此類現象十分常見。無疑當時人們意識中是肯定絲下為止而非刀。刀形訛變作止，進而又在止上增彳的可能性不大。此外，溼字史懋壺作，散氏盤作，後一字形中所貫穿的連線明顯非表示絕斷之義，反而有貫穿聯接之義。該字又或作（伯姜鼎），所從絲更與「絕」義無涉。

伯姜鼎溼字與 所從聲符是相同的。利鼎有字，當為溼字，右半之形與 字所從全同，可證、溼確為同音。溼或體作濕，㬎聲。溼（濕）、隰實為一對同源詞。溼（濕），《說文》：「幽溼也。」隰，「阪下溼也。」二字音義具近。結合晉侯對盨「原隰」字寫作的情況，我們可推出西周時期、溼（濕）、隰、㬎（顯）應是一組音同或音近字。現在我們來對比下面兩個諧聲系列：

從㬎得聲的可讀曉母元部，也可讀邪母或書母緝部，曉、邪、書三母同為擦音，常可互通，〔註112〕但是緝部和元部相去甚遠。從絲得聲的可讀邪母（書母）緝部音，亦可讀來母元部音，聲韻皆相去甚遠。這一現象正可看作是緩讀分化的結果。隰溼的讀音為顯字古音緩讀的前一音節，戀聯的讀音為後一音節。以上諸字都是一音之分化，整個過程如前文對 xrjan 緩讀分化的構擬。〔註113〕

既然諸字古音皆同，分歧只是後世的分化，而後世從絲得聲的字多進入來母元部，我們不妨把等字也讀如聯音。裘錫圭先生將讀如「闌」，（「恐逤子孫」）讀如「連」是可以接受的。

───────────────

〔註112〕參附錄7「聲韻演化模式探索」。

〔註113〕系與溼隰等都是讀緩讀的第一個音節，但是系為錫部字，溼隰為緝部。緩讀的前一音節聲母後常增加一個元音，所加元音受方言等因素影響會有不同。系與溼等字的韻部差異蓋源於此。（參本章「急緩讀的語音特點」）

三、-j-介音音節的急緩讀與分化

上文討論了帶有-r-介音音節的急緩讀及緩讀分化現象。帶有-j-介音的音節同樣存在此類現象，不過數量上相對要少一些，主要原因是-j-介音與前面的聲母結合比較緊密，至中古仍有保留。-j-介音音節的急緩讀以及分化形式與-r-介音音節大體相似，下面舉一些傳世文獻中的例證：

扶搖　《爾雅‧釋天》：「扶搖謂之猋」。《說文》：「猋，扶搖風也。」急讀為「猋」，緩讀為「扶搖」。

梗榆　《方言》卷三：「凡草木刺人……自關而東或謂之梗。」郭注：「今云梗榆。」

蚯蚓　《孟子‧滕文公下》：「夫蚓，上食槁壤，下飲黃泉。」《荀子‧勸學》：「螾無爪牙之利，筋骨之強，上食埃土，下飲黃泉，用心一也。」楊倞注：「螾，與蚓同，蚯蚓也。」蚓今仍稱蚯蚓，又俗稱曲蟮。漢巴郡有朐忍縣，即以此蟲得名。稱螾、蚓只是說了後一個音節。

藷蕷　也作藷藇，《廣雅‧釋艸》：「藷蕷，署預也。」王念孫疏證：「藇與蕷同。」《山海經》：「（景山）其上多草藷蕷。」郭璞注：「根似羊蹄，可食。曙預二音。今江南單呼為藷，音儲，語有輕重耳。」

曼洮　《淮南子》卷二十一：「曼兮洮兮，足以覽矣；藐兮浩兮，礦礦兮，可以遊矣！」「曼兮洮兮」是「曼洮」之拆用，「曼洮」乃「渺」或「邈」的緩讀分音形式。[註114]

嬃與　《漢書‧禮樂志》：「朱明盛長，嬃與萬物。」顏師古注：「嬃，古敷字也。嬃與，言開舒也。」「嬃與」為「嬃」之緩讀。又《墨子‧經說下》：「不若敷與美。」南朝宋鮑照《擬行路難》之五：「人生苦多歡樂少，意氣敷腴在盛年。」敷與、敷腴與嬃與同。

結合-j-介音音節緩讀現象，一些古文字讀音問題也可以從這一角度嘗試解讀。

（一）屖／遲／夷

遲字西周金文多從辵屖聲，或從彳，古文字中辵、彳兩形旁通作。春秋曾侯乙鍾銘文中遲字作迡，從辛聲。速盤「考（孝）王銂王，又（有）成於周

〔註114〕參許匡一《〈淮南子〉分音詞試析》，《武漢教育學院學報》1996 年第 4 期。

邦。」其中「𢓜王」即是「夷王」，從而可知𢓜（遲）、夷音同。曾侯乙鍾「達（遲）則」，典籍多作「夷則」，典籍中「陵遲」又或寫作「陵夷」，是其證。

　　犀為心母字，從其得聲的遲可通余母的夷字，我們推測犀、遲西周時期聲母當帶有 s-頭，即 sj-。《說文》：「犀，犀遲也。」徐鍇繫傳：「犀遲，不進也。」段玉裁注：「《玉篇》曰：『犀，今作棲。』然則犀遲即《陳風》之『棲遲』也。毛傳：『棲遲，遊息也。』」犀遲、棲遲、棲遲等實即犀的緩讀形式。在強調舒緩之貌時，犀字即緩讀成為兩個音節。用以記錄緩讀的字，其功能只是記錄緩讀之音，所以常不拘字形。又「𢓜徲」，《婁壽碑》：「𢓜徲衡門。」「舒遲」《禮記·玉藻》：「君子之容舒遲」。「害犀」，牆盤：「害犀文考乙公。」、「䫴犀」，王子午鼎：「用祈眉壽，弘龏䫴犀」等形式皆可看作是犀之緩讀。犀的緩讀分化形式可構擬如下：

$$sjei（犀）\longrightarrow sjei，jei（棲遲，舒遲等）\begin{cases} sjei（犀）\\ jei　（犀、夷）\end{cases}$$

（二）郭墉同源

　　墉，《說文·土部》：「墉，城垣也。從土庸聲。𩫖古文墉。」古文墉字甲骨文中已出現，作𩫖或𩫟等形。郭沫若《卜辭通纂》：「從四亭於城垣之上兩兩相對，與從兩亭相對同義。」西周金文作𩫖（臣諫簋）、𩫟（師𤔲鼎）等形，隸定作𩫎。《說文·𩫎部》：「𩫎，度也，民所度居也。從回，象城𩫎之重，兩亭相對也，或但從口。」段玉裁注《說文》「𩫎」字曰：「城𩫎字今作郭。郭行而𩫎廢矣。」《玉篇》：「𩫎，今作郭。」是知𩫎一形後世分化郭和墉兩個字。《說文》郭、墉兩體並存，墉是從土庸聲的形聲字；郭字則是在𩫎形上增加了形符，形作𨜮，從邑、𩫎聲。郭、墉二字古本同字，古音應同。〔註115〕

　　《說文》謂郭「從邑，𩫎聲」，可見許慎還是認可墉之古文𩫎與郭同音的。𩫎，《玉篇》余恭切，而《廣韻》古博切，已經分化為兩音。《廣韻》郭，古博切，墉，余封切，則是以兩形分別承擔了兩音，從而可知𩫎是經歷了由一字一

〔註115〕趙誠先生以為「庸」字與「墉𩫎郭」原為一字，均由𩫎分化而出，庸讀為庚（見母）和用（喻四）的合音，就好像「盍」為「何不」之合音，「叵」為「不可」之合音，此類皆是多音節形式的遺留。（關於上古漢語的多音節，趙先生在其《商代音系探索》有論證）此說值得商榷。見趙誠論《〈說文〉諧聲探索（一）》，《音韻學研究》第 3 輯，北京：中華書局，1994 年。

音分化為一字兩音，進而分化為兩字兩音的過程。這一現象可看作是緩讀分化的結果，即：

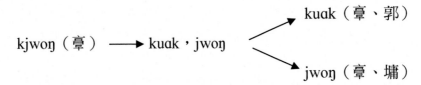

$$kjwoŋ（覃）\longrightarrow kuɑk，jwoŋ \begin{cases} kuɑk（覃、郭）\\ jwoŋ（覃、墉）\end{cases}$$

語音的分化常常是與意義的分化相聯繫的。覃分化為郭、墉兩形、兩音，意義上也逐漸有了分歧。墉可以泛指城、城牆，如《詩經・大雅・皇矣》：「以爾鉤援，與爾臨衝，以伐崇墉。」毛傳：「墉，城也。」《詩經・召南・行露》：「誰為鼠無牙，何以穿我墉？」毛傳：「墉，牆也。」《爾雅・釋宮》：「牆謂之墉。」而郭除泛指城的意義外，又多用於表示外城，《釋名・釋宮室》：「郭，廓也，廓落在城外也。」則指城外又加築的城牆。

（三）谷

西周金文中有谷字，為見母字。亦有「裕」字，從衣，谷聲。谷又可假用為裕，何尊：「叀（惟）王龔（恭）德谷（裕）天」。谷、裕二字西周時期應音同或音近。谷又用同欲，師詢毀：「谷（欲）女（汝）弗吕（以）乃辟圅（陷）於艱（囏）。」欲裕中古均為余母字，由此推測谷裕欲等字西周時期聲母為 kj-。谷可緩讀為句瀆，《春秋・桓公十二年》：「公及宋公燕人盟於谷丘」，《左傳》「谷丘」作「句瀆之丘」。句為見母字；瀆，定母，從賣聲，〔註116〕賣為余母字，所以該字本可能為余母字，定母為後來變入。〔註117〕谷之見母讀音應即源於緩讀的前一音節，裕欲的余母讀音當源於緩讀後一音節。谷字亦可讀後一音節，後世為照顧語音上的分化增加義符，即峪字。不過在稱少數民族名「吐谷渾」時仍保留余母讀音。〔註118〕這一語音分化過程可是：

$$kjwok \longrightarrow kok，jwok（句瀆）\begin{cases} kok\ 谷 \\ jwok\ 谷（峪）欲裕\end{cases}$$

〔註116〕本形作賣，後與賣（今簡化為賣）混形。

〔註117〕此例也可佐證前一節討論的部分定母字可能與余母有共同來源。

〔註118〕吐谷渾屬鮮卑慕容氏的一支，初游牧於遼東。西晉末年，西遷至今青海甘肅間，以吐谷渾為國號。

第三章　西周金文韻部及聲調考察

第一節　韻部概況

　　以往上古韻部的研究主要是從《詩經》的韻腳入手進行分部的，這種韻部其實就是韻轍（rhyme）。作詩的人用韻有寬嚴之分，研究者重分重合的觀點亦有不同，韻部的數目也多有分歧。王力的上古三十部得到了多數學者的認同，本文就藉此作為考察西周金文韻部特點的參照系。

　　本章所使用的材料與聲母部分的研究材料相同。把所收集的 807 個形聲字與其聲符和 508 對通假字按照王力 30 韻部系統標出其上古韻部。以下是每一部字的總量和同部字相諧的數量，以及同部字相諧的幾遇數和實際相諧數與幾遇數的比值等數據。

表 3-1　同韻部字相諧狀況表

韻　部	總字量	同部相諧量	百分比%	幾遇數	實際相諧數 ÷ 幾遇數
之	212	188	88.7	17.1	11
職	74	64	86.5	2.08	30.8
蒸	34	26	76.5	0.44	59
支	42	34	82.9	0.67	50.7
錫	61	56	93.3	1.42	39

耕	138	122	88.4	7.24	17
魚	271	246	90.8	27.9	8.8
鐸	113	100	88.5	4.86	20.6
陽	196	190	96.9	14.6	13
侯	75	60	80	2.14	28
屋	47	40	85.1	0.84	48
東	126	116	92.1	6.04	19.2
宵	72	60	83.3	1.97	30
藥	28	24	85.7	0.3	80
幽	150	128	86.7	8.56	15
覺	35	24	74.3	0.47	51
冬	8	6	75	0.02	300
微	73	62	84.9	2.03	30.5
物	60	46	76.7	1.37	33.6
文	100	86	86	3.8	22.6
脂	97	84	88.7	3.58	23.5
質	59	46	78	1.32	34.8
真	75	62	82.7	2.14	29
歌	61	52	85.2	1.42	36.6
月	85	70	80.5	2.75	25.5
元	186	162	86	13.2	12.3
緝	34	26	76.5	0.44	59.1
侵	82	70	85.4	2.56	27.3
葉	10	6	60	0.04	150
談	26	26	100	0.26	100

　　經過考察發現，西周金文中同部字相諧的數量均遠遠超過了同部相諧的幾遇數（最少的也在 8 倍以上），而異部相諧的情況很少。這一點與聲母不同，聲母中，異紐相諧的現象十分常見。這一現象表明王力 30 韻部系統基本適合於概括西周金文的韻部系統，或者說西周金文的韻部系統與以《詩經》用韻歸納出的上古韻部系統基本一致。

　　西周金文同部字相諧是總的特點，是大勢，但是其中並不排除異部相諧的情況。有一些異部相諧的現象還是能反映出西周金文時期韻部上的一些語音特點，值得進一步研究。比如蒸侵兩部之間的關係，之幽兩部之間的關係，幽侯之間的關係，宵覺之間的關係等。

第二節　陰陽入三韻之間的關係

西周金文中存在陰陽入三韻字互諧的現象，其中以陰入互諧為多，這與《詩經》用韻考察的結論是一致的。關於上古陰陽入三類韻是三分，還是將陰入合併，曾有過爭論。許多學者曾以《詩經》等先秦韻文中陰入相押佔優勢而主張陰入合併，如傳統音韻學家中顧炎武、段玉裁等考古派不承認入聲獨立。而審音派的江永、戴震等承認入聲獨立。高本漢《漢文典》是主張陰入合部的，而王力主張陰陽入三分。後來高本漢在《中上古漢語音韻綱要》中也改用了王力的陰陽入三分。其他如李新魁、周法高等多數學者還是支持陰陽入三分的。就西周金文的諧聲和通假材料看，陰陽入之間應處於什麼關係呢？下面是三類韻字相諧狀況的考察：

表 3-2　陰陽入三韻字相諧關係表

	總數	自諧及比例		陰陽相諧及比例		陰入相諧及比例		陽入相諧及比例	
	2630	2452	93.2%	44	1.7%	90	3.4%	44	1.7%
陰聲韻	1053	986	93.6%	22	2.1%	45	4.3%		
陽聲韻	970	926	95.4%	22	2.3%			22	2.3%
入聲韻	607	540	89%			45	7.4%	22	3.6%

從以上統計的數據看，陰陽入自諧量在總字量中占到 93.2%，互諧量只占到總字量的 6.8%。再來看陰陽入三韻內部，自諧量最少的入／入相諧也在入聲韻的總量中占到 89%。從這些數據看，陰陽入顯然應視作分立。陰陽入互諧中，陰入互諧相對常見一些，但是陰入互諧量在入聲韻總量中只占到 7.4%，在陰聲韻總量中也只占到 4.3%，兩類韻無疑也應視作分立。總之，就西周金文的諧聲和通假看，陰陽入的互諧數與自諧量相比是微不足道的。

關於上古陰陽入分合的問題，王力先生曾云：「陰陽兩分法和陰陽入三分法的根本分歧，是由於前者是純然依照先秦韻文來作客觀的歸納，後者則是在前者的基礎上，再按照語音系統進行判斷。這裡應該把韻部和韻母系統區別開來。韻部以能互相押韻為標準，所以只依照先秦韻文作客觀歸納就夠了；韻母系統則必須有它的系統性（任何語言都有它的系統性），所以研究古音的人必須從語音的系統性著眼，而不能專憑材料」〔註1〕這一說法是有道理的。

〔註1〕王力《漢語音韻》，北京：中華書局，1980 年，146～147。

高本漢把跟入聲韻相諧的部分陰聲韻字帶上了塞音韻尾。董同龢、陸志韋都不完全贊成高氏的構擬，而把所有的陰聲韻都構擬成收塞音韻尾的閉音節。在李方桂構擬的上古音系統裏，陰聲韻也全部有塞音韻尾。這些做法都在試圖解釋陰入的押韻，若此，則上古漢語中就沒有了開音節，這在人類語言中是很少見到的，王力先生予以反對：「世界上沒有任何語言的開音節是像這樣貧乏的。只要以常識判斷，就能知道高本漢的錯誤。這種推斷完全是一種形式主義。」〔註2〕「據我所知，世界各種語言一般都有開音節（元音收尾）和閉音節（輔音收尾）。個別語言（如哈尼語）只有開音節，沒有閉音節；但是，我們沒有看見過只有閉音節、沒有開音節的語言。如果把先秦古韻一律擬測成為閉音節，那將是一種虛構的語言。」〔註3〕耿振生先生亦撰文批評云：「構擬古音實際上是推測古代實際存在過的語言狀態，儘管擬出的系統含有假定的性質，也一定要合乎一般的語言通則，才有科學上的意義。如果擬出的系統違反了語言的通則，成了一種在世界上從來沒有見過的虛構的語言，那就完全失去了擬音的意義。把上古韻母系統擬測成全部是閉音節的音系，實在難以想像在現實中如何使用它，這樣的擬音就是虛構，這條擬音途徑是不可取的。」〔註4〕王、耿兩位先生的批評無疑是正確的。不過也有一些學者調查研究發現，不但原始印歐語的音節是 CVC 式的組合，漢藏語中也有一些閉音節佔優勢的民族語言存在。蒲立本（Pulleyblank E.G.）發現老 Mon 語沒有開音節，〔註5〕李方桂和李壬癸發現臺灣邵語也沒有開音節。〔註6〕但是，這種以極少見的語言現象進行類比的做法是不科學的。再者，就《詩經》押韻來看，陰入通押數量有限，不是主流。郭錫良統計《詩經》陰入通押實占 2.6%，（宵韻通押最多，也不過 9%）。〔註7〕另據麥耘教授統計，「《詩經》中陰聲韻字與陰聲韻字相押有將近 750 個韻段，入聲韻字與入聲韻字相押超過 250 個，

〔註2〕 王力《漢語史稿》，北京：中華書局，1980 年新 1 版，64 頁。
〔註3〕 王力《漢語語音史》，北京：中華書局，1985 年，47 頁。
〔註4〕 耿振生《論諧聲原則——兼評潘悟雲教授的「形態相關」說》，《語言科學》，2003 年 5 期，10～28 頁。
〔註5〕 蒲立本《上古漢語的輔音系統》，潘悟雲、徐文堪譯，北京：中華書局，2000 年。
〔註6〕 李方桂等《邵語記略》，臺灣大學《考古人類學刊》第 7 期，1956 年。李壬癸《邵語音韻》，《歷史語言研究所集刊》第 47 本，1976 年。
〔註7〕 郭錫良《也談上古韻尾的構擬問題》，《語言學論叢》第十四輯，北京：商務印書館，1984 年。

而陰、入通押的韻段僅 50 掛零（已經除去陰、入兩讀字及『次入韻』相關者），只達到正常押韻數的 5%左右，確實是偶而相押。」〔註 8〕此外，詩歌用韻有其獨特性。《詩經》裏的篇章，無論是國風還是雅、頌，都是供吟唱的歌曲。歌曲允許有拖腔，延長了元音的發音，塞音韻尾在音節中的地位便相對削弱了，那麼與入聲韻與陰聲韻的可諧程度就會增加。因此，陰入相押完全是有可能的。〔註 9〕不必為此為陰聲韻帶上塞音韻尾。

就西周的諧聲和通假來看，陰入相諧占總字量的 3.4%。在陰聲韻中占 4.3%，入聲韻中占 7.4%。這些數據明確顯示出陰入相諧只是少數現象，二者不宜合併，也沒有必要因二者的相諧把陰聲韻帶上塞音韻尾。古代漢語存在急讀和緩讀是歷史事實。急讀可能在收音時產生急促的色彩，沒有塞音韻尾的發音可能產生塞音韻尾；緩讀發音延長，塞音韻尾可能消失，則轉化成為陰聲韻。陰陽入之間的轉化是語言使用過程中臨時出現的現象，也是正常的語言現象，如果因為陰入的互諧而為陰聲韻也帶上塞音韻尾，其實也從某個角度否定了急緩讀現象和韻尾脫落、衍生等正常語音現象的存在。

西周金文中陰陽入互諧例總 178 字，其中 92 字為同類韻內部互諧，即傳統音韻學所稱的陰陽入對轉，占半數以上，臚列如下：

（一）陰陽對轉例

之蒸：	艿（蒸）：乃（之）	師旂鼎 2809
魚陽：	亡（陽）—無（魚）	辛鼎 2660
侯東：	顜（東）：冓（侯）	五祀衛鼎 2832
	顜（東）—媾（侯）	殳季良父壺 9713
微文：	衣（微）—殷（文）	天亡𣪘4261
脂真：	屖（脂）：辛（真）	季屖𣪘2556
	栖（脂）：囟（真）	栖作父丁尊 5827
	伊（脂）：尹（真）	伊生𣪘3631
歌元：	播（歌）：釆（元）	師旂鼎 2809

〔註 8〕參麥耘《〈詩經〉韻系》，中國音韻學研究會第 5 次學術研討會論文，1988 年。後收入《音韻與方言研究》，廣州：廣東人民出版社，1995 年。

〔註 9〕參麥耘《〈詩經〉韻系》，中國音韻學研究會第 5 次學術研討會論文，1988 年。後收入《音韻與方言研究》，廣州：廣東人民出版社，1995 年。

（二）陰入對轉例

之職：異（職）—禩（之）　　　大方鼎 2758

　　　麥（職）：來（之）　　　麥方鼎 2706

　　　𩠁飴（之）：異（職）　　　兩𣪘 4195

　　　來（來）—麥（明）　　　蠻鼎 2765

支錫：諫（支）：朿（錫）　　　牆盤 10175

　　　敫（支）：易（錫）　　　癲盨 4463

魚鐸：尃（魚）—薄（鐸）　　　𥄂方鼎 2739

　　　博搏（鐸）：尃（魚）　　　虢季子白盤 10173

　　　鎛（鐸）：尃（魚）　　　楚公逆鍾 106

　　　轉（鐸）：尃（魚）　　　录伯𢐗𣪘蓋 4302

　　　慕（鐸）：謨（魚）　　　牆盤 10175

　　　博（鐸）：尃（魚）　　　𢐗𣪘 4322

侯屋：僕（屋）—附（侯）　　　五年召伯虎𣪘 4296

宵藥：糕（藥）：焦（宵）　　　弭仲簠 4627

　　　較（藥）：教（宵）　　　录伯𢐗𣪘蓋 4302

　　　較（藥）：爻（宵）　　　毛公鼎 2841

　　　爻（宵）—較（藥）　　　伯晨鼎 2816

幽覺：蓼（覺）：翏（幽）　　　睽士父鬲 716

　　　𤊾（覺）：攸（幽）　　　叔趯父卣 5428

　　　造（幽）：告（覺）　　　史造作父癸鼎 2326

微物：遺（微）：貴（物）　　　旅鼎 2555

　　　歸（微）：饋（物）　　　貉子卣 5409

　　　衣（微）—卒（物）　　　𢐗𣪘 4322

脂質：爾（脂）：日（質）　　　樊君鬲 626

　　　𡙇（質）—矢（脂）　　　裘衛盉 9456

（三）陽入相諧例

陽鐸：宕（陽）：石（鐸）　　　𢐗𣪘 4322

屋東：冢（東）：豖（屋）　　　多友鼎 2835

物文：㒸（物）—幩（文）　　九年衛鼎 2831

㒸（物）—饋（文）　　伯幾父簋3766

饋（文）：㒸（物）　　牢口作父丁簋3608

質真：質（質）—慎（真）　　井人妄鍾 109

月元：邁（月）：萬（元）　　作寶簋3741

邁（月）—萬（元）　　封虎鼎 2437

厲（月）—萬（元）　　散伯簋3780

厲（月）：萬（元）　　五祀衛鼎 3832

饔（月）：宛（元）　　宫鼎 2740

緝侵：欯（侵）：執（緝）　　子欯圜卣 5005

同類韻陰陽入主要元音相同，只有韻尾不同，之間相諧數會比異類韻多一些。但是除支錫、宵藥、幽覺、微物、物文、脂真外，多沒有超過幾遇數，很難視作常常相諧。

第三節　侵蒸及相關諸韻

蒸侵二部字在西周金文中有 6 例相諧：

朕（侵）—𦞙（蒸）　　中伯壺蓋 9667

𦞙（蒸）：朕（侵）　　番匊生壺 9705

𦞙（蒸）：朕（侵）　　伯侯父盤 10129

𦞙（蒸）：朕（侵）　　陳侯簋3815

𦞙（蒸）：朕（侵）　　𦞙侯簋3670

朕（侵）—𦞙（蒸）　　𦞙侯方鼎 2154

兩部的相諧雖然只是涉及朕和從朕得聲的幾個諧聲字，但是幾字出現的頻率極高，不容忽視。兩部的幾遇數是 0.93，實際相諧數是幾遇數的 6 倍多，從數據上看應該屬於常常相諧的關係。蒸和侵兩部字按照王力先生的擬音，主要元音相同，都是ə，只有韻尾不同。本文的統計也證明兩部在西周時期的主要元音是相同或相近的。關於二部的韻尾，陸志韋認為在周之前以及在周代的西北方言中蒸侵都是收-m。據陸先生的統計，《詩》韻的侵蒸通叶共 6 章：《秦鳳·小戎》三、《小雅·斯干》六、《正月》四、《大雅·大明》七、《生民》三、《魯頌·閟宮》五。《雅》《頌》代表很古的方言，《秦風》跟二《雅》

同屬於西北方言，這些章中的蒸部字可以作收-m，《秦風》（《豳風》）以外的十三國收-ŋ。周代蒸-m＞-ŋ，此後，蒸侵兩部就不通轉了。〔註10〕從西周金文材料來看，西周早期已有從朕聲的形聲字媵和賸，可見蒸侵兩部很早就產生了聯繫，但是直到晚期也有朕、賸通假現象，如西周晚期伯百父盤中，朕用作賸或媵，禹鼎：「肆武公亦弗叚（遐）望（忘）賸（朕）聖祖、考幽大叔、懿叔。」句中賸用為朕。春秋銅器銘文中亦見朕媵通用例，如弔上匜：「鄭大內史弔（叔）上作弔（叔）娟（妘）朕（媵）匜。」孟蓬生《上古漢語同源詞語音關係研究》一書考察的同源詞中也多有蒸侵部字同源的字例。〔註11〕如果說朕與媵、媵等字相諧的例證單一，或都是西周以前或早期用字現象的繼承，孟書中所舉同源詞反映的也是先秦較古時期的語音特點，那麼在李玉考察秦漢時期簡牘帛書中的通假現象中，蒸、侵兩部的通假數為 42 次，是幾遇數（3.6）的近 12 倍，應該屬於常常通假一類。從李書中所收材料的分布來看，馬王堆漢墓帛書 35 次，阜陽漢簡 2 次，銀雀山漢簡 2 次，武威漢簡 3 次，李玉認為「蒸、侵兩部『常常』通假很可能不是方言現象。」是有道理的。〔註12〕至秦漢時期，蒸、侵兩部的關係還很密切，而且不十分局於地域，如此，陸志韋的看法就有可商了。蒸侵兩部都是陽聲韻，主要元音相同，只是蒸部為-ŋ 尾，侵部為-m 尾，所以兩部本有相諧的可能，不必一定解釋成-m＞-ŋ。不過由於兩部可諧，部分侵部字的韻尾可能會發生 m＞-ŋ 的變化。有提出談、陽兩部也應該與侵、蒸有相似情況，但是兩部在諧聲和通假中較少有聯繫。西周金文中也無見談、陽兩部字有相諧者。《詩經》中談、陽通韻例比起蒸、侵通押來要少得多。在李玉考察的秦漢簡牘帛書中的通假字中，談、陽相通也只有兩例。談陽兩部雖然也是一個收-ŋ尾，一個收-m 尾，但是兩部的主要元音差異較大，按王力的擬音，談的主要元音是 a，陽部是 ɑ，一前一後，此應是兩部少有相諧的主要原因。

　　與侵部有關的還有一個冬部。甲骨文中有鳳凰之「鳳」（冬部）字，從鳳鳥之形，凡（侵部）聲。西周金文亦有此字，見中方鼎（《集成》2752），與甲骨

〔註10〕陸志韋《古音說略》，《陸志韋語言學著作集》（一），北京：中華書局，1985 年，190～194 頁。

〔註11〕孟蓬生《上古漢語同源詞語音關係研究》，北京：北京師範大學，2001 年，194～195 頁。

〔註12〕李玉《秦漢簡牘帛書音韻研究》，北京：當代中國出版社，1994 年，103～104 頁。

文結構相類，也從凡聲。甲骨文中鳳通風，後起的從風得聲之字如「嵐薗」等也都在侵部。在《詩經》等先秦韻文中冬、侵兩部多有通押，王力認為，春秋時期侵冬（中）合一，至戰國時期，發生了-m＞-ŋ的音變。就西周金文的材料看，除了繼承甲骨文中的「鳳」字外，沒有增加新的證明冬、侵關係的字例，所以不能肯定將冬侵合併。討論冬侵兩部的關係常常涉及到冬、東二部的分合問題。冬東的分合曾引起不少討論，孔廣森主張東冬分部，「蓋東為侯之陽聲，冬為幽之陽聲。今人之溷東於冬，猶其並侯於幽也。蒸、侵又之、宵之陽聲，故幽、宵、之三部同條，冬、侵、蒸三音共貫也。」〔註13〕自孔以後，音韻學家多支持他的別冬於東，江有誥云：「東每與陽通，冬每與蒸侵合，此東、冬之界限也。」〔註14〕王念孫卻認為東冬不分，但晚年又主張冬東分立。王國維、劉盼遂等是支持分立的。于省吾認為甲骨文之囝（或作冏，即是金文之⊗），乃雝字初文，進而論證《說文》的躳以及從躳得聲的宮和窮都是從呂（雝）得聲的字。這樣以來，就以為押冬部韻的宮、躳、窮三字均應屬於東部。古冬部字本來就很少，如果把宮、躳、窮與雝、癰、饔等字歸屬東部，再來審視詩韻中東、冬二部，則合多分少，從而肯定了王念孫主張冬並於東的說法。曾憲通教授《從「蚰」符之音讀再論古韻部東冬的分合》一文發現，〔註15〕金文、簡帛等古文字材料中的「蚰」符，既標示冬部字的讀音，又表示東部字的讀音，反映的亦是東、冬合用而不是分立。西周金文的諧聲和通假中能反映冬東兩部關係的也只是「宮」一字，不過在有韻銘文中冬東兩部多有合韻現象，而冬侵兩部卻無見合韻例。此至少可證西周時期冬部收ŋ尾，那麼冬侵合併顯然是不合適了。西周金文中冬部字很少，結合韻文的情況，不妨將冬東合為一部。前文我們談到侵、蒸兩部的關係時認為部分侵部字可能進入蒸部。同樣部分侵部字也有可能受聲母或韻頭的影響，韻尾產生-m＞-ŋ的變化而進入冬部。入蒸部還是入冬部，取向則可能由聲母或韻頭特點決定。

〔註13〕孔廣森《詩聲類·陽部五》
〔註14〕江有誥語見《復王石臞先生書》。
〔註15〕曾憲通《從「蚰」符之音讀再論古韻部東冬的分合》，第三屆國際中國古文字學研討會論文，1997年。

第四節　幽部及相關諸韻

本文考察的諧聲和通假中涉及到的幽部字 150 個，其中 128 個是同部字相諧，可確知幽部在西周時期已經是一個獨立的韻部。幽部有 5 字是與同類的覺部字相諧，屬陰入對轉。有 21 字是與其他部字發生相諧關係，主要集中在侯部和之部。

一、幽部與侯部

西周金文中幽部字與侯部字相諧有 5 例，羅列如下：

　　耆（侯）：丩（幽）　　　　　　　罙同段蓋 4039

　　駒（侯）：丩（幽）　　　　　　　龺見駒段 3750

　　耆（侯）：九（幽）　　　　　　　魺叔鼎 2767

　　句（侯）：丩（幽）　　　　　　　永盂 10322

　　敄（侯）：矛（幽）　　　　　　　虢羗伯段 3615

「句」字《說文》謂從口丩聲，朱駿聲謂從丩口聲。耆字西周金文中多從句聲，但亦有從「丩」為聲者，見革同段、罙同段蓋諸器。駒字在盠駒尊、九年衛鼎諸器中從馬句聲，但龺見駒段上亦見從丩聲之駒。耆、駒二字於金文中從句與從丩之交替，證句、丩聲同。侯幽兩部的相諧數是幾遇數（4.28）的 1.2 倍，但是此數據只能說明侯、幽兩部的主要元音相近。侯部字總量有 75 個，其中本部相諧 60 字，是幾遇數（2.14）的 28 倍。幽部字有 150 個，本部相諧 128 字，是幾遇數（8.56）的 15 倍。由此看幽侯之間相諧的比例是很小的。

侯部與魚部在西周金文中也有交涉，字例見下：

　　餘（侯）：余（魚）　　　　　　　餘伯卣 5222

　　盨（魚）：須（侯）　　　　　　　中伯盨 4356

　　須（侯）—盨（魚）　　　　　　　師奐父盨 4348

　　走（侯）—祖（魚）　　　　　　　伯中父段 4023

　　斧（侯）：父（魚）　　　　　　　太子車斧《三門峽虢國墓》上冊 344 頁

值得注意的是須盨二字。須字金文像人面上長有鬍鬚之形，為鬚之初文，金文中多被假用為盨字，作銅器名。又或增「皿」作義符。作為器名，須、盨二字在西周金文中出現頻率極高，通用無別，足見魚、侯兩部的發音是極為相近的。兩部的實際相諧數接近幾遇數（6.78），亦顯示兩部的主要元音應為

相近。

　　關於幽、侯、魚幾部之間的關係，曾有過許多討論。顧炎武並侯於魚，所用材料有許多是漢代以後的用例，這一點段玉裁已經給予了批評。〔註16〕江永則是把虞韻字析為兩半，一部分歸魚部，一部分歸侯部，又主張把侯部併入幽部，侯部不獨立。段玉裁則將侯部獨立出來，使魚、侯、幽各為一部，侯次於魚、幽之間。侯、魚兩部字在先秦押韻中基本上是分用不亂的，所以兩部的獨立得到了學界的贊同。至漢兩部通押現象增多，羅常培、周祖謨撰文認為應合為一部。〔註17〕但是邵榮芬、李新魁主張仍應視為分立。〔註18〕至於侯、幽兩部，戴震曾批評段玉裁將其分立，主張「寧用陸德明古人韻緩之說」，將二部合併。其後王念孫、江有誥以至近代多數學者則都是沿著侯幽分立的路子走的。李新魁先生總結《詩經》中侯部字以自押為主，與幽部通者只見於《秦風·小戎》《大雅·棫樸》《大雅·生民》《大雅·抑》等章，看來兩部在《詩經》中的分野還是較為分明的。〔註19〕史存直統計《詩經》押韻，幽部獨用 113 例，侯部獨用 27 例，幽侯合韻 4 例；魚部獨用 181 例，魚侯合韻 6 例。統計《楚辭》押韻，幽部獨用 26 例，侯部獨用 3 例，幽侯合韻 1 例。魚部獨用 66 例，魚侯沒有合韻現象。把兩書的結果結合起來，史先生得出侯部並不是獨立的韻部，而是擺動於魚、幽兩部之間的一群字，在某些方言裏屬於魚部，在另一方言裏屬於幽部。〔註20〕這一結論顯然與所列數據存在矛盾。根據史先生的統計，幽侯合用量占幽侯獨用量的 3%，魚侯合用量占獨用量的 2.2%。即使與獨用量較少的侯部比，幽侯合用量占侯部的 16.7%，魚侯合用占 20%。據此數據很難說侯部就是不獨立的。

　　就西周金文來看，侯部與幽部和魚部雖然都有互諧，但與各自獨諧量比較起來，互諧只是極少數，三部分屬當然。之間的互諧字例說明侯部與魚、幽兩部的主要元音相去不遠，段玉裁將侯部置於魚、幽之間是合適的。

〔註16〕見段玉裁《六書音均表》。

〔註17〕羅常培、周祖謨《漢魏晉南北朝韻部演變研究》，北京：科學出版社，1958 年。

〔註18〕邵榮芬《論古韻魚侯兩部在前漢時期的分合》，《中國語言學報》，1983 年第 1 期。《古韻魚侯兩部在後漢時期的演變》，《中國語文》1982 年第 6 期。李新魁《論侯魚兩部的關係及其發展》，《李新魁音韻學論集》，汕頭：汕頭大學出版社，1997 年。

〔註19〕李新魁《論侯魚兩部的關係及其發展》，出處見上注。

〔註20〕史存直《漢語史綱要》，北京：商務印書館，1981 年，75～76 頁。

　　我們不妨再來考察一下西周金文中侯部與幽、魚兩部交涉的字有哪些共同特點。侯、魚兩部相諧的五組字中，侯部的「餘」、「須」中古為虞韻合口三等字；魚部的余字為魚韻開口三等字，盨為語韻開口三等字，斧、父字為麌韻合口三等字，[註21] 只有走、祖一個為厚韻一等字，一個為姥韻一等字。兩部相諧主要集中在虞、魚等三等韻上。同魚侯兩部相似的一點是，侯幽兩部相諧的字也多與三等韻有關，主要是侯部虞韻字和幽部尤韻字：[註22] 敄（遇韻合三）聲符矛（尤韻開三），駒（虞韻合三）、句（遇韻合三）的聲符丩（尤韻開三），耇的聲符九（有韻開三），只有者（厚韻開一）字例外。本文在聲母部分的考察中認為西周時期三等韻字普遍帶有 j 介音，這個介音不僅使舌尖、舌根等不同部位的聲母發音趨近（精組、章組、見組等聲母字之間的相諧），同樣也會使一些主要元音本來就相近的韻母發音更加趨近，這樣就可能出現之間互諧的現象。魚與侯、幽兩部之間的相諧多數可以如此看待。前文我們主要列舉了幽侯、魚侯之間的相諧，其實魚幽兩部字西周時期也有相諧，如師訇殷：「孚受天命」，其中「孚」字當讀為「旉」，為普遍廣泛之義。東周叔夷鎛正作「旉受天命」。孚旉分在幽部和魚部，都為合口三等字，二字能夠互用也應是 -j- 介音的影響。

二、幽部與之部

　　西周金文中之、幽兩部字相諧的數量在異部相諧中最多，具體字例見下：

裘（之）：求（幽）	五祀衛鼎 2832
舊（之）：臼（幽）	盠駒尊 6011
矞（幽）：又（之）	矞殷
玆（幽）—茲（之）	𦩗匜 10285
玆（幽）—絲（之）	商尊 5997
求（幽）—裘（之）	番生殷 4326
友（之）—休（幽）	伯克壺 9725

　　幽部之求字正是裘之象形初文，裘只是增添了義符的後起字，二字在西周金文中均有出現，通用無別。又玆、絲古本一字，兩字均可被假用為代詞「茲」。

〔註21〕斧、父二字郭錫良《上古音手冊》列前字在侯部，後字在魚部。陳復華、何九盈《古韻通曉》並二字在魚部。二字中古皆在麌韻三等，又有諧聲關係，似不當分列。筆者意應並歸魚部，不過全文聲韻按《上古音手冊》標注，此暫從郭說。

〔註22〕虞韻、尤韻在此都是舉平以賅上去。

何尊：「王受絲（茲）大令」，又「余宅茲中或（國）」，絲皆用為「茲」。智鼎「用匹馬束絲」，又「卑（俾）復厥絲束。」「絲」讀如本字。仍在該器中「智用絲（茲）金乍（作）朕文孝（考）弃白（伯）鬻牛鼎。」絲則用為「茲」。又商尊：「迲88廿孚。」88（絲）用為絲。求與裘、絲與絲茲皆是一字之分化，之間的語音關係很能說明西周時期之幽兩部關係之密切。但是之、幽相諧數低於兩部的幾遇數（12.1）。之部總 212 字，本部相諧 188 字，幽部總 150 字，本部相諧 128 字，由此看之幽之間的相諧是微不足道的。不過兩部之間的相諧字例仍能說明兩部的主要元音相近。

　　史存直在《古韻「之」「幽」兩部之間的交涉》一文據《詩經》《周易》《禮記》《楚辭》《老子》《周書》《文子》《荀子》《素問》等先秦文獻，證明周秦時代之幽兩部之間的密切關係已經存在。並且認為「就古音之幽兩部之間的關係來說，既不能把它們合併，不用方音來做解釋，還有什麼更好的解釋呢？」，「我們不妨推測在古代方言中，有的方言根本之幽不分或基本不分。」「之幽兩部之間有那麼多的線索牽連，可是從來也沒有哪個人把它們合併為一部，道理何在呢？難道不正是因為在後代的通語中這兩部是截然分開的嗎！根據這一事實我們就應當格外小心，不能只靠少數例證就對韻部任意進行分合。」〔註23〕支持之、幽兩部方音說的學者有一些，王健庵研究《詩經》用韻，得出之幽合韻在西土之詩中合韻 6 次（大雅、周頌各三次），東土之詩中沒有出現。〔註24〕由此看，之幽合韻應該是西土的語音特點。董同龢《與高本漢先生商榷「自由押韻」說兼論上古楚方音特色》一文中指出之幽合韻，是楚方音的特色之一。〔註25〕針對董同龢所言的楚地方音特色，喻遂生有《〈老子〉用韻研究》一文提出質疑，指出《荀子》《韓非子》《呂氏春秋》等書「楚音」式合韻不僅僅種類齊全，而且數量較多。〔註26〕喻氏又撰《兩周金文和先秦「楚音」》

〔註23〕史存直《古韻「之」「幽」兩部之間的交涉》，《音韻學研究》第 1 輯，北京：中華書局，1984 年，302 頁，312 頁。

〔註24〕王健庵《〈詩經〉用韻的兩大方言韻系——上古方音初探》，《中國語文》1992 年第 3 期。其東土、西土的劃分基本上是按周人的地域觀，華山或函谷關以西的「山西」或「關西」，即今陝西和甘肅的東端，概稱為「西土」，而「山東」「關東」即今河南、山西、山東，就概稱為「東土」。

〔註25〕董同龢《與高本漢先生商榷「自由押韻」說兼論上古楚方音特色》，《歷史語言研究所集刊》七本四分，1939 年。

〔註26〕喻遂生《〈老子〉用韻研究》，中國音韻學研究會第五屆年會論文，1988 年。刊於《西南師範大學學報》1995 年第 1 期。

一文，從兩周金文用韻對「楚音」說提出反證，指出之幽合韻不僅見於周王室器，也見於邾、蔡、越等國器。〔註27〕看來把之幽兩部的互諧認為是方言現象證據不足。多數學者不支持兩部合併，其主要原因應該還是兩部字互諧比例不是很高。正如史先生所言：「不能只靠少數例證就對韻部任意進行合併」。據李玉《秦漢簡牘帛書音韻研究》一書統計之幽兩部字相通 17 例，而兩部幾遇數為 86.1，可見至秦漢之際，之幽兩部之間所呈現的關係狀況仍與前代一致。該書統計之幽合韻馬王堆帛書 2 例，銀雀山漢簡 3 例，武威漢簡 9 例，睡虎地秦簡 1 例，江陵、阜陽、漢簡 2 兩例，其中甘肅武威漢簡中之幽相通多一些，但是也很難說之幽兩部的相諧為地域特色。開篇時筆者已經討論了西周金文中的方言因素問題，西周時期的金文應是當時雅言的代表。之幽兩部分立以及之間存在部分相諧現象應是西周雅言狀況的反映。

之部各家多擬為ə，方孝岳則認為之部內可能包括不同的元音，他為之部擬了一個洪音的e和一個細音ə。〔註28〕李新魁則改為一個是ə，一個是 。〔註29〕鄭張尚芳擬之部為ɯ，認為這個擬音不僅能解釋之部與幽部的關係，而且也能更好解釋部分之部字中古產生的-i（咍）韻尾。〔註30〕咍韻上古歸入之部應該沒有問題，《詩經》中咍韻字與之韻相押十分普遍。在諧聲中之韻與咍韻字也表現有密切的關係，對此陸志韋曾以《說文》諧聲做過統計，其中咍韻字本韻字相諧者 50 次，而與之韻諧者 26 次，〔註31〕足見其關係之密切。在西周金文中釐字中古有之韻和咍韻兩讀。西周金文中也有復增「來」作聲符的氂字，中古也有之韻和咍韻兩讀。西周金文中的鼐字從「才」得聲，鼐為之韻字，而才為咍韻字，從「才」得聲的哉以及在西周金文中與才用為一字的「在」中古皆為咍韻字。此外之部待、海、宰諸字中古皆讀為海韻，較字讀為代韻等。中古咍海代諸韻帶有-i 韻尾。這個韻尾應該是後代產生的，現代閩方言中把胎、戴、在、代諸字讀為 ɔ 韻母，不帶-i 尾，可以為證。這一韻尾的產生蓋與緩讀有關。中、低元音在緩讀延音後常常可能生出一個高舌位的 i 元音。之部的主要

〔註27〕喻遂生《兩周金文韻文和先秦楚音》，中國音韻學研究會第七屆年會論文，1992 年。刊於《西南師範大學學報》1993 年第 2 期。

〔註28〕參方孝岳《漢語語音史概要》，北京：商務印書館，1979 年。

〔註29〕李新魁《上古音「之」部及其發展》，《廣東社會科學》，1991 年第 3 期。

〔註30〕鄭張尚芳《漢語史上展唇後央高元音ɯ、ɨ的分布》，《語言研究》1998 年增刊。

〔註31〕陸志韋《古音說略》，《陸志韋語言學著作集》（一），北京：中華書局，1985 年，99～105 頁。

元音為ə，在緩讀的情況下常衍生出-i-韻尾而變為中古的咍、海諸韻。這種現象不僅發生在之部，也發生在歌部。所以筆者認為王力將之部構擬為ə是合適的。

　　與之部相配的入聲韻職部與幽部也有聯繫，可佐證之類與幽類韻西周時期主要元音音近。西周金文中「寶」與「福」字可通用。鼒兌設：「用祈眉壽萬年無疆多寶」。依金文文例，該句中「寶」字應讀為福。稽卣：「其子=孫永寶」，《銘文選》和《金文引得》等隸為「福」，〔註32〕《雙劍誃吉金文選》和張亞初等釋為「寶」，〔註33〕依據文例此處當讀為「寶」。（春秋鼄大宰鍾：「用介眉壽多福。」依文例當讀為「福」，《金文編》將此字列在「福」字條下。「寶」「福」兩字形的差異僅是宀下「示」與「畐」左右互易，當作同字看待。）周乇匜寶字作🐚，從畐聲，與福聲符同。轉盤寶字作🐚亦從畐聲。〔註34〕可見西周時期寶、福二字是音近可通的。福是職部字，寶是幽部字，二字的互通以及畐可作二字的聲符，證職、幽兩部西周時期關係密切，這與之、幽關係密切是一致的。

三、幽部與侵部

　　西周金文的諧聲和通假中，侵部有兩個諧聲字值得引起注意：寢、涔。寢字形作🐚（乙未鼎），西周金文或從女從手作🐚（召伯設二），與小篆（🐚）形近。殷代金文有作🐚（寢爵），從手。金文中從手與否常無別，歸字西周金文作🐚（令鼎），或作🐚（貉子卣），還有旻=且（師虎設），叔=盧（盧鍾），辱=辰（伯仲父設）等，皆是此類。🐚（成伯孫父鬲），《說文》所無，《金文編》隸作涔，〔註35〕依前例，可知當即浸字。1994年陝西扶風出土的王盂銘為：「王作莽京中寢🐚盂」，盂前之字從文義和字形看都應釋為浸字。寢浸古音同，均為侵部字，旻（帚）應為聲符，為幽部字，可證幽、侵兩部雖然相諧字數沒有超過幾遇數，但在西周時期比較相近。侵、幽兩部的相諧在文獻中多有證據，章太炎云：「侵幽對轉：如禫服作導服。味道作味覃，侵從帚而音亦與

〔註32〕馬承源《商周銅器銘文選》（三），北京：文物出版社，1988年，120頁。華東師範大學中國文字研究與應用中心編《金文引得》（殷商西周卷），廣西：教育出版社，2001年。

〔註33〕于省吾《雙劍誃吉金文選》，下3.11，北京：中華書局，1998年。張亞初，《殷周金文集成引得》釋文107頁，北京：中華書局，2001年。

〔註34〕容庚編著，張振林、馬國權摹補《金文編》，北京：中華書局，1985年，9頁。

〔註35〕容庚編著，張振林、馬國權摹補《金文編》，741頁。

帚相轉，寢訓宿而音亦與宿相轉，尤猶即猶豫，枲弱即柔弱是也。」〔註36〕李新魁根據諧聲、通假、古籍異文等材料證明幽與侵、宵與談幾部字多有交涉，認為幽韻應是與侵、緝相配的陰聲韻，宵應是與葉談相配的陰聲韻。〔註37〕施向東重申此論。〔註38〕關於宵葉之間西周金文中也有一些聯繫，那就是「姚」字，作 ㄠㄠ（姚鼎）、ㄓ（牧師父𣪘）等形，〔註39〕二三十代舊版《金文編》曾釋為姚，受到多數學者的懷疑，後來就改收附錄下。兩字形與散氏盤「涉」字右半相同，李孝定隸定作「姝」。後來裘錫圭在《從殷墟卜辭的「王占曰」說到上古漢語的宵談對轉》一文中肯定了該字就是姚。〔註40〕姚為宵部字，涉為葉部字。裘文還舉出了甲骨文以及戰國文字中的一些宵談對轉的例證。據此，李新魁先生提出的幽—緝覺—侵，宵—葉藥—談的搭配可能是存在的。但是受西周金文字量侷限，不能為此提供更多證據。

第五節　宵部與覺部

西周金文宵覺相諧有 5 例：

弔（宵）—叔（覺）	㸌叔鼎 2616
弔（宵）—淑（覺）	寡子卣 5392
盄（宵）—淑（覺）	師𣪧鼎 2830
學（覺）—教（宵）	靜𣪘4273
斅（覺）—效（宵）	沈子它𣪘蓋 4330

宵本部自諧 60 字，是幾遇數（1.97）的 30 倍。覺本部自諧 24 字，是幾遇數（0.47）的 51 倍。宵、覺兩部之間的相諧數是幾遇數（0.97）的 5.15 倍。可見宵覺兩部只是主要元音相近，可以互諧。西周金文中弔字吳大澂謂像人執弓矢形。周法高謂像人持矰繳之形，乃繳之本字。〔註41〕該字構形本義還不

〔註36〕章太炎《國故論衡‧小學》，木刻線裝，上海文瑞樓印。

〔註37〕李新魁《漢語音韻學》，北京：北京出版社，1986 年，343～344 頁。

〔註38〕施向東《試論上古音幽宵兩部與侵緝談盍四部的通轉》，《天津大學學報》（社會科學版）1999 年第 1 期。

〔註39〕容庚編著，張振林、馬國權摹補《金文編》附錄下，北京：中華書局，1985 年，1254 頁。

〔註40〕裘錫圭《從殷墟卜辭的「王占曰」說到上古漢語的宵談對轉》，《中國語文》2002 年第 1 期。

〔註41〕周法高主編，張日升、徐芷儀、林潔明編纂《金文詁林》，香港：中文大學出版社，

是十分明確，西周金文中用為伯叔之叔當非本義。盉字從皿弔聲，西周金文中亦可用為叔。弔盉二字又皆可用為善義的淑。學字西周金文中可用為教授之教，亦可用為傚仿之效。這些用例均可證明宵覺兩部在西周時期關係之密切。兩部一陰一入，似可配為一組。不過西周金文中宵藥有 4 例相諧（幾遇數為 0.77），幽覺有 5 例相諧（幾遇數為 2），說明宵—藥，幽—覺的搭配是合適的。宵、覺兩部的相諧只是證明西周時期兩部主要元音相近。

第六節　文部與真、元二部

西周金文中文部與真、元二部都有相諧關係，具體字例見下：

文真：

君（文）：尹（真）	圉方鼎 2505
閵（真）：門（文）	閵段3476
敃（真）：旻（文）	毛公鼎 2841

文元：

漢（元）：堇（文）	中甗 949
難（元）：堇（文）	㝬季良父壺 9713
扡（元）—旂（文）	害段4258
禪（元）—祈（文）	虢姜段蓋 4182

真、文兩部字互諧 3 例，幾遇數是 2.85；文、元兩部互諧 4 例，幾遇數 7.07。真文的關係相對密切一些。真本部自諧 62 字，是幾遇數（2.14）的 29 倍。文本部自諧 86 字，是幾遇數（3.8）的 22.6 倍。元本部自諧 162 字，是幾遇數（13.2）的 12.3 倍。據此看文、真以及文、元之間的關係遠談不上當合的地步，分立是明確的。文、真都是陽聲韻字，韻尾相同，相諧字例說明兩部的元音相近。西周金文中有「柜」字（作冊折觥 9303），上古應在真部，臣與從臣得聲之字也多在真部。《集韻·真韻》：「柜，或從臣。」辰以及從辰得聲之字多在文部。聲符的改換也說明真文兩部的相近。文、元也都是陽聲韻，兩部的相諧字例也說明兩部的元音相對接近。文部分別與真、元兩部相近，而真、元兩部之間只有 1 例相諧，關係相對疏遠。王力先生對真、文、元三

1975 年，5067（8.109-1098）；5070（8.112-1098）。

部的擬音是 e、ə、a，文部元音開口度介於真、元之間，驗之西周金文的情況也是合適的。

真、文的分合曾引起許多爭議。不過《詩經》押韻中，真、文兩部的區別還是比較嚴格的。江有誥曾云：「真與耕通用為多，文與元合用較廣，此真文之界限也。」〔註42〕江氏據真、文各自特性的不同將真、文分立，這種做法是合適的。

西周金文中耕、元兩部有 4 例相諧，見下：

環（元）：睘（耕）	毛公鼎 2841
還（元）：睘（耕）	高卣 5431
睘（耕）—環（元）	番生段 4326
睘（耕）—還（元）	駒父盨蓋 4464

睘，《廣韻》渠營切，《漢語古音手冊》歸入耕部。《集韻》另有旬宣切，應在元部。郭沫若曰：「余謂睘即玉環之初文，像衣之當胸處有環也。」〔註43〕環為元部字，又西周師遽方彝環字從袁，袁亦在元部，所以睘字歸元部為宜。耕部的讀音蓋為後起。耕、元兩部相諧字例集中在睘字為聲符的幾個字上，無其他例證，所以不能肯定西周時期兩部有相諧關係。

第七節　葉部與月部、緝部與物部

西周金文中葉部字與月部字有 3 例相諧，見下：

枻（葉）：世（月）	獻段 4205
枻（葉）—世（月）	獻段 4205
法（葉）—廢（月）	恒段蓋 4199

葉月之間雖只有 3 例相諧，但是超過了幾遇數（0.4）。再者葉部字本身就很少，諧聲和通假一共涉及 12 字，除本部相諧的 8 字外，主要是與月部相諧，所以這三例值得重視。葉部收〔-p〕尾，月部收〔-t〕尾。與之平行有物、緝兩部，物部、緝部有 4 例相諧，也超過了幾遇數（0.68），具體字例見下：

內（物）：入（緝）	伯矩鼎 2456

〔註42〕江有誥《復王石臞先生書》
〔註43〕郭沫若《兩周金文辭大系考釋》，《郭沫若全集》第 8 卷，北京：科學出版社，2002年。

內（物）—入（緝）　　　　伯矩鼎 2456

內（泥）—納（緝）　　　　師旂鼎 2809

立（緝）—位（物）　　　　師毛父段4196

　　從月／葉，物／緝的相諧，可推知月與葉、物與緝的主要元音相同或相近。王力正是把月、葉兩部的元音都擬為〔a〕，物、緝兩部都擬為〔ə〕。陸志韋曾云：「上古音-p、-t、-k 的通轉正像-m、-n、-ŋ。-p 不通-t。」「諧聲的『葉聲』跟『盍聲』-p 通-t，『勹』聲-t 通-p，來歷不明。『渫媟揲』好像是後人誤讀成『世聲』字的緣故。『磕』是象聲字，收聲可疑。『摺』字訓『押摺重接貌』，古音 kap-tat 早就變了 kap-tap。『猲』又『呼葛切』。總而言之，《詩》韻-p、-t 不通叶。諧聲有一點-p〉-t 的痕跡，未必可靠。」〔註44〕陸先生認為諧聲中的幾例值得懷疑。但是西周金文中的通假和諧聲例似乎不容懷疑。「世」西周金文形作𰀀（同簋）。又或增木作𰀀（獻段「十𰀀不遷」），從木世聲，用同世代之世。「枼」字其實即是「葉」字異構，義符位置不同而已。東周銅器銘文中多見木在下的葉字，形作𰀀（鑼鎛），亦用為「世」，「枼萬至於辪孫子勿或俞改。」（鑼鎛），「萬枼無疆」（越王者旨於賜鍾），「永枼勿出」（拍敦）。金文材料所證世、枼、葉具有同源、假借、諧聲等關係，當是無疑的。發和廢的聯繫也是葉、月兩部關係密切的有力證據。西周金文法字形作𰀀（盂鼎「法保先王」），盂鼎又云「勿法（廢）朕令」，法用為廢。此類例證西周金文習見，不贅舉例。

　　內字甲骨文既有，形作𰀀、𰀀等，從宀從入，入亦聲。西周金文作𰀀（井侯簋）。師虎段：「井白（伯）內右師虎即立中廷。」遣曹鼎：「井白（伯）入右遣曹立中廷。」內、入可通。克鼎：「出內朕命」，《詩經・大雅・烝民》有「出納王命」，《經典釋文》：「納，本作內。」內、入、納三字間的關係可證物、緝兩部可通。此外，立、位在西周金文形體通作立，像人站立地上之形。頌鼎：「王各（格）大室，即立」，「即立」即「即位」。容庚先生云：「《周禮》故書小宗伯掌建國之神立。注：古者立位同字。古文春秋經『公即位』為『公即立』。」位、立同形亦證物、緝兩部可通。

　　以上所舉例證不能認為是偶然，如果說-p、-t 不能互通，那麼這些例證應能

〔註44〕陸志韋《古音說略》，《陸志韋語言學著作集》（一），北京：中華書局，1985 年，199 頁。

說明上古部分葉、緝部字曾經存在-p〉-t的音變過程。

第八節　西周有韻銘文反映出的西周韻部特點

通過西周金文中諧聲和通假現象的考察，可知西周金文的韻部狀況與《詩經》29部系統基本一致。在考察一些韻部關係時僅是諧聲和通假材料還十分有限，西周有韻銘文的用韻情況可予以補充和參證。這些韻文不能在考察韻部中起到決定作用，其原因在第一章中已有討論。

本文收集的韻文材料主要源於前輩已有的著錄，有以下幾種：

王國維《兩周金石文韻讀》，《學術叢編卷二十一》

郭沫若《金文韻讀補遺》，收於《金文叢考》

陳世輝《金文韻讀續輯》，《古文字研究》第5輯

陳邦懷《兩周金文韻讀輯遺》，《古文字研究》第9輯

羅江文《金文韻讀續補》，《玉溪師範高等專科學校學報》，1999年第1期

除以上來源外，本文對新出銅器銘文中的韻文材料略有補充，共輯132器。

凡轉引的韻文原注韻腳和韻部名一仍其舊。只是在統計用韻時把這些韻腳字均按王力30部系統歸部。

	器　名	韻腳字
王國維：《兩周金石文韻讀》		
1.	史冗簠	匡行梁享（陽部）
2.	虢季子盤	方陽行王饗王央方疆（陽部）
3.	宗周鍾	武土土都（魚部）王邦竟王鍾鏓雍王上豐（東陽合韻）福國（職部）
4.	毛公肇鼎	鬲友友（之部）孝考（幽部）〔註45〕
5.	刺公敦	叚孝壽寶（幽部）
6.	仲師父鼎	考考壽寶（幽部）疆享（陽部）
7.	叔夜鼎	行羹疆（陽部）
8.	豐伯車父殷	叚壽寶（幽部）疆尚享（陽部）

〔註45〕本銘張振林師重新釋讀為：「毛公肇鼎亦隹叚，我用觀厚累我友旬。其用醽，亦引唯考。鱻母又弗訓，是用壽老。」以叚、鬲、考、老為韻，本文統計時改從此韻。參《毛公肇鼎考釋》，《容庚先生百年誕辰紀念文集》（古文字研究專號），廣東炎黃文化研究會，中國古文字學學術研討會合編，廣州：廣東人民出版社，1998年。

9.	㠱仲簠	簠鑑（魚部）黃粱（陽部）正賓（真耕合韻）飤福（職部）飽壽（幽部）
10.	叔家父簠	匡粱兄疆亡光（陽部）
11.	叔邦父簠	行王疆（陽部）
12.	遲段	公用（東部）
13.	夌季良父壺	酒孝老壽老寶（幽部）

郭沫若：《金文韻讀補遺》

14.	辛鼎	疆相（陽部）豐劓（脂部）辛人（真部）
15.	大克鼎	疆邦方（陽東合韻，邦在東部）
16.	微䜌鼎	周祝考休壽（幽部）疆享（陽部）
17.	宗婦鼎	福國（之部入聲）
18.	大豐段	方王王上相唐宜〔註46〕降馘慶享（陽冬合韻，降字在冬部）
19.	矢令段	宜〔註47〕報報宜段造〔註48〕寶（幽部）
20.	伯康段	友母右（佑）㠯〔註49〕（之部）
21.	召伯虎段	萋慶（陽部）賣〔註50〕伯（魚部）成命（耕部）慶封（陽東合韻）訓命名生（真耕合韻，訓字在真部）休段（幽部）用宗（東冬合韻）
22.	友段	首考休段寶（幽部）
23.	追段	休段（幽部）人命年（真部）冬用（冬東合韻）
24.	叔孫父段	段壽（幽部）疆享（陽部）
25.	豐兮夷段	段寶孝（幽部）
26.	仲師父盨	孝考（幽部）壽寶（幽部）疆享（陽部）
27.	甫人盨	行尚（陽部）
28.	徲卣	競長用（陽東合韻，用字在東部）
29.	寡子卣	孟邦（陽東合韻）䖒家（魚部）
30.	叔多父盤	丂（考）冓（媾）（侯幽合韻）事友子（之部）母之（之部）

〔註46〕該字自宋以來多釋為「宜」，羅振玉釋「俎」，郭沫若先生釋為「房」，象形。見《金文叢考》136 頁背面，注 5。郭氏大豐段銘考釋中云仍以為釋「宜」為是。（郭沫若《兩周金文辭大系・大豐段》，《郭沫若全集》第 8 卷，北京：科學出版社，2002 年，21 頁。）曾憲通先生在總結各家觀點後認為應釋為「宜」，至此已成定論。（曾憲通《古文字資料的釋讀與訓詁問題》，第一屆國際訓詁學研討會論文，臺灣高雄，1997 年。）

〔註47〕郭沫若讀此字為「休」。

〔註48〕該字後來改釋為復，此韻段應為幽覺合韻。

〔註49〕郭沫若以為此字讀為「已」，同《詩經・魏風・陟岵》「夙夜無已」。

〔註50〕郭先生曾釋此字為「貝」，《金文韻讀補遺》改為「穀」，即後世「積」字。

陳世輝：《金文韻讀續輯》		
31.	師臾鍾	人令（命）（真部）疆享（陽部）
32.	井人妄鍾〔註51〕	德德（之部）吉室（至部）上疆享（陽部）
33.	沰其鍾	德子（之部）
34.	霝鼎	休寶保（幽部）
35.	曡段	休段寶（幽部）
36.	不壽段	裘休寶（幽部）
37.	遹段	首休寶（幽部）
38.	彔段	休段寶（幽部）
39	彔伯或段	首休段休（幽部）
40.	縣妃段	休壽保休（幽部）
41.	師遽段	首休段考（幽部）
42.	牧段	首休段考（幽部）
43.	豆閉段	首段壽（幽部）〔註52〕
44.	卯段	手（首）休段（幽部）
45.	大段	考首休段（幽部）
46.	智段	休段寶（幽部）
47.	趞段	衣旂〔註53〕對彝墜（脂部）
48.	大師虘段	裘首休段（幽部）
49.	蔡段	首休段壽（幽部）
50.	不瘐段	休段（幽部）疆享（陽部）
51.	師艅段	首壽休休段保（幽部）〔註54〕
52.	公臣段	首休段休（幽部）
53.	𦅜段	王方（陽部）段考（幽部）人命身（真部）御下（魚部）
54.	善夫沰其段	段孝壽（幽部）疆享（陽部）
55.	兮吉父段	疆享（陽部）
56.	克盨	盨媾（侯部）福子（之部）
57.	伯沰其盨	孝壽（幽部）福子亟（極）（之部）

〔註51〕郭沫若在《兩周金文辭大系》中云：「本名有韻，德德之部入聲，吉室至部，上疆享陽部。」

〔註52〕豆閉段末句「萬年用寶於宗室」，似不當於「寶」後斷句，「寶」不處於韻腳位置。

〔註53〕作者原注為：旂字，據王國維《補高郵王氏〈說文諧聲譜〉》在諄部；脂諄二部為陰陽對轉。從斤得聲的字，如祈、旂都當隸屬脂部。

〔註54〕「艅拜稽首，天子其萬年眉壽、黃考。」「考」字應入韻，此韻段當為幽侯合韻

58.	牆盤	王政雩（屏）邦王方唐王邦王疆王荊行（陽耕合韻）誨（謀）子（之部）烈匄（害）（祭部）下敕（魚部）保幽（幽部）辛孫（真諄合韻，辛在真部）摯犀（脂部）諫替（歷）曆（支部）
59.	昶伯庸盤	疆享（陽部）
60.	大孟姜匜	孝壽寶（幽部）
61.	耳尊	休寶考休（幽部）〔註55〕
62.	伯公父勺	爵酌孝壽耇〔註56〕（幽宵合韻，爵酌在宵部）
63.	史叔隋	保牛休（幽之合韻，牛在之部）
陳邦懷：《兩周金文韻讀輯遺》		
64.	癲鍾（甲）	考考（幽部）德佩祀（之部）祜魯鼓（魚部）
65.	癲鍾（丙）	王政雩方邦王敬（陽庚合韻，邦在陽部，政雩敬在庚部）
66.	癲鍾（戊）	壽考福福福寶（幽之合韻，福在之部）
67.	盧鍾	鍾宗宗（東部）
68.	蠻鼎	家家（魚部）頡〔註57〕休（幽部）君臣尊（諄真合韻，臣在真部）
69.	先獸鼎	寶友（幽之合韻，友在之部）
70.	內史鼎	勻君尊〔註58〕（真諄合韻，君尊在諄部）
71.	夌鼎	公戔戎（東部）安安身（元真合韻，身在真部）子子（之部）身令（真部）隋福烈（脂之合韻，福在之部）
72.	衛作己中鼎（衛鼎）	壽福友寶（幽之合韻，福友在之部）
73.	利毀	商鼎商（陽庚合韻，鼎在庚部）未𣄰彝（脂部）
74.	小臣謎毀	夷𣄰眉歸𣄰貝貝彝（脂部）
75.	段毀	祀子休段子祀（之幽合韻，休段在幽部）烝曾（蒸部）
76.	班毀	服亟勒（之部入聲）公戎（東部）父父（魚部）征城身成（庚真合韻，身在真部）畏陟（脂之合韻，陟在之部）上亡亡（陽部）違釐服剌（之脂合韻，違剌在脂部）考寶（幽部）
77.	伯梳毀	段考寶（幽部）
78.	伯夌毀	寶寶〔註59〕（幽部）神人屯年（真諄合韻，屯在諄部）

〔註55〕「考」字應入韻，考在侯部，此韻段當為幽侯合韻。
〔註56〕「耇」字書所無，陳世輝認為從么老聲。
〔註57〕陳邦懷文中「頡」下漏一「首」字，「首」「休」幽部同韻。
〔註58〕于省吾以「內史夒朕」四字為一句，而以「天君」屬下句，此處韻腳可商榷。
〔註59〕兩個「寶」字一在首句，一在末句，陳邦懷以為遙諧。

79.	癲殷	考考〔註60〕佩殷福寶（之幽合韻，殷寶在幽部〔註61〕）
80.	命父薰殷	殷孝福（之幽合韻，福在之部）
81.	楲車父殷	殷寶（幽部）
82.	欨殷	年賓（真部）
83.	郘遣殷	殷母壽（幽之合韻，母在之部）
84.	寧殷	殷福寶（幽之合韻，福在之部）
85.	公臣殷	首〔註62〕殷休（幽部）
86.	呂伯殷	殷牢考（幽部）
87.	伯晉作幽仲殷	殷寶孝（幽部）
88.	伯百父作周姜殷	殷壽（幽部）
89.	蔡姞作尹叔殷	福姬壽（之幽合韻，壽在幽部）命生（真庚合韻，生在庚部）冬疆享（東陽合韻，疆享在陽部）
90.	伯公父簠	盨〔註63〕盧（魚部）黃粱王兄疆享（陽部）
91.	周爹壺	宗用（東部）用宗（東部）
92.	夨尊	王商（陽部）令天（真部）茲〔註64〕戜哉每祀（之部）〔註65〕民令天（真部）
93.	麥盉	事事事彝（之脂合韻，彝在脂部）
94.	甲盉	年賓（真部）
95.	召卣	事事襄異彝（之脂合韻，彝在脂部）
96.	田季加匜	加匜疆享（歌揚合韻，加匜在歌部）
羅江文《金文韻讀續補》		
97.	善鼎	首休（幽部）障人屯（純）（真文合韻，人在真部）生（姓）年（耕真合韻，生在耕部）
89.	小克鼎	休右壽（之幽合韻，右在之部）冬用（冬東合韻，用在東部）
99.	趞曹鼎	首休友（幽之合韻，友在之部）
100.	無叀鼎	休考壽（幽部）
101.	虢文公鼎〔註66〕	鼎疆享（耕陽合韻，鼎在耕部）

〔註60〕銘文有缺字，據癲鐘（甲）銘補齊，「不敢弗帥」下補「且考」兩字，「考」字入韻。

〔註61〕「考」字亦應在幽部。

〔註62〕「首」下句以「休」字結尾，「休」亦入韻，作者遺漏未表。

〔註63〕「盨」字當是作者漏標韻腳標誌。

〔註64〕唐蘭以「中或（國）」二字屬上句。陳邦懷則以「宅茲」下斷句，「茲」成為韻腳字。

〔註65〕陳文以之脂可合韻，則末數第二句的「彝」當與末句「祀」字合韻。

〔註66〕該器《殷周金文集成》名為「虢文公子叚鼎」。

102.	小臣宅段	九休寶（幽部）兩饗（陽部）
103.	伊段	首休（幽部）疆享（陽部）
104.	買段〔註67〕	段考壽寶（幽部）
105.	尌仲段〔註68〕	段孝壽（幽部）疆用（東陽合韻，用在東部）
106.	瑂伐父段	段考壽（幽部）
107.	楚段	首休段（幽部）
108.	猷叔猷姬段	公用（東部）
109.	師㵚段	首休段寶（幽部）年室（真質合韻，室在質部）
110.	裘衛段	首休段（幽部）
111.	匡卣	午盧舞（魚部）休首休（幽部）
112.	伯克壺	夫壺（魚部）壽寶（幽部）疆享（陽部）
113.	三年㿟壺	首休寶（幽部）
114.	十三年㿟壺	首休寶（幽部）
本文增錄		
115.	通祿鍾《集成》64〔註69〕	身命（真耕合韻，命在耕部）
116.	叔鍾《集成》88	鍾宗宗（東冬合韻，宗在冬部）
117.	應侯見工鍾《集成》107～108	鍾命用（東耕合韻，命在耕部）
118.	虢叔旅鍾《集成》238	揚鍾享（陽東合韻，鍾在東部）
119.	晉侯蘇鍾《晉侯蘇編鍾》馬承源，《上海博物館集刊》第7期。	疆鍾（陽東合韻，鍾在東部）
120.	膳夫山鼎《集成》2825	命鼎（耕部）終用（冬東合韻，用在東部）
121.	遲父鍾《集成》103	鍾光（東陽合韻，光在陽部）壽寶（幽部）
122.	戎生編鍾《保利藏金》北京保利博物館，嶺南美術出版社1999。〔註70〕	心猷（侵幽，猷在幽部）戎方（冬陽合韻，方在陽部）鍾雍鋪（東部）考壽（幽部）疆用（陽東合韻，用在東部）
123.	應侯見工段（同上）	鼇段寶（之幽合韻，鼇在之部）
124.	詔段《新見詔段銘文對金文研究的意義》，張光裕	休段寶（幽部）

〔註67〕該器《殷周金文集成》名為「口叔買段」。

〔註68〕羅氏引該字有誤，今依《殷周金文集成》隸定作「尌」。

〔註69〕銘文不完整，此節有韻存在。鍾數當有多件。

〔註70〕釋文參裘錫圭《戎生編鍾銘文考釋》，《保利藏金》，廣州：嶺南美術出版社，1999年。李學勤《戎生編鍾論釋》，《文物》1999年第9期。

125.	虎骰蓋《虎骰蓋簡釋》 王翰章、陳良和、李保林《考 古與文物》1997年第3期。	首休（幽部）用宗（東冬合韻，宗在冬部）
126.	吳虎鼎《吳虎鼎考釋》 李學勤，《考古與文物》1998 年3期。	首休（幽部）首休寶（幽部）
127.	應侯甬盨《近》502	友福寶（之職幽合韻，福在職部，寶在幽部）
128.	晉侯穌馬壺《近》971	孝老（幽部）
129.	虢季鍾《三門峽上村陵虢國 墓地M2001發掘簡報》 《華夏考古》1992年3期。	鍾雍幫（東部）寶孝考壽（幽部）享疆（陽部）
130.	逨鍾 劉懷君《眉縣出土一批西周 窖藏青銅樂器》，《文博》 1987年第2期。	鍾恩雍（東部）壽寶（幽部）
131.	作冊封鬲《作冊封鬲銘文考 釋》 王冠英，《中國歷史文物》 2002年第2期。	子休休寶（之幽合韻，子在之部）
132.	逨盤〔註71〕 《陝西眉縣楊家村西周青 銅器窖藏》，陝西省考古研 究所、寶雞市考古工作隊、 眉縣文化官，《考古與文物》 2003年第3期。	令方（耕陽合韻，方在陽部）王命享邦（陽東 耕合韻，邦在東部，命在耕部）仲王廷（冬陽 耕合韻，王在耕部，廷在耕部）政王方荊（陽 耕合韻，政荊在耕部）王邦（陽部）政王（耕 陽合韻，王在陽部）服事休（職之幽合韻，事 在之部，休在幽部）疆邦方（陽東合韻，邦在 東部）令方王令（耕陽合韻，令在耕部）冬（終） 享（冬陽合韻，享在陽部）

以上132器中共231個韻段，獨韻與合韻的情況可總結如下：

獨用：

幽部67	之部6	耕部2	質部1	錫部1
陽部29	職部5	東部4	侯部1	蒸部1
魚部11	真部4	祭部1	脂部1	

合韻：

東陽11	之職5	幽覺2	幽宵1	微職1	脂職月1
冬東11	真文5	錫鐸1	歌陽1	之職幽4	微物文脂1
真耕11	冬陽5	文耕1	質真1	微物脂1	之脂職1
之幽10	幽侯3	職幽3	東耕1	微脂月1	耕陽東1
耕陽8	之脂2	真元1	侵幽1	微之職月1	冬陽耕1

〔註71〕斷句和釋文參王輝《逨盤銘文箋釋》，《考古與文物》2003年第3期。

　　西周金文諧聲和通假字中涉及到的冬部字只有 8 字，其中冬部自諧 6 字，與東、侵兩部相諧各 1 字。因為涉及冬部字太少，不能充分顯示出冬部在西周時期的存在狀況。而韻文中冬部字沒有出現獨韻現象，東部字獨韻 4 次，東、冬合韻則出現 11 次，冬、侵沒有合韻例，顯然冬東兩部有著密切的關係。此外，東、冬兩部都與陽部多有合韻現象，亦進一步佐證了冬東兩部的關係。從而我們推測西周時期冬、東兩部是不分的。

　　在諧聲和通假中，東、陽兩部字只有 1 例相諧，而冬、陽兩部沒有相諧字例，韻文中東、冬兩部與陽部的合韻現象，不僅說明東、冬兩部關係密切，而且說明東冬與陽部都是陽聲韻，主要元音也相近。陸志韋曾假設冬東兩部「最古的時候」都收 m 尾，「周朝初年正是東部字-m〉-ŋ 的時候。周朝的東部收-ŋ」。「周朝的中收-m 尾」。〔註72〕王力也認為冬部本收-m 尾，戰國時才-m〉-ŋ。〔註73〕西周金文的諧聲和通假以及韻文都沒有東部可能收-m 尾的痕跡，如果說這一時期東部已經完成了-m〉-ŋ 的變化，冬部仍收-m 尾，那麼冬部與東、陽兩部的通押便無從解釋。有韻銘文中冬、東通押，冬、東又都與陽部通押，這一現象只能說明西周時期冬、東、陽三部都是收-ŋ 尾。

　　耕部和真部在諧聲和通假中只有 1 例相諧。韻文中耕部獨韻 2 次，真部獨韻 4 次，而兩部合韻 11 次，可以明確耕、真兩部在西周時期有著密切關係。兩部同是陽聲韻，一個為後鼻音韻尾，一個為前鼻音韻尾，主要元音按王力的構擬都是 e，兩部互押是符合音理的，至今日的方言及民謠中兩部字讀音尤有不分者。陽、元兩部在西周金文中即沒有相諧，也沒有合韻現象，兩部韻尾也是一個為後鼻音，一個為前鼻音，為何與耕、真兩部的關係不類？耕部主要元音是ɑ，元部的主要元音是 a，發音部位一前一後，這一差異應是兩部不相諧的原因所在，與談、陽不互諧是一致的。

　　之、幽兩部在諧聲和通假中已顯示出密切的關係。韻文中兩部有 14 次合韻，幽部獨用的多一些，而之部獨用只有 6 例，不及之幽合韻的次數，這一現象進一步說明西周時期之幽兩部音近可通。敀銘多用幽部韻，〔註74〕出現之幽

〔註72〕陸志韋《古音說略》，《陸志韋語言學著作集》（一），北京：中華書局，1985 年，191 頁。

〔註73〕王力《漢語語音史》，北京：社會科學出版社，1985 年，67 頁。

〔註74〕關於敀銘多幽部韻，郭沫若曾有論述：「凡敀銘多以敀寶孝為韻，如伯晉父敀，录旁仲駒父敀皆是。……敀銘之多用幽部韻，猶簠匩等銘之多用魚陽部韻也。」參《金

合韻的機會也較多，兩部的合韻僅僅說明兩部音近，但不宜合併。

真、文兩部在諧聲和通假中有 4 例相諧，屬於關係密切的一類。韻文中真、文兩部有 5 次合韻，真部獨韻 4 次，文部無見獨用例，此證真、文兩部西周時期確實存在著密切的關係，兩部的主要元音應接近。

之、職兩部合韻 10 次，兩部本在一類，主要元音相同，差異只在於韻尾的有無。此屬陰入對轉一類，陰入對轉在西周金文中較為常見。

第九節　聲調、等的考察

本節擬通過西周金文中的諧聲和通假字對西周金文的聲調、四等狀況進行考察。

一、四　聲

根據西周金文體現的情況看，西周時期已有平上去入四個調類，下面是四個調類的字在西周時期的相諧狀況：

同調相諧者：		異調相諧者：	
平諧平	380	平上互諧	205
上諧上	121	平去互諧	139
去諧去	99	平入互諧	25
入諧入	179	上去互諧	82
合　計	779	上入互諧	9
		去入互諧	76
		合　計	536

由以上的統計數字可以看出，平上去入四聲同調相諧數占總相諧數的 59%，異調相諧占 41%，這個比例說明同調相諧在諧聲和通假中占主流地位，揭示了上古四聲存在的事實。如果用兩調類自諧數的總和與互諧數進行比較，則這一問題會看得更為清楚。

平、上各自相諧數之和	380＋121＝501
平、上互諧數	356

文叢考》，豐兮夷餿注 1。北京：人民出版社，1954 年。

$$\begin{cases} \text{平、去各自相諧數之和} & 380+99\ =479 \\ \text{平、去互諧數} & 139 \end{cases}$$

$$\begin{cases} \text{平、入各自相諧數之和} & 380+179=559 \\ \text{平、入互諧數} & 25 \end{cases}$$

$$\begin{cases} \text{上、去各自相諧數之和} & 121+99\ =220 \\ \text{上、去互諧數} & 82 \end{cases}$$

$$\begin{cases} \text{上、入各自相諧數之和} & 121+179=300 \\ \text{上、入互諧數} & 9 \end{cases}$$

$$\begin{cases} \text{去、入各自相諧數之和} & 99+179\ =278 \\ \text{去、入互諧數} & 76 \end{cases}$$

這項比較告訴我們，任何一組同調相諧的數量都遠遠超過了異調互諧的數量。如果說上古沒有四聲，就無法對這種現象作出合理的解釋。

四聲的關係用概率統計法考察的結果是（參附錄五）：平聲自諧數是幾遇數的 1.57 倍；上聲自諧數是幾遇數的 2.2 倍；去聲的自諧數是幾遇數的 2.1 倍；入聲自諧數是幾遇數的 4.3 倍；異調互諧數與幾遇數的比值均沒有超過 1。據此，四聲應分別獨立。

王力先生也主張上古有四個聲調，但是認為上古沒有去聲，同時主張把中古的去聲字上古一分為二，多數為長入，少數歸入平聲和上聲；把中古的入聲字在上古稱為短入。王力四聲說可歸結如下：

$$\text{舒聲} \begin{cases} \text{平聲} & \text{高長調} \\ \text{上聲} & \text{低短調} \end{cases} \qquad \text{促聲} \begin{cases} \text{長入} & \text{高長調} \\ \text{短入} & \text{低短調} \end{cases}$$

王力先生提出長入說的主要論據為：1.《詩經》用韻中的去、入相諧現象；2. 一字的去、入又讀現象；3. 諧聲字中的去、入諧聲現象。而其晚年在《漢語語音史》中又指出：「《詩經》長入、短入分用的情況占百分之九十四，合用的情況只占百分之六。」〔註75〕這前後確有牴牾之處。既然分用的比例這麼高，合用只占百分之六，說明去入上古為不同的調類，支持長入說的基礎也就動搖了。〔註76〕

〔註75〕王力《漢語語音史》，北京：中國社會科學出版社，1985 年，79 頁。

〔註76〕關於對王力「長入說」的批評參胡安順師《長入說質疑》一文。原載《陝西師大

在西周金文的諧聲和通假中，去入合用量只占去入總字量的 16%，合用數與兩調幾遇數的比值為 0.86。這些數據不能證明去聲在上古讀作入聲，而只能說明去入存在有互諧現象。與入聲相諧的不侷限於去聲，平入互諧的有 25 組，上入互諧的有 9 組，這些互諧說明去聲和入聲的相諧不意味著二者上古同屬於入聲。

此外，王力先生重視了去入兩讀字的現象，其實不止存在去入兩讀字，也存在其他形式的兩讀字，以下是西周金文中一些在後世產生異讀的字：

平上異讀：錫鎮盉阤滔狃湛

平去異讀：曼喪任正翰亢更玫姚要觀將專傳令泯過彊句單難

平入異讀：酤

上去異讀：比造栺潦獻御遠處放下

上入異讀：蓼

去入異讀：易敦柲莫織識

西周金文中的一些字，後世分化為兩字或多字的情況也能說明聲調間的關係。

才（平）在（上）	之（平）止（上）	曾（平）贈（去）
申神（平）電（去）	生（平）姓（去）	來（平）麥（入）
受（上）授（去）	史（上）事（去）使（上）	左（上）佐（去）
便（去）鞭（平）	令（去平）命（去）	不（入）丕（平）
又（去）有（上）	印（去）抑（入）	教（去）學（入）
立（入）位（去）	足（入）疋（上）	合（入）會（去）
卿（平）向（去）饗（上）		

從異讀和一音分化情況來看，除去入兩聲發生關係外，平去，平上、上去都有較多聯繫，去入的異讀以及一字分化為去入兩字的現象沒有特別顯著。從異讀產生的根源來看，其中一個重要原因就是別義。四聲別義是詞彙或詞義藉以豐富的手段，一字異讀與一字分化為多字多讀的本質是相同的，前者意義的分化表現在一個字形內部，後者意義的分化表現在外部字形的差異，而表現在語音上則都是或聲或韻或調的差異。在這一點上，平上去入四聲的作用是相同

學報》1991 年第 4 期，又見於人民大學報刊資料複印中心《語言文字》1992 年第 1 期。

的。也就是說，為求得別義，一字可有去入的異讀，同樣也可有平上的異讀，上去的異讀等。去入的異讀不能證明去入有特別關係，也不能證明去聲上古讀入聲調。

此外，從對西周金文的考察看，去聲不僅與入聲有相諧關係，其與平聲和上聲的關係也十分密切，從下面一組數據的對比中可以顯示出來。

互諧數		幾遇數	比　值
平、去	139	212.6	0.65
上、去	82	101.3	0.81
入、去	76	88.1	0.86

從這組數據我們可以得出去入的關係只是比上去、平去的關係略微密切一些，但是不可能得出去、入同屬促聲的結論。王力先生把與平、上相諧的去聲字解釋為古屬平、上，中古時才變為去聲，但是變化的條件並沒有解決。提出「長入說」的主要目的是解釋用韻和諧聲中去、入聲關係密切的問題。如果不過分強調去入兩聲的關係，把去聲與平聲和上聲的關係平等看待，「長入」也就不存在了。

綜合考察四個聲調的字在西周金文中的相諧情況，我們認為西周時期是有四聲存在的，即平、上、去、入。其中平上、平去、上去、去入之間的關係比較密切，而上入和平入之間的關係相對疏遠。顧炎武有「四聲一貫」說，並非指古人不分四聲。此言常被理解為古無四聲之別，實違反了顧氏的本義。顧氏《音論》中明確指出：「四聲之論，雖起於江左，然古人之詩已自有遲疾輕重之分，故平多韻平，仄多韻仄。」此已明顧氏是承認古有四聲的。「亦有不然者，而上或轉為平，去或轉為平上，入或轉為平上去，則在歌者之抑揚高下而已，故四聲可以並用。」此是強調了詩歌的特殊之處，詩歌抑揚高下，會模糊聲調之間的一些差異。我們承認西周時期既有四聲，不過古人語多緩讀，緩讀亦會模糊聲調之間的差異。再者，古人在用字量較少的情況下，要找到同聲韻、同調類，且又相對常見的字作聲符或假借並非易事，出現四聲互諧現象是很自然的。有互諧並不等於說沒有四聲之別，西周時期四聲有別是主流，四聲一貫是特定語境或用字造字的表現。

二、四　等

我們擬用考察四聲的方法考察四等在西周時期的存在情況。四個等的字在

西周金文中的相諧情況可總結如下：

同等相諧者：

一等諧一等	185
二等諧二等	33
三等諧三等	652
四等諧四等	46
合　計	916

異等相諧者：

一等二等互諧	69
一等三等互諧	203
一等四等互諧	2
二等三等互諧	46
二等四等互諧	8
三等四等互諧	71
合　計	399

　　從以上數據可以得出，四等字中同等相諧者占 70%，異等互諧者占 30%。這個比例說明同等相諧在西周金文的諧聲和通假中占主流，同時揭示了西周金文中已有四個等的字存在。如果用每兩等自諧量總和與互諧量進行對比，這一結論將更為清楚：

{	一等、二等各自相諧數之和	185＋33＝218
	一等、二等互諧數	69
{	一等、三等各自相諧數之和	185＋652＝837
	一等、三等互諧數	203
{	一等、四等各自相諧數之和	185＋46＝231
	一等、四等互諧數	2
{	二等、三等各自相諧數之和	33＋652＝685
	二等、三等互諧數	46
{	二等、四等各自相諧數之和	33＋46＝79
	二等、四等互諧數	8
{	三等、四等各自互諧數之和	652＋46＝698
	三等、四等互諧數	71

　　這項比較顯示，任何一組的同等自諧數都遠遠超過異等的互諧數，如果西周時期沒有四等之別，以上現象則很難作出合理的解釋。

　　我們用概率統計法進行考察的結果是（參附錄六）：一等自諧數是幾遇數的 2.34 倍；二等自諧數是幾遇數的 4.85 倍；三等的自諧數是幾遇數的 1.3 倍；四等自諧數是幾遇數的 8.07 倍；異等互諧中只有一二等互諧數是幾遇數的 1.49 倍，其他等之間的互諧數與幾遇數的比值多沒有超過 1。一二等雖然超

過了 1，但是一等和二等分別都是以自諧為主，並不適於合併。據此，四等亦應獨立存在。

在西周金文中四個等的字相諧情況的考察數據中，有兩個現象值得引起注意：

（1）三等字異常豐富，與一等字互諧量較多。

（2）四等字與三等字互諧數量較多，而與一二等，尤其是一等的互諧量很少。

在中古音系中，三等韻字就占絕對數量，這好像不大符合類型學的通則。有些學者認為不是自古如此，有一部分字的三等〔i〕介音是後來產生的。蒲立本的證據是：早期漢語用疑母 ŋ 轉寫外語 j 的例子，說明當時漢語中可能沒有 j 這個音。還有三等字常用來對譯外語中不帶 j 的聲母。〔註77〕包擬古接受了蒲立本的理論，不過認為漢語中的 j 應分為兩類，一類與藏緬語的 j 對應，一類是漢語中後來產生的。前者稱為「原發性 j」（primary j），後者稱為「次發性 j」（secondary j）。〔註78〕鄭張尚芳支持三等介音後起說，並列舉了三等字在部分南方方言中白讀不帶顎介音的證據。〔註79〕從西周金文中一、三等字的大量相諧來看，部分三等字的〔i〕介音為後來產生是有可能的，不過這類三等字是否從一等中分化出來，分化的條件是什麼有待進一步的探討。關於產生的條件，鄭張尚芳先生認為是短元音，國外有的學者認為相反，條件是長元音，〔註 80〕目前證據都不足，這又涉及另一個問題：要假設長短元音之間能自由諧聲。

《切韻》的反切上字可被分為兩類，一、二、四等為一類，三等為一類，所以現在學界有認為四等韻的 i 介音是後起的，大概產生於中唐。這種說法對於《切韻》音系比較合適，但是從西周金文的相諧來看，四等韻還應有個 i 韻頭以解釋三四等韻的互諧，同時也如李方桂所言，「可以免去許多元音的複雜問

〔註77〕Pulleyblank，E.G（普立本）.*The Consonantal System of Old Chinese,* Asia Major 9，1962~3. 潘悟雲、徐文堪譯《上古漢語的輔音系統》，北京：中華書局，2000 年。

〔註78〕包擬古（Bodman，N.C）.*Proto-Chinese and Sino-Tebetan: Data towords Extablishing the Natrue of the Relationship.* 潘悟雲譯《原始漢語與漢藏語：建立兩者之間關係的若干證據》，《原始漢語與漢藏語》，北京：中華書局，1995 年。

〔註79〕鄭張尚芳《上古韻母系統的四等、介音、聲調的發源問題》，《溫州師範學院學報》1987 年第 4 期。

〔註80〕Pulleyblank，E.G.（普立本）*The Consonantal System of Old Chinese* Asia Major 9，1962~3.

題。」〔註81〕

西周時期異等互諧量較高的主要原因，應是前文討論異調互諧時談到的，這一時期字量十分有限，那麼以非同等字作聲符或借用非同等字的現象可能較後世更為常見。在這種用字條件下，諧聲字和通假字依然能以同等相諧為主流，可以推測在口語中四等的區別可能會更為明顯。

第十節　小　結

1. 根據西周金文的諧聲、通假以及韻文的考察，可以得出西周金文的韻部系統與以《詩經》為主的先秦韻文材料得出的上古 29 部系統基本一致。差異在於，王力將冬侵合為一部，認為冬部戰國以後才分立出來，本文認為西周時期冬、東兩部當合。

2. 陰陽入三類韻以本類自諧為主，其間有互諧現象，但是所佔比例不高。雖然陰入互諧相對常見，但數量也十分有限，不宜據此為陰聲韻帶上一套塞音韻尾。

3. 侵、蒸兩部關係密切，主要元音相近。部分侵部字的韻尾可能有 m〉ŋ 的變化而進入蒸部。

4. 侯部與幽、魚兩部關係密切，而幽、魚之間相對疏遠。說明西周時期侯部的主要元音可能介於幽、魚兩部之間。在三等-j-介音的影響下，侯部字與幽、魚兩部字有較多互諧的可能。

5. 之、幽兩部字多有相諧，主要元音相近；幽部與侵部關係也比較密切，主要元音亦應相近。

6. 宵、覺兩部關係密切，同時幽、覺之間也有較多的互諧字例，說明幽類和宵類韻主要元音相近。

7. 文部與真、元兩部都有較為密切的聯繫，而真、元兩部相對疏遠。文部的主要元音應分別與真、元兩部相近，可能介於真元之間。

8. 葉部與月部、物部與緝部分別有較多互諧字例，說明葉、月兩部，物、緝兩部的主要元音相近。同時部分葉、緝部字的韻尾可能存在-p〉-t 的過程。

9. 西周時期已經存在四聲以及四等的分別。不過異調相諧、異等相諧的情

〔註81〕李方桂《上古音研究》，北京：商務印書館，1980。

況十分常見。

附：本章諧聲和通假字考訂

1. 耇駒句　耇字西周金文中一般形作 🔣（師艅段），從「老」，「句」聲，與小篆同。或以「丩」為聲，形作 🔣（柔同段蓋）。師㝬父鼎作 🔣，則是假句為耇。駒字從馬句聲，見於盠駒尊、九年衛鼎諸器。亦有從丩聲者，見彶見駒段。句字《說文》謂從口丩聲，朱駿聲謂從丩口聲。耇、駒二字於金文中從句與從丩交替，證句、丩音同。

2. 亡無　辛鼎：「辛乍（作）寶，其亡彊。」頌段：「頌其萬年眉壽無彊」。「亡彊」典籍習用「無彊」。又何尊：「爾有唯小子亡戠。」「亡戠」唐蘭釋為：「無識」，即「沒有知識。」〔註82〕魚鼎匕：「下民無智。」文例、表義皆近，用「無」，可佐證唐說。以上說明西周時期亡、無可通。

3. 𩱨　🔣（茜段），郭沫若曰：「此乃《說文·食部》『🔣籀文飴，從異省』者也。食之或作 🔣者，猶卿之或作 🔣（休盤文），段之或作 🔣（叔狀段文）。」〔註83〕容庚亦云：「《說文》飴籀文作𩱨，從異省，與此正同。」〔註84〕可從。飴字從台聲，𩱨字則從異省聲。

4. 慕謨　牆盤：「𢌶獄逗慕。」唐蘭云：「逗通桓。《詩·長發》傳：『桓，大也。』慕通謨。《說文》：『謨，謀也。』古文作暮。古代從口與從心常通用。哲學一作悊可證。」〔註85〕裘錫圭云：「『趄慕』似當讀為『桓謨』。『桓謨』與上文的『訏謀』意近。」《詩·大雅·抑》：「訏謨定命」毛傳：「訏，大。謨，謀。」〔註86〕二說可從。李學勤曰：「逗，讀為宣，《左傳》文公十八年『宣慈惠和』，《國語·周語》『寬肅宣惠』，宣都與和義近，前人釋為偏，恐未必妥當。慕，徐鍇《說文解字繫傳》：『亦愛也。』本銘這一句意思是敬謹和愛。」〔註87〕亦可通。

〔註82〕唐蘭《何尊銘文解釋》，《文物》1976 年第 1 期。

〔註83〕郭沫若《金文餘釋·釋畬》，《金文從考》，北京：人民出版社，1954 年，180 頁背。

〔註84〕周法高主編，張日升、徐芷儀、林潔明編纂《金文詁林》，香港：中文大學出版社，1975 年，3367（5.639-0682）。

〔註85〕唐蘭《略論西周微史家族窖藏銅器群的重要意義——陝西扶風新出牆盤銘文解釋》，《文物》1978 年第 3 期。

〔註86〕裘錫圭《史牆盤銘解釋》，《文物》1978 年第 3 期。

〔註87〕李學勤《論史牆盤及其意義》，《考古學報》1978 年第 2 期。

5. 較　西周金文多形作🔣（番生設），從車爻聲。或形作🔣（彔伯設），從教聲。爻亦可假用為較，見伯晨鼎。《說文》作較，文獻則多作較。

6. 衣殷卒　衣本為象形字，《說文》謂像覆二人之形，非是。林義光謂像領襟袖之形。可信。西周金文中可用為殷商之殷，如沈子它設：「念自先王先公迺妹克衣。」郭沫若曰：「衣即是殷。《尚‧康誥》：『殪戎殷。』《禮‧中庸》作『壹戎衣』。鄭注：『衣讀如殷。』……齊人言殷聲如衣。」《呂氏‧慎大》：『親郼如夏』高注：『郼讀如衣，今衮州人謂殷氏皆曰衣。』」〔註88〕對此說無有異義。衣西周金文中又可用為「卒」，玆設：「孚（捋）孚（俘）人百又十又四人。衣博（搏），無𢦏（戴）於玆身。」唐蘭曰：「即卒字，完畢。郾王職戈萃字作筴，寡子卣諄字作誶，並可證。」〔註89〕此說可從。

7. 旻旻　毛公鼎：「敃天疾畏。」孫詒讓以為敃當讀為愍，「愍天」即「旻天」。〔註90〕于省吾從之，謂：「孫云敃徐讀為愍，是也。愍天即旻天。《爾雅‧釋天》：『秋為旻天。』郭注：『旻猶愍也。愍，萬物彫落。』是其證。吳云《詩》『旻天疾威。』箋云：『疾猶急也。』」〔註91〕

8. 㫃旃　旃字西周金文多從㫃斤聲，亦有不從斤聲者，如走馬休盤：「巒（蠻）㫃」，㫃當為旃。不從斤聲者與甲骨文同，高鴻縉曰：「㫃當即旂之初文，象形，名詞。休盤巒旃字作㫃，許釋偃蹇之貌，蓋就其借意言之，非本意也。讀若偃，必有誤。周人或於㫃加斤為聲符作🔣（即後世之旂），或又加單（即干盾，執旃者常並執干盾以自衛）為義符作🔣以代㫃。㫃，周時作🔣、作🔣也。旃，秦人或又造旃字，音義無二。清各家皆泥許說，未能正之。甲文有『其立卜』（粹四），卜而云立，更足證明為名詞旂，而非偃蹇之貌也。」〔註92〕高氏云㫃為旂之初文是完全正確的。不過以為㫃「讀若偃，必有誤」的意見還有可商。虢姜設蓋：「虢姜乍（作）寶尊設，用禪追孝於皇考惠仲。」「禪」當讀為「旃」，「用旃……」乃金文習語。禪在元部，旃在文部，正猶㫃在元部，旃在文部。㫃讀

〔註88〕郭沫若《兩周金文辭大系‧沈子設》，《郭沫若全集》第8卷，北京：科學出版社，2002年，114頁。

〔註89〕唐蘭《伯威三器銘文的譯文和考釋》，《文物》1976年第6期。

〔註90〕孫詒讓《古籀拾遺》中第7頁虢叔大林鐘。下第26頁毛公鼎。1888年。

〔註91〕于省吾《雙劍誃吉金文選‧毛公鼎》，北京：中華書局，1998，126頁。

〔註92〕周法高主編，張日升、徐芷儀、林潔明編纂《金文詁林》，香港：香港中文大學出版社，1975年，4217頁（7.52-0891）。

若偃完全是有可能的。

　　9. 難漢　難字西周金文形作 ![字形]（歸父盤），《說文》：「鸛，鳥也，從鳥堇聲。鸛，或從隹。」《金文常用字典》：「鸛字金文從隹黃聲，與楚帛書同，中山王𦥑鼎字從隹堇聲，與《說文》或體同。」〔註93〕謂「黃聲」似欠妥。堇字西周金文作 ![字形]（堇伯鼎）、![字形]（衛盉）、![字形]（駒父盨）等形，《金文編》謂「從黃省，下從火或土」。〔註94〕下部所從火或土形亦常有省簡，如 ![字形]（堇鼎）、![字形]（毛公鼎）、![字形]（頌鼎），其中毛公鼎堇字下部之火只省作兩點。![字形]（歸父盤）、![字形]（殳季良父壺）所從應是堇之省形，下部「人」形兩邊有兩點，可以看作是與「火」的合體省寫。而黃字一般形作 ![字形]（剌鼎）、![字形]（買𣪘）等，下部多沒有兩點。趙孟壺、哀成弔鼎、曾侯乙鐘等少數器中黃字下部亦有兩點者，多出現時代較晚，與堇之省形有所混同。《說文》、石經、《汗簡》所收難字古文均從堇，筆者以為難從堇聲不誤。漢，《說文》：「從水難省聲。」徐鉉曰：「從難省當作堇。」中瓤漢字形作 ![字形]，從水，堇聲，與徐鉉所言同。![字形]之聲符堇形體更為簡略，與堇鼎之堇字形近。

〔註93〕陳初生編纂，曾憲通審校《金文常用字典》，西安：陝西人民出版社，435頁。
〔註94〕容庚編著，張振林、馬國權摹補《金文編》卷十三，「堇」字條注，888頁。《金文常用字典》以為從土者乃為火形之訛，可從。

第四章　西周金文釋例

一、釋「隓」

　　燹公盨是保利藝術博物館 2002 年從香港古董市場上收購的，已證明是西周中期銅器。李學勤、裘錫圭等諸位先生已通釋了銘文。他們或以為銘文中「隓山濬川」即「隨山濬川」。或以為後世隨著人們對大禹治水方法認識的改變而把隓誤讀為隨等，各家對隓字認識不一，此不繁舉[註1]。

　　「隨山濬川」語見《尚書·序》，《禹貢》及《益稷》篇中還記有「隨山刊木」句，其中的隨字均寫作隨或随。《尚書》歷代的版本以及引用或解釋到「隨山濬川」「隨山刊木」的文獻有很多，隨的用字也是非隨即随（為行文方便，下文均寫作隨）。

　　《尚書注疏》解釋是：

隨山濬川　孔安國：刊其木，深其流。孔穎達：隨其所至之山，刊除其木，深大其川使得注海。

隨山刊木　孔安國：隨行山林，斬木通道。孔穎達：隨行所至之山，除木通道，決流其水。

　　此外，《禹貢錐指》卷一（清胡渭撰）轉引漢鄭玄注：「必隨州中之山而登

〔註1〕李學勤、裘錫圭、朱鳳瀚、李零文見《中國歷史文物》2002 年第 6 期；馮時文見《考古》2003 年第 5 期。

之，除木為道以望觀所當治者，則歸其形而度其功焉。」

《史記‧夏本紀》也記述了大禹治水的事蹟，行文與《尚書》略有不同，不用「隨山」而用「行山」。

後世把隨字理解為行、順著等意思。燹公盨中「𡒄」正與文獻中「隨山濬川」中的「隨」字對應，那麼是否可以肯定就是隨字呢？我們先來分析一下字形。

𡒄，從阜，從二土，二手，會挖土開山之義。《說文》有「圣」字。圣從一土一手，會意字。「汝穎之間謂致力於地曰圣。」致力於地也就是開挖或翻整土地的意思，此可佐證從阜的𡒄有挖土開山之義。開山與「濬川」正對，亦可與「刊木」對，𡒄作挖土開山講於字形和句義均能契合，但為什麼後人會寫作隨山，並且不作挖土開山來理解呢？

𡒄應與《說文》中「隓」字對應。「隓，敗城阜曰隓，從阜㒸聲。」其中的敗阜即是開山之義。隓字本應從土從手，因二土與二手靠近，與㒸形近，《說文》遂訛為㒸字，進而又誤析隓為形聲字，本形所會之義俱晦。至唐代徐鉉，更是不得見到隓字本形，所以又誤為從二左。

𡒄字亦見於西周中期的五祀衛鼎，到戰國時期該字又有許多衍生字。李學勤先生已經在其文中列舉，這裡把相關諸字的字形列出，以便更容易看出𡒄的形變線索〔註2〕：

（1）包山 168　　　　（2）包山 22

（3）包山 167　　　　（4）七年鄭令戈

（5）郭店唐虞 26　　　（6）包山 163

（7）包山 179　　　　（8）郭店老甲 16

第 1 形與燹公盨近。其他諸形或省一土一手，或省兩手，或繁增邑、山、田等。除第 5、第 8 形被借用為惰和隨從之隨外，其他諸形皆被用為「隋」，作姓氏或地名用字。《戰國文字編》（湯餘惠主編）除無收第四形外其他均收在隓字下，認為是一字之變體，筆者認同他的做法。我們不難發現，第 3 形下部所

〔註2〕第四個字形取自何琳儀《戰國古文字典》，北京：中華書局，1998 年。其餘字形均取自湯餘惠主編《戰國文字編》，南寧：福建人民出版社，2001 年。

從的邑很容易訛變為月（肉），從而變為隋字。馬王堆漢墓帛書《經法》:「隋其城郭，焚（焚）其鍾鼓」,《稱》:「隋高增下」,隓均變作了隋形。《說文》:「隋,裂肉也,從肉,從隓省聲」是隨形附會之說。何琳儀先生認為隋即《說文》之隓字,當是正確的。但是他把隋分析為從阜,肩聲,是隓之本字〔註3〕,從㝬公盨中的形體來看,欠妥。姓氏或地名所用隋字本是借用隓或陸的變體,以後訛變作隋。到許慎時已不明隓、隋二字的關係,分為兩字,可以推知當時人們看到隋已經不再當成隓了。

　　隨字本也是借用隓字來表示的,如前文所列的第 8 個字形,在郭店簡中即被用為隨,「先後相隓」（郭店老甲 16）即「先後相隨」。《漢簡》有隨字,寫作（王庶子碑）,從字形看應為隓字省形。隨著部分隓訛變為隋,隨也假借隋來表示,如馬王堆漢墓帛書《二三子問》:「水流之物莫不隋從」,《戰國縱橫家書》:「而國隋以亡」,隋均用為隨。隨字也有在隋形上增加義符辵,睡虎地秦簡中已見增加了辵符的隨。如此看來,「隓山」很有可能是先被寫作「隋山」,進而又誤作了「隨山」。我們可以擬測出隓字有如下的發展及訛變軌跡:

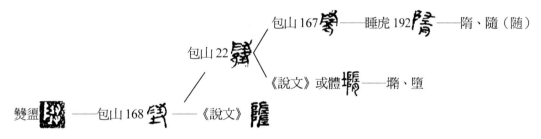

　　以上從字形上考證了「隨山濬川」之「隨」乃「隓」形之訛變。隨、隋、隓本為一字,古音應同。前文所舉竹簡或帛書中隓用為隨、隋,隋用為隓的例子,可確證三字古音同。隓,歌部字。中古有兩音:許歸切,曉母支韻;徒果切,定母果韻。隨字中古旬為切,邪母支韻。隋中古也有兩讀,一音與隨相同,一音與隓之定母果韻同。隓、隨、隋三字據《漢字古音手冊》上古均在歌部,只是聲母有異,涉及到邪、曉、定三個聲母。

　　隓字上古聲母可構擬為 sd-,後世複輔音音節分化,隓的讀音遂分化為 s-聲母和 d-聲母兩個讀音。s 與 x、z 同為擦音,常有互諧通轉現象,所以後世產生了曉母和邪母的讀音。也可以認為定母在 s-的作用下擦化產生邪母讀音。

〔註3〕參何琳儀《戰國古文字典》「隋」字條,878 頁。

如此，隓字的一形一音，隨著時間推移分化為多形多音，並且不同的形分別習用了不同的音。後人只是從字形認讀，即將訛變為隋（隨）形的隓字讀成了隨。

從隓的形、音分析可以看到，《尚書》「隨山濬川」和「隨山刊木」中的隨字應是西周隓字分化訛變的結果，而長期以來人們對該字字形的認識和字義的理解均有偏失。《尚書》最初的面貌現在已不可知，今存的幾種《尚書》版本最早的是漢熹平石經殘本，但保留了《禹貢》「隨山濬川」句的最早只見於唐代本，其中隨字已經誤寫作了隨或随（随為隨字隸變過程中的省簡訛變，漢代起二字已並行使用，隨字在現代也簡化作了随）。漢孔安國傳本後人多以為是魏晉人偽作，暫且不論，僅從漢代司馬遷《史記·夏本記》的記載和鄭玄的注，也可知早在漢代已經存在了對「隨山濬川」理解上的錯誤。

「隓山濬川」變成「隨山濬川」，裘錫圭先生認為可能與人們對傳說中大禹治水方法認識的變化有關，在此附帶談一下筆者的看法。裘先生提到了《顧頡剛古史論文集》中的《息壤考》《鯀禹的傳說》兩篇文章，二文指明在較早的傳說中，鯀、禹都以息壤對付洪水。《國語·周語下》記述了太子晉諫靈王的話，太子晉認為共工、鯀與禹在治水上有別，前兩者是墮山堙庳，後者是疏川導滯。可見人們對禹治水方法的認識已發生了變化，這導致了人們把描述禹治水的「隓山濬川」誤為「隨山濬川」。

關於禹治水的方法傳說中應有三種類型，首先一種是：禹與鯀的治水方法一樣，都是堵塞。《詩經·商頌》：「洪水芒芒，禹敷下土方」。《山海經·海內經》：「洪水滔天。鯀竊帝之息壤以堙洪水，不待帝命。帝命祝融殺鯀於羽郊。鯀復生禹。帝乃命禹卒布土以定九州。」洪興祖《楚辭補注》引《淮南子》云：「禹乃以息土填洪水以為名山。」可見禹也採用了堙的方式。第二種是疏導，在《尚書》的《益稷》、《禹貢》篇、《史記·夏本紀》中都記述了禹採用疏導之法，此不再引述。《國語·周書下》又特別強調了鯀、禹治水方法的不同，前文已明。第三種是禹也有隓山之舉，相關的傳說可能有較早的來源。《史記》及其注文中就有多處關於禹開龍門山和三門山的記載。《夏本記》：「浮於積石，至於龍門西河」，正義：《括地志》云：「積石山今名小積石，在河州枹罕縣西七里。河州在京西一千四百七十二里。龍門山在同州韓城縣北五十里。李奇云『禹鑿通河水處，廣八十步。』」又「東至砥柱」，集解：孔安

國曰：「砥柱，山名。河水分流，包山而過，山見水中，若柱然也。在西虢之界。」正義：砥柱山俗名三門山，禹鑿此山，三道河水，故曰三門也。《秦本紀》：「十四年，左更白起攻韓、魏於伊闕」，正義：《括地志》云：「伊闕在洛州南十九里。《注水經》云『昔大禹疏龍門以通水，兩山相對，望之若闕，伊水歷其間，故謂之伊闕』。」《秦始皇本紀》與《李斯列傳》中都有「禹鑿龍門，通大夏」之說。此外，《漢書·武帝記》記有：「夏后啟母石」，顏師古注曰：「啟，夏禹子也。其母塗山氏女也。禹治鴻水，通轘轅山，化為熊，謂塗山氏曰：『欲餉，聞鼓聲乃來。』禹跳石，誤中鼓。塗山氏往，見禹方作熊，慚而去，至嵩高山下化為石，方生啟，禹曰：『歸我子。』石破北方而啟生。事見《淮南子》，景帝諱啟，今此詔云啟母，蓋史追書之，非當時文。」

　　《國語·周書下》強調了鯀、禹治水的不同在於堙和導。鯀「墮山堙庳」，墮山的目的是堙。從眾多關於禹開山的傳說中我們可以看到，雖然後人強調禹的治水在於疏導，但是並不排斥墮山。禹墮山的目的是疏川，墮山與疏川之間並不矛盾，後人也不否認禹的墮山之舉。可見後人並不一定是因為否認禹之墮山而把陸讀成了隨。陸讀成隨的主要原因應該還是形音的分化。不過由於在傳說中逐漸轉向強調禹之疏導，把它看成禹治水成功的主要原因，可能會促使人們見到訛誤的陸字因錯就錯，從漢代延續至今，沒有引起注意。從燹公盨所用的字形來看，魋字應理解為《說文》中的陸字，大禹治水之法有陸山。從此銘也可知，在西周中期關於大禹治水方法的傳說當有開山和疏導。裘先生指出顧頡剛認為跟禹疏水有關的說法，都是以鯀、禹治水方法相對立觀念為背景的，只有進入戰國時代以後才出現，與事實不符，這一批評是正確的。

二、「車」字讀音

　　「車」字《廣韻》有尺遮切和九魚切兩個讀音。前者發展為今天常見的車字讀音，後者今天作為象棋棋子名稱之一，仍有保留。關於「車」字讀音的分歧漢代即已存在。東漢劉熙《釋名·釋車》：「車，古者曰車如居，言行所以居人也。今曰車聲讀近舍。車，舍也，行者所處若車舍也。」三國韋昭《辯釋名》：「車，古皆音尺奢反，後漢以來始有居音。」關於車的兩個讀音之間的關係，時建國、林亦、孟蓬生等已撰文討論。時文否認古有「居」音。林文認為兩音可能是複輔音分化的結果，後世保留在不同的方言中。孟文認為「車」不僅有

昌母和見母兩個讀音，還有余母的讀音。〔註4〕筆者認為幾文均有可商之處。首先「車」之「居」和「舍」兩音上古時可能只是一音，但至少在漢劉熙時分化為昌母和見母兩讀。

「車」之兩讀韻母相同，上古均在魚部，差異在聲母上。「車」字古音與喉牙音聲母有關係是肯定的，林文和孟文中都列舉了例證，諧聲字有「庫」「槹」〔註5〕，異文有「居」「苦」「姑」等。從本文對西周金文的諧聲和考察結果來看，見與章兩組字多有相諧的情況。如頵（見）：旨（章）；軝（群）：氏（禪）；禪（禪）—祈（群）等。中古的章組字有一部分應來自喉牙音。三等喉牙音帶有-rj-或-j-（重紐四等）介音，在介音的影響下，喉牙音發音部位前移，從而變為章系一類。「車」的讀音就是經歷了這樣的一個語音變化過程：krja〉tshja。〔註6〕不過介音 r 在唇牙喉音後也常常失去，即 krja〉kja（居），這就是漢人見到的「車」有兩音的情況。從語音發展變化的過程來看，「居」音應接近古讀，「舍」音相對晚出。林文認為車古本有「居」「舍」二音的說法是不確切的。至於孟文中提到「車」曾有過余母讀法，理由主要是「車」與「輿」字的異文，結合上古喉牙音字常有與余母字相諧的現象，認為車另有余母讀音。從對西周金文的考察來看，余母與喉牙音字確有很多相諧字例，可以說關係十分密切，並且「車」的上古音 krja 也有緩讀分化出余母讀音的可能。但是「輿」字甲骨文即有，構形與《說文》基本一致，都是四隻手共舉一車形，本義應是舉。《釋名·釋車》：「輿，舉也。」《禮記·曾子問》：「下殤土周葬於園，遂輿機而往。」《戰國策·秦策三》：「百人輿瓢而趨，不如一人走疾。」至於《說文·車部》：「輿，車輿也。從車，舁聲」當非本義。但顯然輿非車，「輿」與「車」應看作是兩個詞。不過「輿」的引申義與「車」有交叉，「輿」的引申義也可表示車，所以文獻中可見到「車」「輿」的異文。這種異文應該看作是義近替換，而非同音替換。所以孟文認為「車」有余母讀音

<hr>

〔註4〕 時建國《說車字的「居」音》，《語音研究》1997 年第 4 期。林亦《車字古有「車」音》，《古漢語研究》2001 年第 3 期。孟蓬生《「車」字古音考——兼與時建國先生商榷》，《古籍整理研究學刊》2002 年第 5 期。

〔註5〕 《老子》：「草木之生葉柔脆，其死也枯槹。」馬王堆帛書《老子》甲、乙本並作「槹槹」。此例見孟蓬生文。

〔註6〕 李方桂認為陰聲韻與入聲韻相近，也帶有帶有塞音韻尾，所以對「車」的擬音帶有 -g 尾。關於李先生對「車」字語音變化構擬見《上古音研究》，92 頁，北京：商務印書館，1980 年。本文認為陰聲韻均不帶有韻尾。

的證據不足。

　　車字古還有輦音，這是韻書中所沒有記錄的。連，《說文》:「員連也。從辵從車。」以為會意字，後人多從之。亦有以為形聲者，馬敘倫曰:「員連不可通，段謂當負車是也。……連蓋從辵車聲。連單一字，故連聲入元類。鍇本作從辵車，奪聲字耳。錢坫本作從辵從車聲，不知何據。惜其義今不可證。」〔註7〕張振林師給連為形聲字作出了合理的解釋:「從商代輦卣可知，輦為複體象形字，兩人在橫軏與車身之間。……從早期以人輓車發展為牛、馬駕車，車字仍稱為輦，因象形字輦不合牛、馬駕車的現實，遂將表雙人輓車的扶棄去，不再新增兩牛或兩馬，於是產生了作為通名的車字，而輦字便由通名變為人輓車的專名，後人不明車字曾經歷過一物異名階段，也就不明車字曾有一字異讀的輦音。」〔註8〕古文字資料使我們找到了車有輦音的線索，不過這一讀音只是在連字中有所體現了。

三、釋「進」

　　進，《說文》解曰:「登也。從辵閵省聲。」當作形聲字看待。西周金文中「進」字一般形作 **鳥**（召卣），無見從「閵」者，蓋許氏以為進與閵聲近而與隹聲遠。高鴻晉《字例》:「（甲骨文）字從隹，從止，會意。止即腳，隹腳能進不能退，故以取意……周人變為隹辵，意亦同。不當為形聲。」此解過於迂曲。張振林師曾對《說文》中從「辵」之字進行了考察，《說文》卷二「辵」部131字，除部首「辵」是會意字外，還有「連」「遯」「逐」「邊」「道」不作形聲字。經考證，這五個字亦應為形聲字。〔註9〕若此，「進」字不作形聲字顯得比較孤立。雖然文中沒有對「進」字專門討論，也沒有評論《說文》對該字構形分析的正誤，但根據文中所總結的:甲骨文以獸名加止構成的字，是讀該獸之名而以止為動符，表示該動物的跑動態。則進也應為形聲字。《金文常用字典》謂進字從隹從止，會意，隹亦聲，否定了《說文》「閵省聲」的說法。筆者以為「進」僅是以「隹」為聲符的形聲字，那麼就要解釋進（精母真部）、

〔註7〕馬敘倫:《說文解字六書疏證》卷四「連」字注。

〔註8〕張振林《〈說文〉從辵之字皆為形聲字說》，廣東省語言學會2002～2003年會論文，2003。

〔註9〕張振林《〈說文〉從辵之字皆為形聲字說》，中國廣東省語言學會2002～2003年會論文，2003年。

隹（章母微部）之間的語音差異。

「進」精母真部字。「隹」章母微部字。精章二母在西周金文中是有聯繫的，最明顯的例子就是從「帚」得聲的「浸寝」二字。本文在前文討論侵、幽兩部的關係時已經論證了二字的聲符為「帚」（叟、帚無別）。「寝」為清母字，「浸」為精母字，後世所見從「叟」得聲的字也多為精組聲母，而「帚」為章母。實際上隹字本身就有精母又讀（《集韻》尊綏切），《集韻·脂韻》：「崔，崔崔，高大也，或作隹。」《莊子·齊物論》：「山林之畏隹。」王先謙集解：「畏隹即嵬崔，猶言崔巍。」本文第一章第二節中對精章見三系字相諧的情況有所總結，認為三系字中的三等字帶有-j-介音後，聲母顎化而趨同，所以三系之間可出現互諧現象。

「隹」為微部字，「進」為真部字。前文我們在考察韻部時已由西周時期真、文兩部字的互諧得出兩部主要元音相近的結論，那麼微部的隹若對轉入陽聲韻的話，完全有可能讀為真韻。從物部的「聿」得聲的「津」字不是文部而是真部字，可以為證。〔註9〕「進」字金文中有一異體作 𢓊（中山王兆域圖），亦是以物部的「聿」作聲符的。

由此聯繫到金文中「津」字寫法，此字見翏生盨，形作 𦩍，構形與《說文》古文同，《說文》云從舟，從淮。「津」字本義為渡口，從水從舟即可，不必一定從淮。《龍龕手鑑·舟部》謂「𦩍」同「𦨶」。《字彙補·舟部》：「𦩍，古文津字。」都省去了水，僅以舟表示與渡口相關的意義。「津」「進」同音，筆者懷

〔註9〕容庚《金文編》謂 𢓊 字「從聿省」。《說文》收有「聿」字，釋為「聿飾也。從聿從彡」。金文未見該字，傳世文獻中也無見此字單用。《說文》謂「津」為「聿省聲」可疑，蓋是注意到了「津聿」二字讀音上的差異而轉求他字。「賫」為邪母真部字，《說文》謂「從貝，妻聲」，又謂妻「從火聿聲」。「聿」實際上就是最終的表音所在，此處《說文》並未言「聿省聲」。證之甲骨文，「妻」字構形確實上部為「聿」下部為「火」。證之金文，西周師虎鼎「賫」作 𧶜，「火」之上部也確是「聿」，而非「聿」。可見《說文》言妻「從火聿聲」不誤。但是《說文》獨言「聿」表「妻」之讀音，而不言表「津」之讀音，實令人費解。「津賫」韻同，聲母同在精組。「聿」既然能表示「賫」之讀音，「津」之「聿省聲」與 𢓊 之「從聿省」都可不必迂迴，而應直言「聿聲」。西周中期的 𠭯伯鼎有 𦩍字，《集成釋文》（中國社會科學院考古研究所編，香港中文大學中國文化研究所，2001年）隸作「肇」，《金文引得》（殷商西周卷，華東師範大學中國古文字研究與應用中心編，廣西教育出版社，2001年）隸作「𦨶」，從字形上看，後者更為貼近。如果後者隸定正確的話，此字可能就是「津」字的古寫，與翏生盨字形為繁簡之別。此形右半也是「聿」而非「聿」。

疑「隹」既作「進」之聲符，又作津之聲符，同「聿」既作「津」之聲符，又作「進」之聲符一樣。

　　趥父戊罍銘中有「趥」字，《說文》：「趥，動也。從走，隹聲。」「趥」為清母字，與「進」聲母相近。辵、走為同義形符，古文字中可通作。趥與進本應為一字，「進」也應同「趥」一樣是形聲字，後來二字音義有所分化，《說文》別為兩字。

四、耇／耈

　　新見《戎生編鍾》銘文在《保利藏金》和《近出殷周金文集錄》中均有收錄。裘錫圭和李學勤兩位先生對該銘都已著文考釋，其中對「黃𦣻又𦣻」句中的第二字兩家隸定不同，裘先生隸定作耇。「黃耇」一詞銅器銘文習見，《詩·小雅·南山有臺》：「樂只君子，遐不黃耇」毛傳：「黃，黃髮也。耇，老也。」李學勤先生將該字隸定作「耈」，讀為耇。細考銘文字形，李先生隸定之形更為切合。耇字西周金文多作 𦣻（㠱尊）𦣻（牆盤）𦣻（買簋）等形。聲符句從丩，有勾連之形。后字形作𦣻（中山王兆域圖）、𦣻（司母戊鼎，后、司本為一字），從又從口。戎生編鍾銘文中之耈字老下之形與后字更為貼近。后、句二字均為侯部字，一個在匣母，一個在見母，西周金文中匣母和見母相諧甚為常見，本文認為中古匣母的一支為見母同部位的濁音，與群母合為一類。所以，后、句音近。其實句、后二字因音、形皆近，至戰國時期還可見到二字通用的例證，戰國鑄客鼎中，句字用為后；望山楚簡（55、56），天星觀楚簡（3701）中「句土」即神名「后土」；郭店楚簡（尊德義7）：「句稷」即「后稷」。

五、守／羞

　　保利藝術博物館收藏的王鼎上有「ナ（左）守」二字，在已著錄的銅器中未見類似用例。李學勤先生考證後認為表示的是陳放的位置，其中守即「羞」字。〔註10〕《儀禮·聘禮》云：「羞鼎三」，鄭注：「羞鼎，則陪鼎也。以其實言之則曰羞，以其陳言之則曰陪」。本文的結論可以進一步證明守、羞二字的古音關係。守、羞上古均是幽部字。守為書母，西周時期是余母同部位的擦音；羞為心母，舌尖擦音，書、心二母字西周時期多有相諧。所以守、羞二字

〔註10〕李學勤《王鼎的性質和時代》，《文物》2001年第12期。

當是韻同聲近，語音可通是沒有問題的。

六、「念器」

　　嬰簋（《集成》4046）銘曰：「隹（唯）八月初吉庚午，王令嬰在市旅，對揚王休，用作宮中念器。」其中「念」字當讀為「餁」字。「餁」本義為熟，或指熟食。《說文》：「餁，大熟也。」《禮記·士昏禮》：「其實特豚合升，去蹄，舉肺脊二，祭肺二，魚十有四，腊一，胏髀不升，皆餁。」鄭玄注：「餁，熟也。」《廣韻·寑韻》：「餁，熟食。」「餁器」應即盛熟食的器物。「念」為泥母侵部字，「餁」為日母侵部字。西周時期日母字與泥母字屬於常常相諧一類，本文認為中古的日母源於泥母，分化的條件是-j-介音的影響。所以「餁」「念」西周時期同屬泥母，餁字日母讀音乃後世分化。從「念」得聲的「稔」中古亦為日母字。《儀禮·聘禮》：「賜饔唯羹飪」鄭注：「古文飪為腍。」如此，「念器」即是「腍器」，而「餁」只是「腍」選用不同聲符的一對異體字而已。

七、釋「熏」

　　晉侯蘇編鍾銘中有：「王至於熏城」句，其中熏字從勻省從熏。馬承源隸定作熏，甚是。〔註12〕該字不見於《說文》及以後的字書，筆者以為當是軍字異體。軍字《說文》釋為從車從包省。金文軍字形作 𩨄（中山王鼎）、𩨄（中山侯鉞）、𩨄（庚壺），從前兩形可知軍字應從車勻聲，或勻省聲。庚壺中軍字聲符訛為𠃌，小篆更訛作𠃌。許氏據小篆作解，誤形聲為會意。熏字易車為熏，當是累增聲符。軍為見母字，薰為曉母字，西周金文中曉母與見母相諧者六見，雖然小於幾遇數，但是喉牙音發音部位相近，亦算是常有互諧的一類。軍、熏文獻中也有可通證據。《孟子·梁惠王下》：「太王事獯鬻。」《史記·五帝本紀》獯鬻作葷粥。《史記·呂后本紀》：「去眼煇目。」《漢書·外戚傳》煇作熏。《太平御覽》引煇作燻。軍、熏可通當是無疑。熏是一個雙聲字，義符車完全省去。馬承源以為「熏城」即「鄆城」是正確的，當是軍（熏）假用為鄆。

八、「釐」之異讀以及相關諸字

　　甲骨文即有「𠩺」，或下復增一手寫作「𢏚」。所從之「來」既表示意義，

〔註12〕馬承源《晉侯蘇編鍾》，上海博物館集刊第 7 期，上海：上海書畫出版社，1996 年。

又表示聲音。《甲骨文大字典》解曰：「以示有豐收之喜慶，引申為福祉之義，為釐之初文。」〔註13〕西周金文承襲了這兩個形體，如 𧵓（師虎鼎）𧵓（師𩛥毀）。西周金文中還有從「貝」和從「子」之 𧵓（克鼎）、𧵓（牆盤），當屬增加義符。又有 𧵓（班毀）𧵓（趞鼎）等形，「里」「來」當是繁增聲符。

幾字在西周金文中的使用還是略有差異的。從「貝」之「𧵓」在西周金文中一般表示賞賚義和福祉義。增加聲符的「𤫊釐」多作姓名字。從「子」之「孷」有兩例，牆盤：「亞且（祖）且（祖）辛，𣪊毓子孫。繁猶（福）多孷」；叔向父禹毀：「降余多福絲孷。」（該銘中孷字稍有不同，形作𧵓。）孷一向被認為是「釐」之異體，使用無別，《金文編》將此字列在了「釐」字條下。〔註14〕筆者認為「孷」之形應與「子」有關，表示多子之義。《玉篇·子部》：「孷，孷孖，雙生也。」《集韻·之韻》：「孷，《方言》：『陳楚之間凡人獸乳而雙產謂之孷孲。』」由此可以推測金文中「多福絲孷」和「繁福多孷」就是多福多子之義。此「孷」字宜與「𧵓」「釐」等分列。東周銅器銘文中「釐」字也多用同賞賚和福祉義的「𧵓」，典籍中也多用「釐」字，而「𧵓」字後世則省形作「賚」，主要作動詞表示賞賜。

「釐」字在中古韻書中記有多個讀音：《廣韻》裏之切；《集韻》虛其切，郎才切，湯來切，落蓋切。聲母有來母、曉母和透母三種，韻母則都在之部。為什麼聲母會如此分歧？「釐」字為曉母三等字，西周時期帶有-rj-介音（普通三等喉牙音與重紐B類同），即xrj-。後來-r-介音失落，成為後世的曉母讀音，典籍亦常用「禧」字表示。抑或 x-失落，-r-介音轉化為來母，即為來母之部音，作動詞表賞賚義的賚（𧵓）讀音源於此。脫落 x-或-r-的過程也可能是一個緩讀分化的過程，原 xrj-音節緩讀分化為一個曉母之部音節，一個來母之部音節。來母與透母同為舌頭音，有音近混同的現象，作地名用字的𤫊常讀該音，後世又為此專造了「邰」字。

與「𧵓」有關的還有一個「休」字。大克鼎：「易（賜）𧵓無疆」，毓祖丁卣：「易（賜）𧵓用乍（作）毓祖丁尊。」膳夫克盨作：「克其日易（賜）休無疆。」西周金文「易休」連言者又見於師望鼎、太保簋等，與「易（賜）𧵓」

〔註13〕徐仲舒主編《甲骨文大字典》，成都：四川辭書出版社，1998年，288頁。
〔註14〕容庚編著，張振林、馬國權摹補《金文編》，北京：中華書局，1985年，890頁。

等表義全同，可證「休」與「贅毳」可通。此外，「休」還可直接作動詞，表示賜予義，見易𣎴簋，孟狂父鼎（《考古》1989 年第 6 期）等，與贅意義和用法相同。休、贅（毳音同）皆為曉母三等字，聲母應帶有-rj-介音。休為幽部字，贅（毳）為之部字，西周金文中之幽兩部字常常相諧，關係密切。從而可證休與贅（毳）音近可通。

九、余母相關諸字

西周金文中書與余兩母字之間的關係是極為密切的。本文認為西周時期兩母發音相近，書母是母同部位的清擦音。據此，西周乃至稍後時期的許多語言現象可以得到解釋。

（一）余／舍／予

余、舍二字上古均是魚部字；余中古為余母，舍為書母。《說文》：「余，從八舍省聲。」其說未必可信，但認為余、舍音通是正確的。「余」，中山王鼎中寫作 ？（下從曰與從口無別。侯馬盟書 311：「舍」亦作「舍」），配兒鉤鑼：「舍擇厥吉金」，另有吳王光編鍾：「舍厥天之命」，余均寫作了舍。裘衛盉：「矩白庶人取董章於裘衛，才八十朋其貯，其舍田十田，矩或取赤虎兩、麀韋兩、賁鞈一，才二十朋，其舍田三田。」舍田即予田，也就是給田。又令鼎：「余其舍女（汝）臣十家。」其中「舍」也是賜予字，予為余母字。《墨子·耕柱》：「見人之生餅，則還然竊之曰：『舍余食』」孫詒讓閒詁：「舍，予之假字。古賜予字或作舍。」三體石經「予」即寫作舍。

西周季悆旅鼎有「悆」字，《玉篇·心母》：「悆，豫也。」《集韻·御韻》：「豫，或作舒。」《書·洪範》：「日豫，恒燠若」唐孔穎達疏：「鄭、王本『豫』作『舒』。」《集韻·魚部》：「紓，《說文》：『緩也。』一曰解也。或作悆、忬，通作舒。」可見悆、豫、紓、忬、舒幾字讀音極為相近。悆，從心余聲，《廣韻》羊洳切，余母字；《集韻》有商居切又音，書母。豫忬舒皆有兩音，與悆同。上古余母和書母發音的相近，可以解釋幾字的異讀及同音現象。

（二）異／式

大盂鼎：「古（故）天異臨子，法寶先王，口有四方。」異舊釋為「輔翼」之「翼」。裘錫圭認為這個「異」字放在謂語的頭上，作用跟《尚書·大誥》：

「天惟喪殷」、《多方》:「天惟畀矜爾」裏的「惟」字(「惟」「唯」古通)很相似。《尚書·大誥》「厥考翼其肯曰:『予有後,弗棄基』」中「翼」當同「異」,用法與前同。裘文指出甲骨文中已經存在了類似語法功能的「異」,並認為虛詞的「異」與《詩經》《尚書》《逸周書》等文獻中的虛詞「式」可能是同一個詞的異寫。〔註15〕這一提法從語音的角度來看是完全可能的。「異」是余母職部字,「式」是書母職部字。「式」字所從的聲符「弋」亦在余母職部,與「異」的讀音完全相同。

(三)餳 / 餯

令鼎有「餳」字,從食易聲。有邪母和定母兩個讀音,聲符「易」為余母。西周金文中余母字與定、邪二母字均有較多相諧,余母與二母之間應有音理上的聯繫。余母與定母同為舌頭音;而邪母,按照李方桂的說法,是余母在-j-介音的影響下產生的。《金文編》釋餳為「餯」。《說文》:「餯,晝食也,從食象聲。餯,餯或從傷省聲。」餯,書母,象,邪母,同為擦音,常可互轉。書母與余母音近可通。蓋本餳一字,余母一音,餯為後起異體字。《說文》以為餳為「傷」省聲,蓋是書、余二母後世差異逐漸顯著,而許氏不明其中變化。

(四)吕 / 姒 / 始 / 姛(姠、姰)

吕(余母)、始(書母)、姒(邪母)、姛姠、姰(均從司得聲。司,心母),上列幾字上古都屬之部。本文考察余母與書以及心、邪二母西周金文中多有相諧字例,從而可知幾字西周時期均音近可通。考察它們在銘文中的具體運用,可知它們的使用亦可通,姒金文中可寫作吕、始、姛、姠、姰等形,後幾個字形只是在吕形上或增義符,或增聲符。後世它們的意義和讀音才逐漸有所分化。

(五)尸 / 夷

尸為夷狄之夷的初文,是中原地區的統治者對邊遠少數民族蔑稱。容庚《金文編》謂:「象人屈膝之形。後叚夷為尸。而尸之意晦。祭祀之尸,其陳之祭,有似於尸,故亦以尸名之。」〔註16〕西周晚期的南宮柳鼎始見「夷」,

---

〔註15〕裘錫圭《卜辭「異」字和詩、書裏的「式」字》,《中國語言學報》1983年第1期。亦見裘錫圭《古文字論集》,北京:中華書局,1992年,122~140頁。

〔註16〕容庚編著,張振林、馬國權摹補《金文編》,北京:中華書局,1985年,602頁。

《金文常用字典》云「夷」之形乃「變側面為正面，變曲身象形為添加表示彎曲的符號**3**。」〔註17〕「尸」為書母，「夷」為余母，本為一字一音，分化為兩字兩音。

（六）狄／狋

西周金文中定母與余母的關係是十分密切的，如稻、道以舀為聲，攸通鋚，余通駼等皆是余、定相諧之例。「喻四歸定」結論影響很大，人們也常常利用這一結論來考釋文字。在此舉一個因認為余母與定關係密切而致誤的例字。曾伯霖匜：「克狋淮夷。」狄，有隸定作狋，從亦聲。《說文》：「狄，赤狄本犬種。狄之為言淫辟也。從犬，亦省聲」。亦，余母；狄，定母，余母與定上古音近。亦上古屬鐸部字，狄屬錫部，鐸錫為韻腹相近的入聲韻，可通轉。可見亦、狄古音相近。那麼把狋隸定狋，於形於音似乎都很合適。但對金文中從火之字進行普遍考察之後，可以得出：狄字本從火，所謂的亦只是火的變形，《說文》的「亦省聲」是錯誤的。《金文編》收錄的狄有以下幾形：狋（牆盤）狋（戜狄鍾）狋（曹伯狄簋）狋（曾伯霖匜）。前三形均從火，尤其第一形中的火與亦絕無相混的可能。考察金文從火之字：焚（鄂君啟車節）焚（者減鍾）焚（王孫鼻鍾）焚（吳王光鑑）焚（曾伯霖匜），幾字中的火均有些近似亦。仔細分辨，形似亦的火與金文亦的形體還是有區別的。火字上部貫穿的橫平直，而亦上非一橫，是人的兩臂，兩端常有下垂之勢。焚等幾個從火之字，沒有人會把形似亦的火當成亦，因為幾字意義確與火有關。之所以把狄中的火當成亦，是因為狄、亦語音上的相近。《說文》之誤蓋源於此。

〔註17〕陳初生編纂，曾憲通審校《金文常用字典》，西安：陝西人民出版社，1987 年，821 頁。

結　語

　　出土的古文字材料在可靠性上是傳世的文字資料無法可比的，同時這些出土文字材料的地域和時代多比較明確，用它們研究上古音當是古音研究的新出路。本書利用西周金文的形聲和通假等材料考察西周金文的音韻狀況是在這條道路上探索的一個階段性成果。

　　西周金文與後世的文字材料相比，有其自身的特點。正如緒論中所論證的，這一時期的金文材料很少受方言因素的影響，單純而豐富，適合用於西周音系的研究。筆者最終收集到西周金文中的形聲字 807 個，通假字 508 組，以及部分押韻材料。在研究方法上，嘗試利用概率統計與歷史比較和內部擬測相結合的方法。概率統計主要是陸志韋的幾遇數統計法，先假設兩音類是獨立的，計算出其幾遇數，再用實際相諧數與之進行比較。綜合利用幾種方法對西周金文中的諧聲和通假等材料考察，得出西周時期音系的基本狀況如下：

　　1. 在聲類上：唇音無輕重唇之分；知組和章組聲母歸入端組；莊組歸入精組。這是西周時期聲母系統的大勢。這一時期的禪母應該是一個全濁聲母；匣母兩分，一支與牙音群母合併，一支在喉音，云匣合併。合併；部分章組字與喉牙音字合併等，則是這一系統中個別聲母的具體特點。另有雙唇部位和舌根部位的清鼻音存在。這一時期的單輔音聲母共計 25 個。此外，還有 st-類型的複輔音聲母存在。根據來母和余母的諧聲和通假情況，本研究認為西周時期有 -r-、-j-等介音，其中-r-介音不僅存在於二等字中，而且還存在於重紐 B 類和普

通喉牙音三等字，以及知、莊兩組的三等字中。來母字與喉牙音相諧的數量很多，喉牙音與-r-介音的結合與舌齒音不同，前者結合得不很緊密，常有分化或脫落。為解釋一些字在西周時同音，而後世語音差異較大的現象，筆者從緩讀分化現象入手，分析了帶有-r-或-j-等介音音節的緩讀分化形式，從而使部分字的語音分化得到了解釋，如系與聯、郭與墉的語音分化。還有部分聲母的諧聲或通假關係比較複雜，如余、邪、定三母字不僅與多種類型聲母的字發生關係，三母之間也有許多交織，很難一下理清三母在西周時期的確切狀況。部分聲母的歸字很少，如禪母，只能推測西周時期的禪母可能不獨立存在，應該分散開來與定或邪母等結合。由於禪母字太少，很難定其確切的分布情況，期待更多新材料的發掘。

2. 西周時期的韻部數量與王力的上古 29 部系統基本一致，少許的差異在於，王力將冬侵合為一部，認為冬部戰國以後才分立出來。西周金文的材料顯示，西周時期冬、東兩部當合。這一時期的冬部字很少，通過諧聲和通假很難說明其是否獨立，但是在西周有韻銘文中冬東兩部多有互諧，而冬侵兩部很少出現這樣的情況，據此將冬部歸於東部是合適的。所以西周時期的韻部系統仍是 29 部。這 29 部應陰陽入三分，雖然三類韻之間有互諧現象，但是所佔比例很小，不足以作為任何兩類合併的依據。其中陰入兩類韻互諧數相對多一些，這與《詩經》陰入兩類韻字多有互押的現象是一致的。有些學者據此為陰聲韻也帶上了塞音韻尾，筆者不贊同此舉，西周金文陰入兩類韻互諧者不足兩類韻字數總和的 6%，分立是明顯的，之間的互諧不能說明陰聲韻也如入聲韻一樣帶有塞音韻尾。西周金文中蒸部與侵部、侯部與魚幽兩部、幽部與之部、幽部與侵部、宵部與覺部、文部與真元兩部、葉部與月部、物部與緝部之間的互諧數相對多一些，但是與這些部自諧的數量相比都是很微弱的數量，不足以合併。這些部之間的互諧現象僅僅說明他們的主要元音相同或相近。其中由蒸侵兩部字的互諧，推測部分侵部字的韻尾可能產生過-m〉-ŋ的變化；由葉物與月部、物部與緝部的互諧推測部分葉、緝部字的韻尾可能產生過-p〉-t的變化。

3. 西周金文材料顯示，西周時期已存在四聲：平、上、去、入；韻母分四等。但是這一時期異調互諧、異等互諧的情況比較常見，在當時用字量有限的情況下，要找到同聲韻、同調、同等並相對常見的字作聲符或假借並非易事，所以出現異調或異等互諧的情況相對多一些是可以理解的。

　　基於以上研究結論，本書對西周金文中部分字進行了考釋或語音上的說明。推求某一時期語音狀況的同時，也需要對其後世音變的原因和歷程作出解釋，所以本文亦嘗試對部分聲韻演化的模式進行了探索，舉出音變的原因可能有發音部位的轉移、發音方法的相近互轉、緩讀分化、脫落等。此僅為探索，列入附錄，待以後進一步深入研究。

　　本研究在分析某些音類的分合時苦於材料的不足，所以某些結論還缺乏堅實的材料基礎。同時，所運用的幾遇數統計法的前提是材料規模要大，這樣得出的結論準確性才能提高。本研究參加統計的字數還略顯不足，誤差肯定存在。對其中的許多數據，不得不結合其他的方法進行說明。所以，本研究在材料的充實和研究方法的改進上都需要作進一步的努力。

　　筆者學力有限，書中錯誤和不當之處在所難免，懇請前輩及同行不吝指正。此外由於書中引文較多，為敘述方便，採用前輩成果時，對作者未能全部使用尊稱，有失敬意，祈請諒解。

參考文獻

一、常用工具書

1. 陳初生編纂，曾憲通審校，金文常用字典，西安：陝西人民出版社，1987 年。

2. 陳復華，何九盈，古韻通曉，北京：中國社會科學出版社，1987 年。

3. 郭錫良，漢字古音手冊，北京：北京大學出版社，1986 年。

4. 漢語大字典編輯委員會，漢語大字典，四川辭書出版社，湖北辭書出版社，1993 年。

5. 何琳儀，戰國古文字典──戰國文字聲系（上、下），北京：中華書局，1998 年。

6. 華東師範大學中國文字研究與應用中心，金文引得（殷商西周卷），南寧：廣西教育出版社，2001 年。

7. 華東師範大學中國文字研究與應用中心，金文引得（春秋戰國卷），南寧：廣西教育出版社，2002 年。

8. 劉雨，盧岩，近出殷周金文集錄，北京：中華書局，2002 年。

9. 容庚編著，張振林，馬國權摹補，金文編，北京：中華書局，1985 年。

10. 湯餘惠主編，戰國文字編，福州：福建人民出版社，2001 年。

11. 徐仲舒主編，甲骨文字典，成都：四川辭書出版社，1998 年。

12. 于省吾主編，甲骨文字詁林，北京：中華書局，1996 年。

13. 張亞初，殷周金文集成引得，北京：中華書局，2001 年。

14. 中國社會科學院考古研究所，殷周金文集成，北京：中華書局，1984～1994 年。

15. 中國社會科學院考古研究所，殷周金文集成釋文，香港：香港中文大學出版社，2001 年。

16. 周法高主編，張日昇，徐芷儀，林潔明編纂，金文詁林，香港：香港中文大學出版社，1975 年。

二、論 著

1. 包擬古，原始漢語與漢藏語，潘悟雲，馮蒸譯，北京：中華書局，1995 年。

2. 陳獨秀，陳獨秀音韻學論文集，北京：中華書局，2001 年。

3. 陳振寰，音韻學，長沙：湖南人民出版社，1986 年。

4. 董蓮池，金文編校補，長春：東北師範大學出版社，1995 年。

5. 董同龢，漢語音韻學，北京：中華書局，2001 年。

6. 丁邦新，丁邦新語言學論文集，北京：商務印書館，1998 年。

7. 丁佛言，說文古籀補補，北京：中華書局，1998 年。

8. 方孝岳，漢語語音史概要，北京：商務印書館，1979 年。

9. 馮蒸，馮蒸音韻論集，北京：學苑出版社，2006 年。

10. 傅定淼，反切起源考，上海：上海古籍出版社，2003 年。

11. 高明，中國古文字學通論，北京：北京大學出版社，1996 年。

12. 郭沫若，金文叢考，北京：新華書局，1954 年。

13. 郭沫若，兩周金文辭大系，郭沫若全集（第八卷），北京：科學出版社，2002 年。

14. 郭錫良，漢語史論集，北京：商務印書館，1997 年。

15. 何九盈，音韻叢稿，北京：商務印書館，2002 年。

16. 侯志義，金文古音考，西安：西北大學出版社，2000 年。

17. 胡安順，音韻學通論，北京：中華書局，2001 年。

18. 華學誠，周秦漢晉方言研究史，上海：復旦大學出版社，2003 年。

19. 黃侃，黃侃論學雜著，上海：上海古籍出版社，1980 年。

20. 黃侃，文字聲韻訓詁筆記，黃侃述，黃焯編，上海：上海古籍出版社，1983 年。

21. 黃焯，經典釋文匯校，北京：中華書局，1980 年。

22. 金理新，上古漢語音系，黃山書社，2002 年。

23. 李方桂，上古音研究，北京：商務印書館，1980 年。

24. 李榮，切韻音系，北京：科學出版社，1956 年。

25. 李維琦，中國音韻學研究評述，長沙：嶽麓書社，1995 年。

26. 李新魁，古音概說，廣州：廣東人民出版社，1979 年。

27. 李新魁，漢語音韻學，北京：北京出版社，1986 年。

28. 李新魁，李新魁語言學論集，北京：中華書局，1994 年。

29. 李學勤，新出青銅器研究，北京：文物出版社，1990 年。

30. 李玉，秦漢簡牘帛書音系研究，北京：當代中國出版社，1994 年。

31. 劉堅，二十世紀的中國語言學，北京：北京大學出版社，1998 年。

32. 劉詳等，商周古文字讀本，北京：語文出版社，1989 年。

33. 劉又辛，文字訓詁論集，北京：中華書局，1993 年。

34. 陸志韋，古音說略，陸志韋語言學著作集（一），北京：中華書局，1985 年。

35. 羅常培，王均，普通語音學綱要（修訂本），北京：商務印書館，2002 年。

36. 羅常培，周祖謨，漢魏晉南北朝韻部演變研究，北京：科學出版社，1958 年。

37. 羅振玉，增訂殷墟書契考釋，東方學會印本，1927 年。

38. 馬承源，商周銅器銘文選（三），北京：文物出版社，1988 年。

39. 馬學良，漢藏語言概論，北京：北京大學出版社，1991 年。

40. 麥耘，音韻與方言研究，廣州：廣東人民出版社，1995 年。

41. 孟蓬生，上古漢語同源詞語音關係研究，北京：北京師範大學，2001 年。

42. 潘悟雲，漢語歷時音韻學，上海：上海教育出版社，2000 年。

43. 潘悟雲，著名中年語言學家自選集，潘悟雲卷，合肥：安徽教育出版社，2002 年。

44. 錢大昕，潛研堂文集，嘉慶十一年自刻本，1806 年。

45. 錢大昕，十駕齋養新錄，上海：上海書店，1983 年。

46. 裘錫圭，古文字論集，北京：中華書局，1992 年。

47. 裘錫圭，文字學概要，北京：商務印書館，1988 年。

48. 全光鎮，兩周金文通假字研究，臺灣：學生書局，1990 年。

49. 陝西省文物局、中華世紀壇藝術館編，盛世吉金，北京：北京出版社，2003 年。

50. 商承祚，殷契文字類編，自刻本 1923 年。

51. 施向東，漢語和藏語同源體系的比較研究，北京：華語教學出版社，2000 年。

52. 史存直，漢語語音史綱要，北京：商務印書館，1981 年。

53. 唐蘭，古文字學導論，北京：北京大學出版社，1935 年。

54. 唐蘭，西周青銅器銘文分代史徵，北京：中華書局，1986 年。

55. 王國維，觀堂集林，石家莊：河北教育出版社，2001 年。

56. 王國維，王國維遺書，上海：上海書店，1983 年。

57. 王力，漢語音韻學，北京：中華書局，1956 年。

58. 王力，漢語音韻，北京：中華書局，1980 年。

59. 王力，詩經韻讀，上海：上海古籍出版社，1980 年。

60. 王力，音韻學初步，北京：商務印書館，1980 年。

61. 王力，同源字典，北京：商務印書館，1982 年。

62. 王力，漢語語音史，北京：中國社會科學出版社，1985 年。

63. 王力，漢語史稿，北京：中華書局，1980 年。

64. 王力，清代古音學，北京：中華書局，1992 年。

65. 王蘊智，殷周古文同源分化現象探索，長春：吉林人民出版社，1996 年。

66. 魏建功，古音系研究，北京：中華書局，1996 年。

67. 吳大澂，說文古籀補，北京：中華書局，1988 年。

68. 邢向東，張永勝，內蒙古西部方言語法研究，呼和浩特：內蒙古人民出版社，1997年。

69. 雅洪托夫，漢語史論集，北京：北京大學出版社，1986年。

70. 楊劍橋，漢語現代音韻學，上海：復旦大學出版社，1996年。

71. 楊寬，西周史，上海：上海人民出版社，1999年。

72. 楊樹達，積微居金石論叢（增訂本），北京：中華書局，1983年。

73. 楊樹達，積微居金文說（增訂本），北京：中華書局，1997年。

74. 楊樹達，積微居小學述林（新一版），北京：中華書局，1983年。

75. 俞敏，俞敏語言學論文集，北京：商務印書館，1999年。

76. 于省吾，雙劍誃吉金文選，北京：中華書局，1998年。

77. 于省吾，殷契駢枝續編，石印本，1941年。

78. 余迺永，兩周金文音系考，臺北：聯貫出版社，1980年。

79. 余迺永，上古音系研究，香港：中文大學出版社，1985年。

80. 張民權，古音學研究，北京：北京廣播學院出版社，2002年。

81. 張世祿，中國古音學，臺北：先知出版社，1973年。

82. 張世祿，中國音韻學史（全二冊），北京：商務印書館，1938年。

83. 張玉金，20世紀甲骨語言學，上海：學林出版社，2003年。

84. 章太炎，國故論衡，上卷木刻線裝，上海：上海文瑞樓年。

85. 趙秉璇，竺家寧，古漢語複輔音論文集，北京：語言文化大學出版社，1998年。

86. 鄭張尚芳，漢語上古音系表解（油印本），1981年。

87. 周祖謨，問學集，北京：中華書局，1966年。

88. 周祖謨，周祖謨學術論著自選集，北京：北京師範學院出版社，1993年。

89. 祝敏申，說文解字與中國古文字學，上海：復旦大學出版社，1998年。

90. 高本漢，漢語詞類（張世祿譯），商務印書館，1937年。

91. 高本漢，中國音韻學研究（趙元任、李方桂、羅常培譯），北京：商務印書館，1940年。

92. 高本漢，中上古漢語音韻綱要（聶鴻音譯），濟南：齊魯書社，1987年。

93. 《保利藏金》編輯委員會，保利藏金——保利藝術博物館精品選，廣州：嶺南美術出版社，1999年。

94. 《保利藏金》編輯委員會，保利藏金——保利藝術博物館精品選（續），廣州：嶺南美術出版社，2001年。

三、論文類

1. 白保羅，漢語的 s-詞頭，第七屆國際漢藏語言學會議論文，1974年。

2. 白保羅，再論漢語的 s-詞頭，第八屆國際漢藏語言學會議論文，1975年。

3. 白一平，上古漢語*sr-的發展，語言研究，1983年1期。

4. 包擬古，漢藏語中帶 s-的複聲母在漢語中的某些反映形式，第 5 屆國際漢藏語言學會議論文，1972 年，馮蒸譯，潘悟雲校，音韻學研究通訊第 11 期，1987 年。

5. 包擬古，原始漢語與漢藏語：建立兩者之間關係的若干證據，原始漢語與漢藏語，潘悟雲、馮蒸譯，北京：中華書局，1995 年。

6. 包擬古，藏文的 sdud（衣褶）與漢語的「卒」及 st-假說，中央研究院歷史語言研究所集刊，第 39 本，1969 年。

7. 班弨，論漢語中的臺語底層詞——兼論東亞語言系屬分類新格局，中山大學博士論文，2004 年。

8. 曹錦炎，釋兔・古文字研究（第 20 輯），北京：中華書局，2000 年。

9. 陳抗，金文假借字研究，中山大學研究生畢業論文，1981 年。

10. 陳邦懷，兩周金文韻讀輯遺，古文字研究（第 9 輯），1984 年。

11. 陳初生，上古見系聲母發展中一些值得注意的線索，古漢語研究，1989 年 1 期。

12. 陳代興，殷墟甲骨刻辭音系研究，甲骨語言研討會論文集，武漢：華中師大出版社，1993 年。

13. 陳獨秀，連語類編・蟲魚第五，陳獨秀音韻學論文集，北京：中華書局，2001 年。

14. 陳世輝，金文韻讀續輯（一），古文字研究（第 5 輯），1981 年。

15. 陳斯鵬，「𥝤」為「泣」之初文說，中山大學中文系第五屆論文研討會論文，2003 年。

16. 陳偉武，出土文獻之於古漢語研究十年回眸，古漢語研究，1998 年 4 期。

17. 陳新雄，上古陰聲韻尾再探討，語言研究，1998 年 2 期。

18. 大西克也，論古文字資料中的「害」字及其讀音問題，古文字研究（第 24 輯），北京：中華書局，2002 年。

19. 丁幫新，論上古音中帶 l 的複聲母，屈萬里先生七秩榮慶論文集，臺北：聯經出版社，1978 年。

20. 董琨，周原甲骨文音系特點初探，甲骨文發現一百週年國際紀念會議論，1999 年。

21. 董同龢，上古音表稿，中研院史語所單刊甲種之 21，1944 年。

22. 董同龢，與高本漢先生商榷「自由押韻」說兼論上古楚方音特色，史語所集刊七本四分，1939 年。

23. 段紹嘉，陝西藍田縣出土弭叔等彝器簡介，文物，1960 年 2 期。

24. 方孝岳，論諧聲音系的研究和「之」部韻讀，中山大學學報（社科版），1957 年 3 期。

25. 馮時，巢鍾銘文考釋，考古，2000 年 6 期。

26. 馮時，叔巢鍾銘文考釋，考古，2000 年 6 期。

27. 馮蒸，論漢語上古聲母研究中的考古派與審音派：兼論運用諧聲系統研究上古聲母特別是複聲母的幾個問題，漢字文化，1998 年 2 期。

28. 馮蒸，關於鄭張尚芳、白一平——沙加爾和斯塔羅斯金三家上古音體系中的所謂「一部多元音」問題，南陽師範學院學報（社會科學版），2017 年 4 期。

29. 馮蒸，論構擬上古複聲母的原則與方法——音韻學教學改革探索之一，漢字文化，2009 年 5 期。

30. 高島謙一，甲骨文中的並聯仍語，古文字研究（第 17 輯），北京：中華書局，1989年。

31. 耿振生，論諧聲原則——兼評潘悟雲教授的「形態相關」說，語言科學，2003 年 5 期。

32. 管燮初，從甲骨文的諧聲關係看殷商語言的聲類，中國古文字研究會成立十週年學術研討會論文，1988 年。

33. 管燮初，據甲骨文諧聲字探討殷商韻部，紀念王力先生九十壽辰語言學研討會論文，1990 年。

34. 郭沫若，古代研究的自我批判，中國古代社會研究（外二種）下，石家莊：河北教育出版社，2000 年。

35. 郭沫若，金文韻讀補遺·金文叢考，北京：新華書局，1954 年。

36. 郭沫若，釋䚢·金文叢考，北京：新華書局，1954 年。

37. 郭錫良，西周金文音系初探，國學研究（第 2 卷），北京：北京大學出版社，1994年。

38. 郭錫良，也談上古韻尾的構擬問題，語言學論叢，1983 年 4 期。

39. 郭錫良，殷商時代音系初探，北京大學學報，1988 年 6 期。

40. 何九盈，陳復華，古韻三十部歸字總論，音韻學研究（第 1 輯），北京：中華書局，1984 年。

41. 何九盈，上古並定從群不送氣考，語言學論叢（第 8 輯），北京：商務印書館，1981 年。

42. 何琳儀，幽脂通轉舉例，古漢語研究（第 1 輯），北京：中華書局，1996 年。

43. 侯精一，分音詞與合音詞，現代晉語研究，北京：商務印書館，1999 年。

44. 胡安順，長入說質疑，陝西師大學報，1991 年 4 期，人民大學報刊資料複印中心，語言文字，1992 年 1 期。

45. 胡雙寶，「首、道——得老」與上古複輔音，語文研究，2000 年 4 期。

46. 黃綺，論古韻分部及支、脂、之是否應分為三，河北大學學報，1980 年 2 期。

47. 黃綺，之、魚不分·魚讀入之，河北學刊，1992 年 2 期。

48. 黃德寬，徐在國，郭店楚簡文字考釋，吉林大學古籍整理研究所檢索十五週年紀念文集，吉林：吉林大學出版社，1998 年。

49. 黃德寬，古漢字形聲結構聲符初探，安徽大學學報，1989 年 3 期。

50. 黃典誠，閩南方音中的上古音殘留，語言研究，1982 年 2 期。

51. 黃笑山，漢語中古語音研究評述，古漢語研究，1999 年 3 期。

52. 黃樹先，上古漢語複輔音聲母探源，語言研究，2001 年 3 期。

53. 江學旺，西周金文研究，南京大學博士生畢業論文，2001 年。

54. 金國泰，兩周軍事銘文中的「追」字，于省吾教授百年誕辰紀念文集，吉林：吉林大學出版社，1996 年。

55. 李榮，從現代方言論古群母有一、二、四等，中國語文，1965 年 5 期。

56. 李方桂，上古音研究中聲韻結合的方法，語言研究，1983 年 2 期。

57. 李方桂：Archaic Chinese *-iwəng, *-iwək, and *-iwəg. 歷史語言研究所集刊第 5 本第 1 分冊，1935 年。

58. 李天虹，釋「𩰫」「𩰋」，古文字研究（第 24 輯），北京，中華書局，2002 年。

59. 李新魁，從方言讀音看上古漢語入聲韻的複韻尾，中山大學學報，1991 年 4 期。

60. 李新魁，漢語音韻學研究概況及展望，音韻學研究（第 1 輯），北京：中華書局，1984 年。

61. 李新魁，論《切韻》系統中床禪和分合，中山大學學報，1979 年 1 期。

62. 李新魁，論侯魚兩部的關係及其發展，李新魁音韻學論集，1997 年。

63. 李新魁，四十年來的漢語音韻研究，中國語文，1993 年 1 期。

64. 李學勤，從新出青銅器看長江下游文化的發展，文物，1980 年 8 期。

65. 李學勤，論多友鼎的時代及意義，人文雜誌，1981 年 6 期。

66. 李學勤，論史牆盤及其意義，考古學報，1978 年 2 期。

67. 李學勤，論𤼈公盨及其重要意義，中國歷史文物，2002 年 6 期。

68. 李學勤，戎生編鍾論釋，文物，1999 年 9 期。

69. 李學勤，釋《詩論》簡『兔』及從『兔』之字，北方論叢，2003 年 1 期。

70. 李學勤，談祝融八姓，江漢考古，1980 年 2 期。

71. 李學勤，王鼎的性質和時代，文物，2001 年 12 期。

72. 李學勤，西山董家村𤼈匜考釋，古文字研究（第 1 輯），北京：中華書局，1979 年。

73. 李毅夫，上古韻祭月是一個還是兩個韻部，音韻學研究（第 1 輯），北京：中華書局，1984 年。

74. 林燾，上古音韻表稿書評，燕京學報，1949 年第 36 期。

75. 林亦，車字古有「車」音，古漢語研究，2001 年 3 期。

76. 林澐，越王者旨於賜考，考古，1963 年 8 期。

77. 林語堂，古有複輔音說，晨報六週年紀念增刊，1924 年。

78. 劉俊，冬部歸向的時代和地域特點與上古楚方言，中南民族學院學，1990 年 5 期。

79. 劉釗，《金文編》附錄存疑字考釋（十篇），人文雜誌，1995 年 2 期。

80. 劉釗，古文字構形研究，吉林大學博士論文，1992 年。

81. 劉廣和，試論唐代長安音重紐，中國人民大學學報，1987 年 6 期。

82. 劉信芳，郭店竹簡《六德》解詁一則，古文字研究（第 22 集），北京：中華書局，2000 年。

83. 劉又辛，古漢語複輔音說質疑，音韻學研究（第 1 輯），北京：中華書局，1984

年。

84. 劉志成，兩周金文音系的聲母，語言學問題集刊（第 1 輯），吉林：人民出版社，2001 年。

85. 羅常培，經典釋文和原本玉篇反切中的匣于兩紐，史語所集刊 8 本 1 分，1939 年。

86. 羅常培，周秦古音研究述略，羅常培紀念文集，北京：商務印書館，1984 年。

87. 羅江文，《詩經》與兩周金文韻部比較，思想戰線，2003 年 5 期。

88. 羅江文，從金文看上古鄰近韻的分立，古漢語研究，1996 年 3 期。

89. 羅江文，金文韻讀續補，玉溪師範高等專科學校學報（社會科學版），1999 年 1 期。

90. 羅江文，談兩周金文合韻的性質——兼及上古「楚音」，楚雄師專學報，1999 年 4 期。

91. 羅西章，吳鎮烽，雒忠如，陝西扶風出土西周伯𢸖諸器，文物，1976 年 6 期。

92. 馬承源，晉侯對罍，第二屆國際古文字學研討會論文，1993 年。

93. 馬承源，晉侯蘇編鍾，上海博物館集刊（第 7 期），上海：上海書畫出版社，1996 年。

94. 麥耘，「三等韻莊、知組源於二等韻說」商榷，音史新論：慶祝邵榮芬先生八十壽辰學術論文集，2005 年。

95. 麥耘，《詩經》韻系，中國音韻學研究會第 5 次學術研討會論文，1988 年。

96. 麥耘，從尤、幽韻的關係論到重紐的總體結構及其他，語言研究，1988 年 2 期。

97. 麥耘，漢語聲介系的歷史演變，中國語言學會第十一屆年會，2001 年。

98. 麥耘，論重紐及《切韻》的介音系統，語言研究，1992 年 2 期。

99. 孟蓬生，「車」字古音考——兼與時建國先生商榷，古籍整理研究學刊，2002 年 5 期。

100. 孟蓬生，「四聲一貫」說之我見，河北學刊，1992 年 3 期。

101. 南進博物院、徐州市文化局、邳州市博物館，江蘇邳州九女墩 2 號墩發掘簡報，考古，1999 年 11 期。

102. 潘悟雲，漢越語和《切韻》唇音字，中國文史論叢（語言文字研究專輯（上），上海：上海古籍出版社，1982 年。

103. 潘悟雲，喉音考，民族語文，1997 年 5 期。

104. 龐懷清，陝西省岐山縣董家村西周銅器窖穴發掘報告，文物，1976 年 5 期。

105. 裴學海，古聲紐「禪」「船」為一「從」「邪」非二考，河北大學學報，1961 年 1 期。

106. 蒲立本，上古漢語的輔音系統，潘悟雲、徐文堪譯，北京：中華書局，2000 年。

107. 錢玄同，古無邪紐證，北師大《國學叢刊》，1932 年第一卷 3 期。

108. 裘錫圭，卜辭「異」字詩、書的「式」字，中國語言學報，1983 年 1 期。

109. 裘錫圭，從殷墟卜辭的「王占曰」說到上古漢語的宵談對轉，中國語文，2002 年

1 期。

110. 裘錫圭，戎生編鍾銘文考釋，保利藏金，嶺南美術出版社，1999 年。

111. 裘錫圭，史牆盤銘解釋，文物，1978 年 3 期。

112. 裘錫圭，釋殷墟甲骨文裏的『遠』『{CJK}』（邇）及有關諸字，古文字研究（第 12 輯），北京：中華書局，1985 年。

113. 裘錫圭，談談隨縣曾侯乙墓的文字資料，文物，1979 年 7 期。

114. 裘錫圭，戰國璽印文字考釋三篇，古文字研究（第 10 輯），北京：中華書局，1983 年。

115. 裘錫圭，{CJK}公盨銘文考釋，中國歷史文物，2002 年 6 期。

116. 容庚，鳥書考，中山大學學報，1964 年 1 期。

117. 容庚，周金文中所見代名詞釋例，燕京學報，1929 年 6 期。

118. 沙加爾，論去聲，語文研究，1988 年 4 期。

119. 商承祚，《石刻篆文編》字說（二十七則），古文字研究（第 5 輯），北京：中華書局，1981 年。

120. 尚玉河，「風曰字纜」和上古漢語複輔音聲母的存在，語言學論叢（第 8 輯），北京：商務印書館，1981 年。

121. 邵榮芬，古韻魚侯兩部在後漢時期的演變，中國語文，1982 年 6 期。

122. 邵榮芬，論古韻魚侯兩部在前漢時期的分合，中國語言學報，1983 年 1 期。

123. 邵榮芬，試論上古音中的常船兩聲母，羅常培紀念文集，北京：商務印書館，1984 年。

124. 邵榮芬，匣母字上古一分為二試析，語言研究，1991 年 1 期。

125. 師玉梅，喻四、書母古音考——由金文舍從余母說開，語言研究，2003 增刊。

126. 師玉梅，張亞初金文考釋方法商榷——讀《殷周金文集成引得·序言》，考古與文物，2003 年 4 期。

127. 施向東，上古 r 介音和來紐，音韻學研究（第 3 輯），北京：中華書局，1994 年。

128. 施向東，上古漢語聲母*s-與 x-的交替，語言研究，1998 年增刊。

129. 施向東，試論上古音幽宵兩部與侵緝談盍四部的通轉，天津大學學報（社會科學版），1999 年 1 期。

130. 施向東，玄奘譯著中的梵漢對音和初唐中原方音，語言研究，1983 年 4 期。

131. 時建國，說車字的「居」音，語文研究，1997 年 4 期。

132. 史存直，古韻「之」「幽」兩部之間的交涉，音韻學研究（第 1 輯），北京：中華書局，1984 年。

133. 唐蘭，{CJK}尊銘文解釋，文物，1976 年 1 期。

134. 唐蘭，略論西周微史家族窖藏銅器群的重要意義——陝西扶風新出牆盤銘文解釋，文物，1978 年 3 期。

135. 唐蘭，論古無複聲母，凡來母字皆讀如泥母，清華學報，1937 年 12 卷 2 期。

136. 唐蘭，陝西扶風新出牆盤銘文解釋，文物，1978 年 3 期。

137. 唐蘭，陝西省岐山縣董家村新出西周重要青銅器銘辭的譯文和注釋，文物，1976 年 5 期。

138. 唐蘭，永盂銘文解釋，文物，1972 年 1 期。

139. 唐蘭，用青銅器銘文來研究西周史──綜論寶雞市近年發現的一批青銅器的重要歷史價值，文物，1976 年 6 期。

140. 唐蘭，周王龣鍾考，唐蘭先生金文論集，北京：紫禁城出版社，1995 年。

141. 王輝，逨盤銘文箋釋，考古與文物，2003 年 3 期。

142. 王輝，「鸓」字補釋兼論春秋公冠禮，第二屆國際中國古文字學研究會論文集，香港：香港中文大學出版社，1993 年。

143. 王力，漢語語音史上的條件音變，語言研究，1983 年 1 期。

144. 王國維，兩周金石文韻讀‧序，觀堂集林，藝林八，河北：教育出版社，2001 年。

145. 王健庵，《詩經》用韻的兩大方言韻系──上古方音初探，中國語文，1992 年 3 期。

146. 吳其昌，來紐明紐複輔音通轉考，清華學報，1932 年 7 卷第 1 期。

147. 徐仲舒，金文蝦詞釋例，歷史語言研究所集刊 6 本 1 分，1936 年。

148. 徐仲舒，西周牆盤銘文箋釋，考古學報，1978 年 2 期。

149. 許寶華，潘悟雲，釋二等，音韻學研究（第 3 輯），北京：中華書局，1994 年。

150. 許寶華，論入聲，音韻學研究（第 1 輯），北京：中華書局，1994 年。

151. 許匡一，《淮南子》分音詞試析，武漢教育學院學報，1996 年 4 期。

152. 尋仲臣，張文敏，中古邪母的上古來源，古漢語研究，1996 年 4 期。

153. 楊劍橋，論端、知、照三系聲母的上古來源，語言研究，1986 年 1 期。

154. 雅洪托夫，上古漢語中的複輔音，第 25 屆國際東方學會議論文，1960 年。於謝‧葉‧雅洪托夫，漢語史論集，唐作藩、胡雙寶選編，北京：北京大學出版社，1986 年。

155. 嚴學宭，周秦古音結構體系，音韻學研究（第 1 輯），北京：中華書局，1984 年。

156. 嚴學宭，上古漢語聲母結構體系初探，江漢學報，1962 年 6 期。

157. 嚴學宭，原始漢語複輔音聲母類型，第十四屆國際漢藏語言學論文，1981 年。

158. 嚴翼相，韓日漢字中的上古知章系與喻日母字，語言研究，1995 年 2 期。

159. 顏世鉉，郭店楚簡散論（三），大陸雜誌（第 101 卷第 2 期），2000 年。

160. 殷煥先，連綿字和古音，王力先生紀念論文集，北京：商務印書館，1990 年。

161. 殷煥先，上古去聲質疑，音韻學研究（第 2 輯），北京：中華書局，1986 年。

162. 于省吾，釋𢆶、𢆶兼論古韻部東、冬的分合，吉林大學社會科學學報，1962 年 1 期。

163. 余迺永，兩周金文音系考，國立臺灣師範大學國文研究所博士論文，1980 年。

164. 俞敏，等韻溯源，音韻學研究（第 1 輯），北京：中華書局，1984 年。

165. 俞敏，漢藏同源字譜稿，民族語文，1989 年 1 期。

166. 喻世長，用諧聲關係擬測上古聲母系統，音韻學研究（第 1 輯），北京：中華書局，1994 年。

167. 喻遂生，《老子》用韻研究，西南師範大學學報，1995 年 1 期。

168. 喻遂生，兩周金文韻文和先秦楚音，西南師範大學學報，1993 年 2 期。

169. 曾憲通，從『蚰』符之音讀再論古韻部東冬的分合，第三屆國際中國古文字學研討會論文，1997 年。

170. 曾憲通，古文字資料的釋讀與訓詁問題，第一屆國際訓詁學研討會論文集，1997 年。

171. 曾運乾，喻母古音考，東北大學季刊，1928 年 12 期。

172. 張頷，談山西方言字音中的緩讀和急讀，語文研究，2003 年 1 期。

173. 張世祿，楊劍橋，論上古代 r 複輔音聲母，復旦學報（社會科學版），1986 年 5 期。

174. 張琨，張謝蓓蒂，漢語*S-鼻音聲母，中央研究院歷史語言研究所集刊第 47 本第 4 分，1976 年。

175. 張清常，上古音—b 尾遺跡，音韻學研究（第 3 輯），北京：中華書局，1994 年。

176. 張永言，上古漢語有送氣流音聲母說，語文學論集，1992 年。

177. 張玉金，《詩經》《尚書》中「誕」字的研究，古漢語研究，1994 年 3 期。

178. 張振林，《說文》從辵之字皆為形聲字說，廣東省 2002～2003 語言學年會論文，2003 年。

179. 張振林，毛公肇鼎考釋，容庚先生百年誕辰紀念文集（古文字研究專號），廣東炎黃文化研究會，中國古文字學學術研討會合編，廣東人民出版社，1998 年。

180. 張振林，商周銅器銘文之校讎，第一屆國際暨第三屆全國訓詁學學術研討會論文，1997 年。

181. 張振林，戰國期間文字異形面面觀，南開大學首屆中國文字學國際研討會論文，2001 年。

182. 張政烺，周厲王胡簋釋文，古文字研究（第 3 輯），1980 年。

183. 張建民，二等韻介音研究綜述，人大複印資料，語言文字學，2001 年 9 期。

184. 趙誠，《說文》諧聲探索（一），音韻學研究（第 3 輯），北京：中華書局，1994 年。

185. 趙誠，商代音系探索，音韻學研究（第 1 輯），北京：中華書局，1984 年。

186. 趙誠，上古諧聲和音系，古漢語研究，1996 年 1 期。

187. 趙秉璇，太原方言裏的複輔音遺跡，第十九屆國際漢藏語言學會論文，1986 年。

188. 趙元任，中古漢語的語音區別（Distinctons Within Ancient Chinese），Harvard Journal of Asiatic Studies，5，1978 月。

189. 鄭仁甲，論三等韻的介音——兼論重紐，中國音韻研究會第三次學術討論會論文，1984 年。

190. 鄭張尚芳，漢語史上展唇後央高元音 ɯ、ɨ 的分布，語言研究，1998 年增刊。

191. 鄭張尚芳，上古漢語的 s-頭，溫州師範學院學報，1990 年 4 期。

192. 鄭張尚芳，上古音構擬小議，語言學論叢（第 14 輯），北京：商務印書館，1984 年。

193. 鄭張尚芳，上古音研究十年回顧與展望（一），古漢語研究，1998 年 4 期。

194. 鄭張尚芳，上古音研究十年回顧與展望（二），古漢語研究，1999 年 1 期。

195. 鄭張尚芳，上古韻母系統的四等、介音、聲調的發源問題，溫州師範學院學報，1987 年 4 期。

196. 周長輯，略論上古匣母及其到中古的發展，音韻學研究（第 1 輯），北京：中華書局，1984 年。

197. 周法高，論上古音，香港中文大學中國文化研究所學報，1969 年 2 卷 1 期。

198. 周法高，論上古音和切韻音，香港中文大學中國文化研究所學報，1970 年 3 卷 2 期。

199. 周流溪，上古漢語的聲調和韻系新擬，語言研究，2000 年 4 期。

200. 周祖謨，漢代竹書與帛書中的通假字與古音的考訂，音韻學研究（第 1 輯），北京：中華書局，1984 年。

201. 周祖謨，審母古音考，問學集，北京：中華書局，1966 年。

202. 朱鳳瀚，虢公盨銘文初釋，中國歷史文物，2002 年 6 期。

203. 朱聲琦，從漢字的諧聲系統看喉牙聲轉：兼評「上古音曉匣歸見溪群」說，南京大學報，1998 年 2 期。

204. 竺家寧，上古漢語帶舌尖流音的複聲母，中正大學學報，1990 年 1 期。

205. Baxter, W.H. Some proposals on old Chinese phonology. Contribution in Historical Linguisticas: Issue and Materals, Leidon, E.J.Bill. 1980.

206. 《文物》，1985 年～今，各期。

207. 《考古》，1985 年～今，各期。

208. 《考古與文物》，1985 年～今，各期。

209. 《考古學報》，1985 年～今，各期。

附錄一　西周金文諧聲字表 [註1]

	幫	滂	並	明
幫	璧鞶狽疕箙圃放裨妣妭逋（夫聲）逋（甫聲）俯戰餔寶汸酏敗泌	淳郭茀浿鋪尃橐	否匐鞞荆坒廛扶排輔旁盤狐紛	
滂	邦鄭搏鎛封轉博	姘謗	奉夆	
並	福瀕播榜陂甫般布襮猶斧	撲僕番	麀鳳復倗帛匍徬匋蘩服繁匐鼻	
明	賦邊賓			昧穡晦嫚妹媚盟邁杰慕戀斌旎苺妄㮚敗敏孜貿楳每閔謹涵蔑密鼏輻
端				
透				
定	鋽			
泥				
來	稟膚			命麥
精				
清				
從				
心				
邪				

〔註1〕該表中娘母字未單列，暫入泥母，文中討論時分出。

知			亳	廟
徹				
澄				
莊				
初				
崇				
山				
章				
昌				
船				
書				
禪				
日				弭彌
見				
溪				
群				
疑				
影				
余				
曉	饎			
匣				
云				

	端	透	定
幫			甸詢
滂			
並			
明			
端	底羝顛		童
透			沱杜陀達
定			甸佃桐峒妖簟達
泥			
來			
精			
清			

從			
心			
邪			隊待
知			
徹			
澄	德貯		滕或
莊			
初			
崇			
山			
章	琱都甈		定團
昌		柈	
船			
書			電道
禪	媒湛	憻	宕
日			
見			唐
溪			
群			
疑			
影			
余		滔湯通琗聿絪	稻籓道
曉			
匣			
云			

	泥	來	日
幫		鑪鏎	
滂			
並			
明		留柳厲穎閬鈴	
端			
透		螽	
定			
泥	嬨寧		芳

來		鑪潦覩藜歷逨筓廬裏櫚根琅醴貍變僚聾鄩瀘淪鈴麗奎鑪遼錀隣縶顡噦蓼鏊罟遷狼应讕鸞斁勒戥	
精			
清			
從			
心			
邪			
知	淖		
徹			
澄			
莊			
初			
崇			
山			
章			
昌			
船			
書			
禪			
日	匿嬭		任秹妊蜡蝸貳爾（日聲）枏嬲
見	念難	雒琼駱闌路洛溓絡	
溪			
群			
疑		濼魯謀	
影			
余			
曉		盧	
匣			
云			

	精	清	從	心	邪
幫				萆	
滂					
並					

明			喪（亡聲）	
端				
透				
定				襲
泥			襄	
來				
精	孳薣		字盧㦰	獵屾
清	盉祖組跡顓陵	俟諫覞遷鎗	盧	
從	鼑檣輽爇戔齋	敓	在湶劑從賢賣	
心	宰	親趞	耤	宵馭屖盨婷枊索鑅新宣薛	嗣郙姰嗣
邪				祀遂
知				
徹				
澄				
莊	秭姊		靜	
初	嗟	趨		
崇	𠬝		柞牆	
山		青	慺	
章	浸	宴趑			寺
昌				
船				樹
書		戚諫	速	
禪				
日				
見			造		俗訟頌
溪				洍
群				
疑			褻鲁	
影				
余	酒酖		獄訇	洍㠯旬錫似
曉				
匣			筍	
云				

	知	徹	澄	莊	初	崇	山
幫							
滂							
並							
明							
端	追貞	夌	重				
透							
定			㜏遭				
泥							
來		寵					
精				側樵	差		
清				責譜	鎗粗	紫	
從				叙	齟	儕	
心			遟趙緝		仦		矕梓
邪			墜				
知	智	遺趨	宅潮				
徹	冢						
澄	歱						
莊							
初							
崇							
山							夅昔
章	殻俯竈轉 邾悉	楮	傳頎				
昌							
船							
書			逐				沙
禪	辰		幬壽				
日							
見							
溪		貙					
群							
疑					楚		
影							
余		趯	池窊阤擇				聿
曉							
匣							
云			曷				

	章	昌	船	書	禪
幫					
滂					
並					
明					
端	膻盅鍾（東聲）			啻䶂（東聲）	禪壇邅
透				始䶂（田聲）	
定	鍾				
泥					
來					
精				鼎	
清					
從					
心					
邪				邦	
知		綽			
徹					
澄	鍾照暉鑄（皀聲）		膡塍		壽（皀聲）邵召
莊					
初					
崇					
山					
章	侄延渚政娗軫騅唆鍾（埀聲）徵稅			室書者	誓誰受
昌		俏蕫	順		
船			述		
書			神	惹徴資	鋑
禪	辰柜振賑酭鑄			賞	城宬眠䰥諶盛嘗綬碩啟晨淳鶉
日					
見					
溪					
群					
疑				䥲	
影					
余	鋪	醜		賜沈條觴念赦賜舍	迖

曉		處			尚
匣					
云					

	見	溪	群	疑
幫				
滂				
並				
明				闇
端	歸			
透				邊
定	鰈			
泥				
來	鬵筥虩鞷	禍		
精	幾荊			
清	鐱			
從				
心				
邪	改（巳聲）			
知				
徹				
澄				
莊				
初				
崇				
山				
章		頡	媾	栺
昌				
船			祁	
書				
禪			軝	
日				
見	涇沽姑觀攻功衺格媿駒宄拘者者（九聲）者（丩聲）經郜袼趌過遘鑵巩嫁顜阶匐句敬故駒（丩聲）狗較（教聲）嘉犅曆軌幾戜改臣囍諫	睽俔杞客奎龕瑰康絧刧	姁尘蓳㳠姞蓳遽彊隊邛禽旆	趞厰鎭

溪	麋榖	釩康考遣啟桍		
群	矩救彶	諆	宋趞 簋裘 舊異鐈祺	
疑			渭邁敔禦嚴吾寅 熬虞堣漁逆劋顏 諺毅御獻哦義	
影	宮		艦	
余	君姬姜冀鈞	羌	僑鷸	
曉	韗（兄聲）		膚	
匣	教廣韐緘鐪割鹹國匃啟較匜耆（后聲）雞	匱匡	偈狃	
云	為	孛	裘（又聲）睘	逢疑

	影	余	曉	匣	云
幫				鈙	
滂					
並					
明		黽賣	宂曶誨海無		
端			鵰	踹	
透					
定		婟		襄	
泥					
來		贏贏昱	栐	渦	
精				刑	
清					
從		獣			
心			泧	洹	趄
邪		匜			
知					
徹					
澄		融辰贏			
莊					
初					
崇					
山					

章		唯維		淮惠	
昌					
船				酓	
書		柶			
禪		礿姚			
日					
見	綰頵	裕遺	蒿漢覜斤	玫琟娍閈韓趞祜恆限貉誠（緘聲）效鋞宏	
溪	毆阿		虢朽殼	趄	
群				還環頯（巨聲）	
疑		與	義許		
影	瘖宴依宛禋饔堰毆哀鋏痃隆膃幽緓匲饗			澮	
余	伊	妖逌彙養揞庸楊媋猶勇夜揚俞旟愈液錫遹鐊陽芌匜價杙漏羑敓廙絓緜運		灘旬	
曉	嬶		潶虎薨魖戲戲（虖聲）顯隊濾	賓	
匣	洼縈鑑		減虖竤喤	孃賢璜盉弘龢部蓍簧滔潢洽郃斅玹娞諻梒罙	遑棫賓
云			諱螽	袁瓊	宇迻泳幃詠盂宥寓淉違遠祐祓玗雩妘

附錄二　西周金文通假字表

	幫	滂	並	明
幫	缶寶　猶祓　反鈑　放方 反返　匕姃　比姃　必祕 甫簠　博搏　卑俾　保寶 賓儐　璧辟　弗不　瀌廢 夫輔　寶福　㕥市	橐苞　豐封 鋪簠	白伯　麃鑣 奉封　匐復 匐腹　否不 畐福　便鞭	㝛賓
滂	不丕　弗費　扁偏	專溥　番潘 專敷　孚俘 孚專	匍敷　弼茀 凡汎	
並	般盤　般槃　甫父	專薄　畁屏	僕附　佣朋 緐繁　備服 備箙　匐箙 帛白　复復	
明				每敏　母毋　亡無　朢忘 聞辐　謹忘　盟明　邁萬 妹昧　某謀　㮸懋　敃泯 慕謨　孜務　敃旻　眉媚 敳微　亡望
端				
透				
定				
泥				
來	膚盧　稟廩			麥來

精				
清				
從				
心				
邪				
知				
徹				
澄				
莊				
初				
崇				
山				
章				
昌				
船				
書				
禪				睨視
日				
見				
溪				
群				
疑				
影				
余				
曉				每誨 聞婚 妄荒 晦賄 聞昏 無鄄
匣				
云				

	端	透	定
幫			匋寶
滂			
並			
明			
端	東董		童東

透			大太　狄愁　狄剔　徒土
定	登鄧	土徒　湯盪　俑甬	田甸　廷庭　童動　戍盾眔遝
泥			
來			
精			
清			
從			
心		妥綏	
邪			
知			
徹			
澄			奠鄭
莊			
初			
崇			
山			
章	冬終　登烝　瑂周		童踵
昌			
船			
書	弔叔		
禪	弔淑　湛甚		屯純
日			
見			
溪			湛堪
群			眔暨
疑			
影			
余			
曉			
匣			
云			

	泥	來	日
幫			
滂			
並			

明	女母	令命 䜌蠻 厲萬	
端			
透	匿慝		
定			
泥	內納		入納 入內 若諾
來		盧廬 盧櫓 彔祿 剌烈 巤臘 寽鋝 豊禮 雷罍 䜌鑾 霝令 豊醴 䜌孌 㐭林 盧鑪 敹盭 盭戾 𤔔亂 𨮁林 里裏 列烈 剌厲 霝鐳 旅𪊨 寽捋	
精			
清			
從			
心			
邪			
知			
徹		龍寵	
澄			
莊			
初			
崇		吏事	
山		吏史	
章			
昌			
船			
書			
禪			
日	女汝 夒擾 內芮 內入 女如		貳二 擾柔
見		洛各 讕諫 魯嘏	
溪		老考 洛恪	
群			
疑		濼樂	
影			
余		羸嬴	
曉			
匣			
云		立位	

	精	清	從	心	邪
幫					
滂					
並					
明					
端					
透					
定					
泥				需糯	
來					
精	𢦔哉　走奏　跡蹟　曾增　左佐　跡續　走祖	且祖　且租　諫積	才哉　從縱　字子	絲茲	
清		親親　恩緫　束刺　造錯			
從	曾贈　𢦔捷	青靜　且沮	才在　靜靖　柞胙		
心				須盨　錫賜　卹恤　斯廝　筍郇	飤肆
邪	子巳			司嗣	嗣嗣　似嗣　遂旞
知					
徹		諫敕			
澄				犀遲	豕墜　遂墜
莊					
初		親襯　倉鎗			
崇			柞乍	司事	
山				喪爽	
章					
昌					
船					
書				死尸	寺邦　錫餘
禪					
日					
見					
溪					

群					
疑					
影					
余					俗欲 辝台
曉				獄熙	
匣	井邢 井型 井刑				
云					

	知	徹	澄	莊	初	崇	山
幫	兼黼						
滂							
並							
明	朝廟						
端	貞鼎 陟德						
透			顄推				
定		延誕	朕滕				
泥							
來							
精				戠祖 責積	差左	乍作 儕齋	
清				戠且			
從				扭沮 譖潛			
心					仦肖		生姓 參三
邪							
知	智知						
徹							
澄	中仲		邑儔				
莊							
初							
崇						事士	史事
山						事使	史使 嗇穡 眚生
章			召詔 召昭				
昌							
船							
書			銩失				

禪			邑壽			
日						
見						
溪						
群						
疑						
影						
余		延延	朕勝　遲夷			
曉						
匣						
云						

	章	昌	船	書	禪
幫					
滂					
並					
明					
端	周珸			啻帝　啻嫡	尚當　臺敦　甚湛
透				暘惕	
定				啻禘　啻敵	
泥					
來					
精					
清					
從				𠬝酉	
心	隹雖			暘錫	
邪			射謝　射榭　述遂	始姒	
知	至致　侄致				
徹					
澄			述墜　贃朕		壽幬
莊					
初					
崇					
山					

章	者赭 者諸 戠織 章璋 正征 征正 政征 政正 正政 止之 稅稅 叀專		升烝	卲昭 誰雖 佋昭
昌				
船			申神	
書	者書 戠識		獸狩 手首 首手 商賞 賣賞 啻適	
禪	盅淑 質慎	脣晨	賞償 叔淑	石祏 辰晨 受授 成盛 尚常 善膳
日				
見				
溪				
群				禪祈
疑				
影				
余	隹唯 叀惟	賸媵 塍媵	尸夷 賜易	
曉		順訓		
匣	叀惠			
云				

	見	溪	群	疑
幫				
滂				
並				
明				
端				
透				
定				
泥				
來	革勒 叚魯			
精				
清				
從				
心				疋胥 執摯

邪				
知				
徹				
澄		啓肇		
莊				
初				
崇				
山				逆朔
章				
昌				
船				
書				埶設
禪				
日				
見	古故　故辜　古姑　叚嘏　顤媾 遘媾　句鉤　雚觀　苟敬　己紀 格各　句耇　堇謹　圭珪　加嘉 巠經　勾介　龏恭　工功　剛崗 更賡　割匄　夬決　巩鞏　巩恭 柬館　巠淫　菁媾　穀彀　軌輢	气訖　倪見　共恭 客各　諆記		
溪	巩恐　囘綱　庚康　各恪　虢鞹	丂考　害遣 遣譴　諆器		
群	堇覲　堇瑾　歸饋　龏共　伋及 堇勤		禽擒　旂祈　求裘 具俱　其期　及其 祈其	
疑				吳虞　吾敔　魚漁 噩鄂　義宜　厰嚴 御禦　義儀
影				
余	谷裕　谷欲　亯庸　亯備　亯廟			
曉		考孝　卿饗 卿鄉　气餼		嚴獵　厰獵　言歆 甗獻
匣	干扞　沽湖　叚遐　龏鴻	可苛　亢沆	睘環　睘還	
云				

	影	余	曉	匣	云
幫			棊饃		
滂					
並			棊幘		
明			誨敏 誨謀 湏眉		
端					
透		甬桶 錫湯			
定		攸鋚 易鋚 余鈴			
泥					
來		勵樂			
精	衣卒 丝兹	酉酒			
清					
從			獸		
心	丝絲	易賜 易錫 韋肆 䏌肆 肆肆		逗宣	
邪		異禩			
知					
徹					
澄		易場 陽場			
莊					
初					
崇					
山					
章					
昌			喜饎		
船	益諡	賣贖			
書		弋式 枻世		害舒	
禪					
日					
見		甬釭 勻鈞	殻毂 蒿高	或國 會鄶 害介 學教 害匄 爻較 下狠 刑荊 襄鬼	
溪			孝考		

群	从旋	易祈　繇舊			
疑	印仰			害敔	
影	衣殷　畏威　厄輄 匽燕　雍擁　雝應 哀愛			熒鎣　淊陰	
余		贏嬴　龠龢　異翼 龠籥　俞愉　龠蘥 也匜　易揚　易錫 易陽　陽揚　庸傭 允狁　弋翼　罩敦 毓育　逌攸　卣攸 吕與　罩懌		熒營	
曉			虎琥　薰纁 乎呼　兄貺 饗嚮		友賄　友休
匣	幺玄		蒿鎬	襄懷　圅陷 害曷　黃衡 黃璜　洽會 合盒　坒皇 敦效　害猷 商軌	
云	縈榮		虖於	熒榮　還園	又右　又有　有右 宥囿　右有　右佑 右友　右祐　戉越 友有　友祐　友又 友侑　雩于　戉鈇

附錄三　聲母相逢數及幾遇過數表

	幫	滂	並	明	端	透	定	泥	來	日	精	清	從	心	邪	知	徹	澄	莊	初	崇	山	章	昌	船	書	禪	見	溪	群	疑	影	余	曉	匣	云	合計
幫	38	20	35	4			4		6					1		1												1						2	1		151
	8.67	2.47	4.94	7.47			4.31		10.2					4.88		1.67												16.4						5.11	8.67		
滂		7	9																																		43
		0.7	1.41																																		
並			20													1																		1			86
			2.81													0.95																		2.91			
明				45				1	12	2				1		2															1		2	14	1		130
				6.43				1.19	8.8	1.63				4.2		1.43															4.2		9.89	4.4	7.47		

	端	透	定	泥	來	日	精	清	從	心	邪	知	徹	澄	總
端	4 / 0.84														47
透	3 / 1.34	11 / 1													29
定	1 / 0.94	1 / 0.94	12 / 2.14												75
泥		1 / 0.26 1.96		3 / 0.22											24
來				2 / 0.78	62 / 12.1										178
日						10 / 0.41									33
精							9 / 1.92								71
清							9 / 1.38	9 / 2.3							51
從							14 / 1.3	4 / 1.24	8 / 1.55						48
心							16 / 2.75	5 / 1.49	8 / 0.88	16 /					85
邪								6 /		5 / 0.8	6 /				46
知									1 / 0.99 0.93	4 /	3 /	4 /			29
徹										1 /	2 / 0.32 0.12	3 /	2 /		11
澄												1 / 1.11		澄 /	54

附錄三　聲母相逢數及幾遇數表（各格上數爲相逢數，下數爲幾遇數）

聲母	莊	初	崇	山	章	昌	船	書	禪	見	溪	群	疑	影	余	總數
莊																13
初																12
崇		1 / 0.39														14
山	0.07 / 0.13		1 / 0.78													24
章		5 / 0.22	1 / 1.83	6 / 0.6	22 / 4.6											110
昌（目）					2 / 1											11
船			0.84 / 0.37		1 / 0.48		1 / 2									19
書		0.51 / 1.45	0.64 / 1.09	0.14 / 0.48 / 0.59			0.05 / 0.08	9 / 4								66
禪		5.02 / 2.23 / 3.79	2.13	1.66 / 2.06					17 / 2.56							82
見		6.24 / 2.06			15 / 7.62	3 / 7.18	22 / 9.25	41 / 16.4 / 8.49	20 / 6.85	73 / 31.1 / 21.8 / 9.68						286
溪					1.51 / 1.58		2 / 7	5 / 2.13	1.68 / 4.79	10 / 1	1 / 3.62 / 1.87					63
群									1.66	12						66
疑					1.76 / 5.02		1 / 24	7 / 1.66	4 / 1.76	28 / 2	2.75 / 2.26	12				85
影										2.88 / 4.88 / 2.52	6 / 1	2	3.79 / 1.96			70
余					49 / 3			1.86 / 5.33 / 2.37	4.02 / 2.08							200

	曉		匣	云	總計
15.2	89	5	151	78	2630
11.5	14	8	28	28	
	3.01	2.64	7	2.31	
	5.11		8.67	4.48	

附錄四　韻部相逢數及幾遇數表

	之	職	蒸	支	錫	耕	魚	鐸	陽	侯	屋	東	宵	藥	幽	覺	冬	微	物	文	脂	質	真	歌	月	元	緝	侵	葉	談	總計
之	94 (17.1)	4 (5.97)	1 (2.74)	2 (3.38)			3 (21.9)						1 (5.81)		7 (12.1)		2 (5.89)					2 (4.76)	1 (6.05)						1 (0.81)		212
職		32 (2.08)						1 (3.18)			1 (1.32)				1 (4.22)		1 (2.05)								1 (2.39)		1 (0.96)				74
蒸			13 (0.44)			1 (1.78)																						6 (1.06)			34

韻部	支	錫	耕	魚	鐸	陽	侯	屋	東	宵	藥	幽	總計
支	17 0.67	1 0.97		1 0.56									42
錫		28 1.42											61
耕			61 1.09	2 2.32	2 2.25	1 1.55						5 9.76	138
魚				123 7.24	2 10.3	2 3.94		1 3.1	1 3.94	3 3.2			271
鐸					50 4.86	1 8.42		1 6.29	2 8.76			2 15.5	113
陽						95 14.6			1 3.65				196
侯							30 2.14	1 1.34	2 3.59		1 5.59	5 4.28	75
屋								20 0.84	1 2.25	1 1.79	1 1.05	1 0.63	47
東									58 6.04			1 0.38	126
宵										30 1.97	4 0.77	4 0.96	72
藥											12 0.3		28
幽												65 8.56	150

	覺	冬	微	物	文	脂	質	真	歌	月	元	緝	總數
覺	13 / 0.47												35
冬		3 / 0.02											8
微		1 / 0.25	31										73
物			3 / 2.03	23									60
文			3 / 1.67	3 / 1.37	43								100
脂			1 / 2.78	1 / 2.28	43 / 3.8	43							97
質			1 / 2.69	2 / 1.35	4 / 2.85	3.58 / 3.58	23						59
真					4	2.18 / 2.77	23 / 1.32	31					75
歌						3.14 / 6.86	1.68 / 1.91	2.14	26				61
月						1.94 / 4.24	4.17	5.31	1.42	35			85
元						0.78	1 / 0.22	1	1 / 4.32	2.75 / 6.01	81		186
緝										1.1 / 0.32	13.2 / 5.8	13	34

侵	35				82
	2.56				
葉	3		10		
		0.04			
談			13	26	
			0.26		
				總計2630	

附錄五　四聲相逢數及幾遇數表

	平聲	上聲	去聲	入聲	總計
平聲	380	205	139	25	1129
幾遇數	484.8	231	212.6	201	
	上聲	121	82	9	538
		110.1	101.3	95.8	
		去聲	99	76	495
			93.2	88.1	
			入聲	179	468
				83.3	
				總計	2630

附錄六　四等相逢數及幾遇數表

	一等	二等	三等	四等	總計
一等	185	69	203	2	644
幾遇數	157.8	46.3	397.8	42.4	
	二等	33	46	8	189
		13.6	116.8	12.4	
		三等	652	71	1624
			1003	106.9	
			四等	46	173
				11.4	
				總計	2630

附錄七　聲韻演化模式探索

　　語音的存在總是動態的，上古的一個音，後代演化成不同的音，或者分化為多個音；上古的多個音後世也可能合併為一個讀音。音革的原因有多種：發聲有緩急，緩則衍生分化，急則合併脫落；發音部位會有轉移，發音方法會有改變；發音部位和方法的相近還會產生模糊混同以及相互間的轉化。我們在推求西周音系特點的同時也是在擬測語音演變的原因和歷程。下面擬以具體字例的聲韻變化，對漢字讀音發展變化模式進行探討，以使古音變化軌跡更為顯明直觀。

一、發音部位轉移分化模式

　　西周時期二等字普遍帶有 r 介音，三等字帶有 j 或 rj 介音。這些介音具有不同的作用，r 介音具有翹舌特點，能促使其前面的輔音翹舌化，或者說央化。j 介音具有舌面化特色，能促使其前面的聲母舌面化或者說顎化。rj 介音則兼具兩種特點。以上三類介音是促使聲母系統從上古向中古發展變化的主要動力，其中最顯著的就是端組和精組在它們的影響下分別分化出知、章、莊三組聲母。下面就以「者」為聲符的諧聲系列為例進行說明。

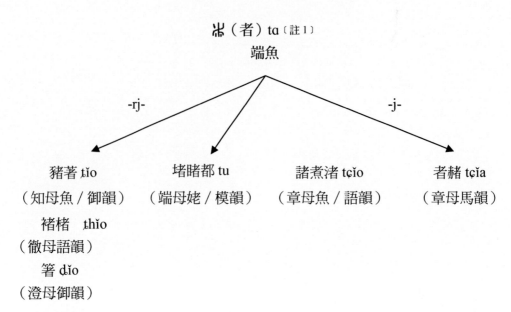

者，《說文》云：「從白，米聲，米，古文旅字。」西周金文中「者」字的基本結構為 𣥹（者女觥）𣥹（兮甲盤），下從口，或從甘。中山王鼎譌從白，為小篆所本。聲符「米」林義光以為「堵」之古文，象版築之形，半象構版，∴象土。此說可從。堵中古為端母字，者字中古為章母。西周時期二字當為同音或音近。西周金文中者字多通用為諸，伯公父簠（4628）「我用召卿士辟王，用召者（諸）考者（諸）兄。」又可用為赭，麥尊：「侯易（賜）者（赭）𢽾（踝）臣二百家劑。」郭沫若云：「者當讀為赭，𢽾字《說文》云『擊踝也，讀若踝。』此當讀為踝。言井侯受天子錫以赭衣踝跣之臣二百家之券契也。」[註2] 諸赭二字均為章母字。東周庚兒鼎之煮字以者為聲，亦為章母字。邵鍾和邾公牼鍾有從章或從金、者聲之堵字。後世從者聲之都、賭、睹等字都在端母，翥在章母，而豬褚箸等字又分在知徹澄各母。可見端知章三組聲母應具有同源關係。如圖所示，者字系列西周時期只有端組讀音，後世在介音-r-、-rj-和-j-介音的影響下發展出知組和章組的讀音。

者的諧聲系列代表了上古端組字分化的主要形式。泥母字分化出娘母和日母字、精組字分化出莊組字，形式與此類似。西周金文中的許多諧聲和通假所顯示的語音差異可以從中得到解釋，如西周金文中盅（章）以弔（端）

<hr />

〔註1〕 本節使用的擬音基本從郭錫良《上古音手冊》，但根據前文考察的關於西周金文音系的結論有所改動，如將知、章組歸入端組，莊組歸入精組，只在介音上體現出它們的差異。此外，為輸入方便，送氣音用「h」表示。

〔註2〕 郭沫若《兩周金文辭大系考釋·麥尊》，《郭沫若全集》第8卷，41頁，北京：科學出版社，2002年。

聲；重（澄）以東（端）聲，鍾（章）以童（定）或東（端）或重（澄）聲；莊組字中樵（莊）以焦（精）聲，鎗（初）以倉（清）聲等，均是介音影響使發音部位轉移而促使語音分化的結果。

二、擦音通轉變化模式

李方桂曾就諧聲問題擬訂了兩條原則：（一）上古發音部位相同的塞音可以互諧。（二）上古的舌尖塞擦音或擦音互諧，不跟舌尖塞音相諧。〔註3〕這兩條原則是諧聲現象普遍反映出的原則，西周金文的諧聲和通假的考察結果與此基本一致。西周金文中還可見到一些不同部位擦音互諧的例證，不在上述原則之內。這類互諧不容忽視，後世的許多通轉以及一字異讀現象可以從中得到解釋，而在以往的論述中這一條規律沒有受到特別關注，所以有必要專門提出。

同部位擦音可以相諧，如心—邪、曉—匣，不同部位的擦音亦可互諧，擦音似乎總能模糊發音部位之間的差異，特別是合口韻字。擦音之間互諧關係可以表述如下：

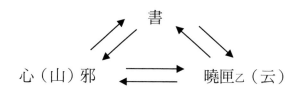

以西周金文中習見的趄字（或作逗）為例。趄，雨元切，云母字，西周時期歸匣母。甲骨文以及商代金文趄字從止曰聲，西周金文或從辵。聲符曰隸定作亘，亘，荀緣切，心母字。楊樹達曰：「亘者，㳂之初文也。」㳂，邪母字。西周金文中「洹」字作𣱵（洹子孟姜壺），「宣」字作𠂤（虢季子白盤），所從皆同。洹，《廣韻》胡管切，又雨元切，中古分屬云母和匣母；宣，《廣韻》須緣切，為心母字。逗字西周金文中可通宣（見牆盤：「亟獄（熙）逗（宣）慕」）。可見心、邪、匣（云）西周時可相諧。趄亘宣洹諸字皆為合口元部字，聲母心／邪／匣云的交替現象則是發音方法相同造成的。

西周金文中㳦（曉）以戌（心）聲（伯姜鼎2791），筍（心）以旬（匣）聲（伯筍父盨4350），獄（心）通熙（匣）（牆盤10175）等，皆是舌尖擦音與

〔註3〕李方桂《上古音研究》，北京：商務印書館，1998年，10頁。

侯部擦音相諧之例。速（心）從束（書）聲（弔家父匡 4615），賜（書）與賜（心）通（召卣 5416），始（書）姒（邪）同形（鄔侯旨鼎 2628），少（書）小（心）同源等，〔註4〕皆為舌尖擦音和舌面擦音相諧之例。害（匣）可通舒（書）（牆盤 10175）為舌面擦音與喉擦音相諧之例。後世一字具有不同部位擦音異讀的情況非常多見，《集韻》中保留了大量的異讀，其中有許多不同部位擦音的異讀音，暫舉幾例：從，書容切、似用切。隋，句為切，四累切，宣佳切，呼恚切。瑟，疏吏切，色櫛切。娶，新於切，詢趨切，雙雛切。受，是酉切，後到切。不同部位擦音的交替中，舌尖擦音與喉擦音交替更為普遍一些，黃焯在《經典釋文匯校》中云：「心曉相通，不可勝數。」〔註5〕施向東先生曾考察過《經典釋文》心曉兩母異讀的情況，〔註6〕不妨轉引一些：撝，毀皮反，鄭（玄）讀為宣；筍，息允反，徐（邈）於貧反；犧，鄭（玄）素何反，王（素）許宜反；邃，息遂反，劉（昌宗）許遂反；絢，呼縣反，李（軌）胥倫反；綏，許歸反，劉（昌宗）相歸反。睢，音雖，徐（邈）許惟反，又音綏。轊，音衛，一音徐藏反。文獻中也有許多反映心、曉兩母關係的異文，如《詩·小雅·伐木》「伐木許許」，《說文·斤部》引作「伐木所所」。《尚書·堯典》「五品不遜」，《史記·殷本紀》作「五品不訓」。《周易·履卦》「履虎尾，愬愬」，《釋文》「愬愬，山革反，馬（融）本作虩虩，音許逆反」。以上所舉異讀或異文可能有不同的時間層次和地域方音，但是發音方法上的相似無疑是造成這一現象的根本原因。

現代方言中唇齒擦音 f 與喉擦音 x，以及舌尖後擦音ʂ多有不分，如今江西吉安話將「花」說如「發」，陝西長安縣話將「水」說如「費」。亦是擦音混同的表現。

由此再來看西周金文中的趄、旋、還、遠幾字，應可以看作一組同源字。商承祚先生謂讋「從止從亘，殆即許書之趄矣。此當為盤桓之本字，後世作桓者借字也。」此說甚是。亘為趄字之聲，亦為趄之盤桓義所本。旋字從𭃓從止，

〔註4〕于省吾曰：「少子的造字本義，繫於小字下部附加一個小點，作為指事字的標誌，以別於小，而仍因小字以為聲。」並稱此類字為「附劃因聲指事字」。春秋蔡侯紐鍾（211）：「余唯（雖）末少（小）子。」少通小。
〔註5〕黃焯《經典釋文匯校》，北京：中華書局，1980 年。
〔註6〕施向東《上古漢語聲母＊s-與 x-的交替》，《漢語和藏語同源體系的比較研究》，北京：華語教學出版社，2003 年。

《說文》：「周旋，旌旗之指麾也。」徐鍇《繫傳》：「人足隨旌旗也。」《周易‧屯卦》「磐桓」，《釋文》引馬融云：「磐桓，旋也。」《詩‧衛風‧十畝之間》：「行與子還兮。」《釋文》：「還，本亦作旋。」《禮記‧玉藻》：「周還中規。」《釋文》：「還音旋，本亦作旋。」顯然，趄、旋、還在回轉這一義素上能夠統一起來。遠字為遙遠、離去之義，與還表意相反。反義同詞者並不少見，西周金文中出現的受授、教學同形者皆是。西周金文「還」字從辵睘聲；「遠」字從辵袁聲。師遽簋「環」字又以袁作聲符，可見睘、袁西周時期音同。二字均從辵，又從相同之聲符，且意義相關，還、遠為同源分化應無疑問。

　　毛公鬨鼎中戠字振林師以為從竟蒈聲，蒈即訓。戠從其得聲，讀為順。「母有弗戠」即「勿有弗順」。[註7]如此釋讀言從義順。訓為曉母字，順為船母字，本文在聲母一章的考察中認為部分船母字當有擦音來源，訓、順當同為擦音可轉。基於擦音通轉現象的存在，燮公盨中「陸山濬川」後世讀為「隨山濬川」，以及雖、淮處於同一諧聲系列也就容易理解了。

三、聲韻割裂模式

　　在 r 介音和 j 介音兩節中我們已經談到了喉牙音聲母帶有-r-等介音時常因緩讀而分化。緩讀在上古應是一種較為普遍存在的語音現象，是語音分化的重要手段之一。緩讀使一個音節演變為兩個甚至多個音節，常造成原有音節聲韻的割裂，有的類似於後世的反切，而反切似可看作是在這類緩讀分化基礎上自然形成的。[註8]下面試以「胄」字的音節分化為例進行這類割裂形式的考察。

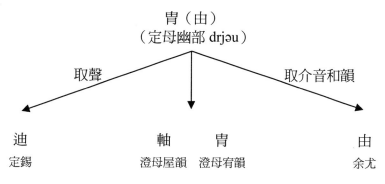

〔註7〕張振林《毛公鬨鼎考釋》，容庚先生百年誕辰紀念文集（古文字研究專號），廣州：廣東人民出版社，1998 年。

〔註8〕參傅定淼《反切起源考》，上海：上海古籍出版社，2003 年。

　　西周金文有甲胄之胄字，形作 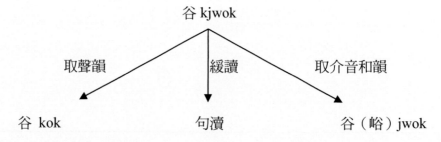（虢簋） （伯冤鼎）等。《說文》：「從肉，由聲」非是。丁佛言以為「 象鍪，如覆釜，中銳上出。 象蒙首形，今所謂兜鍪也。古兜鍪皆兼面具施之，故只露目。古文完全象形。」〔註9〕此說與金文字形比較切合。由字見於漢簡，形作 （孫子138），當是胄形之省。由後世成為一個使用頻率很高的聲符，從其得聲的形聲字後世主要分為三系，可以分別以迪系、軸系、由系代表。胄上古為定母幽部字，帶有 rj 介音，中古進入澄母，軸系讀音顯然與此聯繫。而迪系和由系與胄的讀音差異較大，迪字中古在定母錫韻，由字中古在余母尤韻。均是從由（胄）得聲，差異是如何產生的呢？文獻可證迪、由、胄古音同。《書·大禹謨》：「惠迪吉，從逆凶。」孔傳：「迪，道也。」《爾雅·釋詁》：「迪，道也。」《史記·屈原賈生列傳》：「易初本由兮，君子所鄙。」裴駰集解引王逸曰：「由，道也。」《楚辭·九章·懷沙》：「由」作「迪」。金文中胄可用為迪，見胤嗣奵蚉壺：「竺（篤）胄（迪）無疆。」迪，進也。什麼原因使迪、由、胄的讀音朝不同的方向發展了呢？我們不難發現，迪之聲母與胄（上古定母）同，由之韻母與胄近，迪、由中古讀音源於胄的緩讀分化音。胄字緩讀後造成聲韻的割裂，聲母增添了韻母成為獨立的音節，聲母之後的部分獨立為一個音節。急讀時則合為定母幽部的讀音。

　　顧炎武《音論》：「壽夢合聲為乘」。這類緩讀有一些會進一步割裂成為兩個分別獨立使用的音節，如《說文》：「前，齊斷也。」《爾雅·釋言》：「翦，齊也」。《詩·魯頌·閟宮》：「后稷之孫，實維大王，居岐之陽，實始翦商。」毛傳：「翦，齊也。」鄭箋：「翦，斷也」。吳國文獻中稱句吳、攻敔、工盧、句敔、攻吳。又或單取前一個音節，稱攻、邗、句，又或是取後一音節單稱吳、敔等，都是緩讀進一步割裂的現象。

　　以上聲韻割裂形式是非疊韻式的。緩讀分化的兩個音節韻母也常有相同。如谷的分化模式可為：

〔註9〕丁佛言《說文古籀補補》，北京：中華書局，卷七，10 頁。

西周金文亦有「裕」字（見啟殷），從衣，谷聲。谷可假用為裕，何尊：「更（惟）王龏（恭）德谷（裕）天」。可見谷、裕音同或音近。谷又用同欲，師詢殷：「谷（欲）女（汝）弗㠯（以）乃辟圅（陷）於囏（艱）」。欲、裕中古均為余母字，谷為見母字，由此推測谷字西周時期聲母可能為 kj-。谷可緩讀為句瀆，《春秋·桓公十二年》：「公及宋公燕人盟於谷丘」，《左傳》「谷丘」作「句瀆」之丘。瀆，定母。瀆字從水賣聲，〔註10〕賣為余母字，所以該字本可能為余母，定母為後來變入。〔註11〕谷之見母讀音當源於緩讀的前一音節，而與谷相諧的余母字當源於緩讀的後一音節。谷字亦可讀後一音節，後世為作區別，為谷增加義符山，遂成峪字。不過在稱少數民族名「吐谷渾」時谷仍保留余母讀音。〔註12〕

四、s-頭脫落模式

從西周金文的諧聲和通假來看，應該存在 st-、sg-、sm 類複聲母。古藏緬語曾存在大量此類複輔音聲母，後來受單音節化趨勢的影響前一輔音與後一輔音的結合逐漸鬆弛，最後分離出來，變為獨立音節。〔註13〕漢語複聲母的單聲母化歷程應與藏緬語中複聲母消失的歷程是一致的。下面試以妥字為例分析此類複聲母的分化。

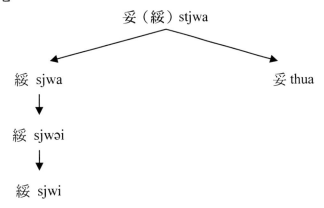

西周金文中妥字形作𡉚（沈子它殷蓋 4330），從手從女。羅振玉《增訂殷墟書契考釋》：「古綏字作妥。古金文與卜辭並同。《說文解字》有綏無妥，而

〔註10〕本形作𧷓，後與賣賣（今簡化賣字）混形。

〔註11〕此例也可佐證前一節討論的部分定母字可能與余母有共同來源。

〔註12〕吐谷渾屬鮮卑慕容氏的一支，初游牧於遼東。西晉末年，西遷至今青海甘肅間，以吐谷渾為國號。

〔註13〕參馬學良《漢藏語言概論》，北京：北京大學出版社，1991 年。

今隸反有之，雖古今殊釋，然可見古文之存於今隸者為不少也。」〔註14〕容庚云：「《爾雅‧釋詁》：『妥，安止也。』《說文》奪佚，偏旁有之。《儀禮‧士相見禮》：『妥而後傳言。』注：『古文妥為綏』」。〔註15〕妥綏古本一字，亦當同音，但是中古一在透母果韻，一在心母脂韻，聲母的差異當是 st-複聲母分化的結果。

以上的分化常造成一字異讀，如隋有旬為切和徒果切；需，金文中用為糯米之糯，需字中古有相俞切、奴亂切；蜴之緩讀為蜥蜴，分化後蜴有羊益切和先的切。綏字《集韻》亦記載有吐火切一音。

五、韻尾衍生或脫落模式

人們發音時常會帶上一些鼻化色彩，也有一些音節在急讀時可能會在收音時產生急促的色彩，緩讀時則入聲韻尾消失。即：

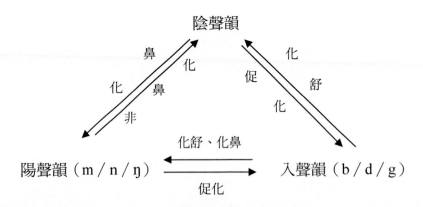

從靜態的某一時段來看，一些急緩讀增減鼻音尾或入聲尾，不具區別意義的作用，如沈子它設蓋：「念自先王先公迺妹（籹）克衣。」衣讀為殷。衣是微部字，殷是文部字，衣、殷只是鼻化和非鼻化之異。致設：「孚（捋）戎孚（俘）人白又十又四人。衣（卒）博（搏），無罣（敦）於致身。」衣讀為卒，卒是物部字，衣、卒有促化與非促化之別。衣、卒、殷三字分屬微、物、文三部，正是清人孔廣森提出的陰（入）、陽對轉。從歷時的角度看，許多字增減韻尾可能成為語詞分化的手段。如抑、印、仰三字，西周金文中只有印字，形作 ٷ（毛公鼎），羅振玉曰：「字從爪從人跽形，象以手抑人而使之跽，其誼如許書之抑，其字形則如許書之印。……印、抑二字古為一字。」印字的急讀

〔註14〕羅振玉《增訂殷墟書契考釋》，東方學會印本，1927 年。
〔註15〕容庚編著，張振林、馬國權摹補《金文編》，北京：中華書局，1985 年，807 頁。

音則為入聲質部的抑字。印字西周金文中又可用為仰望之仰，毛公鼎：「用印（仰）卲（昭）皇天。」抑帶上前鼻音者為印，後鼻音則為仰。三音可以看作一音之變體，後世分入三部，形體上也加上了扌或亻旁，一字遂分為三字。

認識此類現象可以幫助認識西周金文中的一些用字現象。如矢、寅二字為一源之分化，前為書母，後為余母，西周時期二母關係極為密切。矢為脂部字，寅為真部字。矢音收尾時鼻化則讀如真部的寅。又「寽」字，在西周金文中常作重量單位，後世增加金旁作鋝。與寽形近的有爰字，二字西周金文字形只是中間略有差異，使用上可相通。商卣：「迖二十寽」，辛伯鼎「宝絲五十爰」。寽，為來母字，爰為匣母字，二字上古聲母當同為ɣr-。《史記‧周本記》：「伐其百率」集解引徐廣：「率即是鋝也。」《周禮‧職金》疏引《尚書》鄭注：「古之率多作鋝。」率、寽同為來母。《字彙‧玄部》：「率，量名，即鋝也。」寽是入聲月部字，鼻化則與元部的爰相同。結合音、形、義三方面看，寽（鋝）、爰（鍰）當是一字之分化。《尚書‧呂刑》有罰百鍰，馬融著：「六鋝也」，認為寽、爰所表的重量不同，蓋是由於二字分化後意義上逐漸產生了差異。

後　記

語言的神秘魅力一直吸引著我。

記得初上語言學課，老師介紹荀子名言：「名無固宜，約之以命，約定俗成謂之宜。」當時就有一個疑問：萬物取名，難道真的無需問個為什麼？這一想法促使我踏上了語言探索之路。

我碩士攻讀的是音韻學方向，同時對漢字字形很感興趣。文字是語音的書面載體，聲音是文字的有聲表達，雖然時過境遷，人去音逝，但是文字中總能透漏出語音的信息。文字的音形義三者結合起來才是活的語言。所以學完音韻學以後，我又萌生了繼續攻讀古文字學專業的想法，希望能將已學的語音知識與古文字字形結合起來，探索其中的聯繫。

感謝恩師張振林教授，跟從他讀博期間凡是遇到難題，張師總能抽出足夠的時間與我討論，幫我分析，常是不覺間幾個小時悄然逝去。每次談完之後我都收穫良多，同時也自責不該如此不顧先生的勞累。但是每個下一次總是重複已有的過錯。張師用他的智慧給我展開的天空是廣闊的，要我不受已有傳統音韻學框架的影響，鼓勵大膽探索。同時他也適時地提醒我，從古文字材料入手，用事實說話。

這裡還要特別感謝麥耘教授，他及時向我提供漢語語音史研究上的新觀點、新方法，還有相關資料，甚至自己還未發表的文章。在他赴京工作後，我的問題通過網絡緊追不捨，他不顧工作繁忙，每次都及時回覆，讓我深深感

激。本課題研究過程中，我的碩士導師胡安順教授一直予以關注並提供修改意見。陝西考古所的王輝教授經常通過電話和信箋幫我提供資料信息，解答疑問。在做博士後期間，首都師大馮蒸、黃天樹兩位教授在音韻學、古文字學兩個領域都給予了無私的教誨，本書的出版，更是得到了馮蒸師的大力鼓勵。藉此機會向他們致以真摯的謝意！

花木蘭文化事業有限公司為本書的編輯排版工作付出了艱辛的勞動，一併致謝！

限於學力，書中肯定存在不少紕漏，祈請專家前輩批評指正！

師玉梅

2023 年 5 月 1 日於廣州